JN166895

キッチン常夜灯

ほろ酔いのタルトタタン

長月天音

角川文庫
24460

目次

プロローグ

何気なく外を見た。ちらちらと雪が舞っている。

うわぁ、ホワイトクリスマス。

高揚したのはほんの一瞬。すぐに重いため息が漏れる。

クリスマスは苦行。数年前からそう思うようになった。おまけに雪。どうりで冷えるわけだ。暖房はつけていないから足元がすうすうする。いや、暖房どころかエアコンは冷房に設定されている。まるで拷問だ。

目の前の折り畳みテーブルには真っ白なクロスが掛けられ、デコレーションケーキの箱が並んでいる。中身はクリスマスケーキ。いつもは冷蔵庫で保管するケーキを、この時だけはテーブルに積み上げる。

株式会社オオイヌの製菓工場。ここで「ファミリーグリル・シリウス」のデザートがすべて作られている。その一角に併設された直売所に私は朝からずっと立っている。売場に置かれた冷蔵ショーケースには、デコレーションケーキの箱などいくつも入らない。だから冷房をつけて室温で保管する。毎年販売を任される私は、コックコートの下にたっぷりと着込んできた。それでも凍えるほどに寒い。

パート勤務の本庄《ほんじょう》さんは、「かなめちゃん。ダウンジャケット、着ればいいじゃない」と言うけれど、そこはやっぱり「ファミリーグリル・シリウス」の社員。お客さんと接する時にダウンジャケット姿は抵抗がある。これでも製菓部に異動する前は、「シリウス」豊洲《とよす》店でパリッとした白シャツにキュッとネクタイを締め、「いずれは店長」を目標に頑張ってきたのだ。

工場の制服は真っ白なコックコート。これだけはいい。豊洲店でもキッチンに入ることは何度もあったけれど、制服はホールと同じで上からエプロンを着けるだけ。コックコートはちょっと憧《あこが》れでもあった。

時刻は間もなく午後四時。パートさんたちの勤務時間は三時までだから、通用口で繋《つな》がった背後の作業場はすっかり静まり返っている。

残りの箱はあと五つ。手持ち無沙汰《ぶさた》なのでまっすぐ横一列に並べ直す。午前中は箱が三段に積まれ、作業場の大きな冷蔵庫にもギッシリ詰まっていた。

今日の販売目標は七十個。よくここまで頑張ったと思う。でも、まだ完売じゃない。あと五つ残っている。完売するまで私は事務所に戻れない。

事務所は直売所の真上だ。工場長でもある牧野《まきの》製菓部長からは「売り切るまで戻ってくるな」と言われている。きっと事務所は暖かいだろう。さっさと自分のデスクに戻って、熱いココアでも飲みながら本来の仕事をしたい。

本来の仕事。またため息が漏れる。

製菓部に異動してきた私に任されたのは、お菓子の製造にいっさい関係のない事務仕事ばかりだった。体よく雑用係を押し付けられたともいえる。今日も事務所に戻れば「シリウス」各店から発注されたデザートの集計作業が待っている。

店舗にいる社員は、ランチタイムの営業が落ち着いた時間帯に発注業務をする。それがだいたい午後三時過ぎ。料理関係は船橋《ふなばし》のセントラルキッチンへ、デザートはここ、清澄白河《きよすみしらかわ》の製菓工場へ発注データが届く。

セントラルキッチンで扱う食材は、店舗に届くまでに数日かかるものもあるけれど、デザートは基本的に発注された翌日に納品する。「シリウス」のデザートは冷凍品と生菓子が半々で、鮮度と衛生的なことが大前提。もちろん冷凍ケーキもここで焼いてから冷凍で保管している。生菓子は店舗で保管できる期間も極めて短く、長くても二日間。ストックがきかないから、店舗スタッフも発注には神経質になる。私も豊洲店にいたからよくわかる。デザートは日によって販売数の差が大きく、予測が難しいのだ。

豊洲店はタワマンに住むママさんたちがよく使ってくれていた。ランチの後はデザートを注文し、ゆっくりと午後のひと時を過ごす。私が発注をする時は、近隣のイベントや天候、女性客が多いかどうか、そんなことに気を付けていた。それにしても、まさか自分がデザートを製造する部署に異動し、全店の発注を取りまとめる立場になろうとは。

取りまとめた発注数に従い、私たちは必要なデザートを夕方のうちに準備する。冷凍品はストックしてあるので問題ないが、生菓子は基本的に配送当日の朝に仕上げる。セントラルキッチンのトラックが製菓工場に立ち寄り、食材と一緒に「シリウス」のデザートはそれぞれの店舗に運ばれていく。

つまり製菓工場は朝が早い。仕上げをする製菓部長、ベテラン社員の田口《たぐち》さんと紺野《こんの》さんの三人は、発注数が多い日は午前六時前から仕事を始める。製造に関わっていない私の出勤時間は毎朝七時。完成したデザートを店舗ごとに仕分けて、配送車に引き渡す。

何が言いたいかといえば、朝が早い分、社員の帰宅時間も早い。ベテラン社員たちは、店舗から届く発注書が待ち切れないのだ。発注数を確認しなければ翌朝の準備ができず、帰ることができない。だから私も一刻も早く事務所に戻って発注数をまとめたい。

何度目かの重いため息が漏れる。

気の短い田口さんは、普段から「今日の発注まだか」とプレッシャーをかけてくる。店舗の状況がわかる私にとって、それを言われるのが一番きつい。ランチタイムのお客さんがいつまでも切れなかったり、スタッフ不足で社員がホールを離れられなかったり、店舗によって様々な事情がある。そんな中、「明日納品分の発注まだですか」なんて電話するのは本当に申し訳ないのだ。製菓部のベテランたちは工場専属の社員で店舗の経験がないから、そのあたりの事情をまったく理解してくれない。

とにかく早くクリスマスケーキを売り切らねば。顔を上げると、さっきよりも本格的に雪が降っていた。ケーキはあと五つ。本当に完売するのだろうか。

このままではますます発注数の確認が遅くなる。私はヤキモキする。

もしかしたら紺野さんがやってくれているかもしれない。自分が早く帰るために。

そんなことまで考える。うん、きっとやってくれている。だってあまりにも理不尽だ。私はやりたくて店番をしているわけではないのだから。

今日はクリスマス・イヴ。きっとどこの「シリウス」も忙しいだろう。つまり、デザートの発注数はいつもよりずっと多くなる。明日出荷分の準備も大変に違いない。

ああ。あのまま「シリウス」で、デザートを提供する側の人間でいたかった。

製菓工場に来てから何度もそう思ったし、二年半以上経った今もそう思う。

その時、チラリと直売所の入口に人影が見えた。赤い傘の女性客だ。

「いらっしゃいませ！」

私は寒さでこわばった頬を無理やり引き上げて笑顔を作る。販売するのはクリスマスケーキ。お客さんにとって一年に一度の楽しいイベントだ。

「よかった、まだ残っていた。一つちょうだい」

「ありがとうございます！」

「去年は買えなかったのよ。四時に仕事が終わって走ってきたんだけどね」

「申し訳ありませんでした。今年こそお楽しみください」

この時間で仕事帰りならきっとパート勤務なのだろう。この工場にも彼女と同世代のパートさんが何人かいる。隅田川《すみだ》に面する製菓工場の近所は清澄《きよすみ》公園と住宅街。その中にポツポツと小さな工場なんかも混じる住みやすい土地だ。パート募集の張り紙をすればその日のうちに何人か応募がある。

「よいクリスマスをお過ごしください」

赤い傘の女性客をお見送りしていると、また新しいお客さんがやってきた。「いらっしゃいませ」と黒い傘のおじいさんを店内に導く。この調子でどんどん売れてほしい。

「おっ、まだあった。去年は買えなくてガッカリしたんだ。今年は数、増やしたの？」

「そうでしたか、申し訳ありませんでした。どうぞよいクリスマスを」

数云々《うんぬん》、は笑顔でごまかしてお見送りする。お孫さんがここのケーキを楽しみにしてくれているそうだ。「これで面目が立つ」とおじいさんも嬉《うれ》しそうだった。

ケーキの残りは三つ。そう、今年はまだ残っている。

昨年のこの時間、ケーキはとっくに売り切れていた。製造数は増やしていない。まったく同じ七十個。昨年はお昼には売り切れた七十個が、今年は夕方まで残っている。

夏の終わりに本社から今年の販売目標数を訊《き》かれた時、牧野部長は「昨年と同じ数でいきます」と答えた。今だけはそんな部長を称《たた》えたい。

本社は数字しか見ていない。七十個を完売。ならば翌年は数を上乗せできると考えるのが普通だろう。実は私もそう思った。本社の顔色を窺《うかが》って、昨年よりも十個くらい増やさなければまずいのではないかとも考えた。

しかし部長は本社におもねることをしなかった。冷静だったのだ。現実的に製造が間に合わないから。

製菓工場の本業は「シリウス」のデザート製造である。この時期はただでさえデザートの注文数が多いし、期間限定のクリスマスメニュー用のデザートもある。そこにきて直売所限定のクリスマスケーキ。とても工場のスタッフだけでは追い付かない。

製菓工場はちょっと特殊な部署だ。たとえ本社でメニュー開発をする営業部のベテランだろうと、製菓の知識はないから、牧野部長に強く出られない。

私も異動してくるまで意識したことはなかったが、料理と製菓はまったくの別物らしい。世の中には一流の料理を作るシェフがいる。お菓子の世界にも同じく一流のパティシエがいる。分野が違うからそれぞれ一流がいるのだ。

外は次第に暗くなっていく。冬の日は短い。住宅街の家庭ではそろそろクリスマスのごちそうを準備しはじめる時間ではないのか。何時まで私はここにいればいい？　残ったケーキの数をどうやって部長に報告する？　胃がチクチクと痛みだす。

その時、賑《にぎ》やかな声とともに直売所のドアが開いた。

「あった、あった。ちょうど三つ。ここのケーキ、美味《おい》しいのよ」

入ってきたのは女性三人組。職場の仲間といった感じだ。リーダー格の女性に勧められ、クリスマスにケーキを買わないつもりだった同僚までその気にさせられている。

「今はクリスマスケーキも予約が当たり前だけど、こういう場所があると助かるのよ」

「デパートのケーキは手が出ないしね。予約となると面倒になっちゃって、ケーキはなくてもいいか、なんて思っていたんだけど、やっぱりないと寂しいもんね」

「ホント、ホント。ウチはこれにチキンで決まり」

「ケーキの予約は面倒でもチキンは予約してあるんでしょ？」

「子どもがどうしてもあそこのチキンがいいって言うんだもの」

賑やかな会話を聞きながら、それぞれの会計を終える。大手フライドチキンチェーン店の名前を聞いたら、さっきまでチクチクしていたお腹が空《す》いてきた。クリスマスのデコレーションケーキはどこも大差ないけれど、あのチキンの美味しさは他では味わえない。

ようやくクリスマスケーキは完売。直売所は閉店だ。いつもは午後四時までだから延長営業してしまったけど、なかなか売れなかったのだから仕方がない。

さあ、これからは私もクリスマス。事務所に戻ってさっさと仕事を片付けるのだ。

二階に上がり、事務所のドアを開けると生暖かい空気がむっと押し寄せてきた。直売所で冷え切った体には、心地よいどころか汗ばむほどに暖房が効いている。

「クリスマスケーキ、完売しました」

正面のデスクに座る牧野部長に報告する。田口さんと紺野さんの姿はなかった。

「今年はずいぶん遅かったな」

部長がボソッと言う。お疲れさまでも、ご苦労さまでもなくこれだ。だったらアンタがもっと魅力的なケーキを開発しろよ！　と、言いたいのをグッとこらえる。製菓部に来てからいったい何度部長への反論を吞《の》みこんできただろう。もうすっかり飽和状態。胃もたれも限界だ。

今やクリスマスケーキはどこでも売られている。パティスリー、デパート、ホテルやコンビニ。値段も味も様々だけど、お客さんはそれぞれ自分の要望に合ったケーキを扱う店で予約をする。さして有名でもない洋食チェーン店の、何の特徴もないクリスマスケーキなど、わざわざ買いにくる人がいることがむしろ奇跡。直売所限定と言ったところで「シリウス」の製菓工場がどこにあるかなんて、知っているのはこの近所に住む人くらいだ。

「森久保《もりくぼ》、さっさと店舗からの発注をまとめろよ」

何を突っ立っているんだ、というように部長が睨《にら》む。紺野さんあたりがやってくれたかもしれない、という私の希望は、あっけなく打ち砕かれた。

「田口さんと紺野さんは？」

「もう帰した。今朝もクリスマスケーキのデコレーションでいつもよりも早く出勤しているからな。なんだ、あいつらがやってくれているとでも思ったのか」

図星。こういうところが嫌いなのだ。私は黙って自分の席に着く。

いっそのことクリスマスケーキ販売なんてやめてしまえばいい。

だけど、それだけは言えない。言ってはいけない。「シリウス」では買えない、製菓工場オリジナルのクリスマスケーキこそが、牧野部長がかたくなに守りつづけているプライドなのだ。

ここは初めからオオイヌの製菓工場だったわけではない。経営が破綻《はたん》したカモメ製菓という製菓会社をオオイヌが買収して「シリウス」のデザート製造工場にしたのである。

牧野部長はカモメ製菓の二代目社長であり、田口さんも紺野さんもカモメ製菓の社員だった。ベテランパートの何人かもその頃から働いている。

以前から「シリウス」のデザートをカモメ製菓に外注していたオオイヌは、設備もスタッフもすべてそのまま引き受けたのである。直売所はカモメ製菓の名残だ。

「シリウス」以外にも、いくつかの飲食店のデザートを製造していたカモメ製菓は、オリジナル商品を直売所で販売していた。ケーキやシュークリームなどの生菓子、クッキーやパウンドケーキなどの焼き菓子。直売所は街のケーキ屋さんのような存在だったと、ベテランパートの本庄さんが教えてくれた。

今、そのショーケースに並ぶのは「シリウス」のデザート用に作られたケーキだけだ。焼き菓子類は本社の許可を取って販売しているが、当時よりも工場の人員がかなり削減されたため、種類はずいぶん減ったらしい。カモメ製菓時代からある製品で、唯一残っているお菓子がクリスマスケーキと直売所限定の焼き菓子なのである。

私は作業に集中した。部長も無言。事務所の空気は常に重い。

いつもよりも二時間近く遅い。そのおかげで全店舗が発注を終えていて、集計作業もスムーズだった。店舗は今頃ディナータイムで忙しいはずだ。

店舗ごとの発注数をプリントアウトして部長に報告する。ざっと目を通した部長は、「行くぞ」と立ち上がった。これから明日の朝の出荷に向けて準備をするのである。

「シリウス」のデザートには、期間限定のフェアデザートと、常にメニューに載っている定番デザートがある。後者はバニラアイスとチョコレートケーキ、チーズケーキで、どれも店舗でストックできるよう冷凍で管理されている。それらの数を数えて、翌朝配送しやすいように工場の入口に近い冷凍庫に移動する。

私がその作業をしている間に、牧野部長は明日の早朝に仕上げる生菓子の用意をする。今のフェアではモンブランとプリンだ。モンブランの生地は冷凍しておいたものを使うが、上のクリームは当日しぼる。プリンはすべてがその日の作業。材料の計量だけは前日に済ませておく。それだけ早朝の作業は慌ただしい。

静まり返った工場で黙々と作業をする。部長も私も相変わらず無言。吐く息が白い。とっくに昼間の工程を終え、パートさんも帰った工場は冷え切っている。

部長とは普段から必要最低限の言葉しか交わさない。報告、連絡はするけど、相談はしない。できる雰囲気ではない。部長はいつも素っ気なくて、私の話を聞く時は面倒くさそうな顔をする。たぶん「シリウス」から異動してきた私を嫌っている。その雰囲気は他の社員にも伝わるから、田口さんと紺野さんもよそよそしい。

どうせ働くなら楽しく仕事がしたいのに、工場はつまらない。

私の前任者も「シリウス」から異動してきた男性社員だったそうだ。彼は一年で体調を崩して退職した。私は今のところ胃が痛いくらいだけど、彼の気持ちはよくわかる。

製菓工場を出たのは午後六時だった。先ほどよりも雪の勢いは弱まり、積もってはいない。積もれば一気に東京の交通機関は麻痺《まひ》してしまう。だから気分だけ盛り上がるこのくらいがちょうどいい。

住宅街を小走りに抜けて清澄白河の駅に向かう。今夜は久しぶりのデートだ。

二つ年上の彼氏とは、「シリウス」豊洲店で働いている時に出会った。「シリウス」と同じビルに入る会社の社員で、よくランチに来てくれていた。いつも一人で訪れ、必ずデザートも注文する。物静かで大人びた雰囲気とデザートとのギャップが衝撃的で、いつしか目で追うようになっていた。

相手も気づいたのか、ある時名刺を渡された。「如月史《きさらぎふみ》」。綺麗《きれい》な名前だと思った。

「お付き合いしませんか」と言われるまでそう長くはかからなかった。史の会社は同じビルだから業務内容は知っていたし、注文する料理で好みも把握していた。もちろんOKした。

史も職場での私を見ているから、夜遅くまで帰れないことも、休日が不規則なことも理解してくれていた。社会人なのに恋人がいないのもつまらない。私たちはお互いにそういう考えで、ドライな付き合いを望んでいたのだと思う。いつも一緒にいなくても、たまに会って食事をするくらいで十分だった。そういうのが大人の恋愛だとも思っていた。

今夜も待ち合わせたカフェで落ち合い、何度も通った中華料理店に移動する。史の勤務先のビルにも近く、雰囲気も味もいいと評判の店だった。初デートもここで、私たちにとっては思い出の多い店だ。だからクリスマスでも迷わずここに決めたのだ。

二人とも仕事帰り。「お疲れさま」と言いながらビールで乾杯した。

クリスマス・イヴの中華料理店は空いていて、料理もすぐに運ばれてきた。

史は細身なのによく食べる。そういうところも好きで、私も食べたいものを遠慮しないで食べられる。史が彼氏だと本当に楽でストレスがない。

だから仕事の話はしない。仕事を忘れるために史と会うのだ。最近読んだ本、面白かったドラマや映画、そんな話題で盛り上がる。職場では、たとえ年の近いパートさんとでもこんな会話をすることはない。だから史とのデートでは思う存分話をしてリラックスする。

「かなめ」

デザートの杏仁《あんにん》豆腐を食べ終え、菊花をブレンドしたプーアル茶を飲んでいる時だった。

「別れようか」

あまりにも唐突だった。いつもと同じ落ち着いた口調で史は言った。

「実はずっと考えていたんだ。これ以上一緒にいても、僕たちは何も進まないって」

私はぽかんと史を見つめていた。史はひと口お茶を飲んだ。

何を言われたのか理解できなかった。

進む？　史との関係は心地よい。変わりたくないからあえて先の話はしなかった。「結婚」の文字が頭に浮かんでも絶対に口にせず、大人の付き合いを楽しんできた。史もそれを望んでいると思っていた。そういうキャラだったはずだ。このまま変わりたくない。

それなのに、私は言った。

「うん。そうかもしれないね」

言ってしまってから後悔する。

私、いったい何を言っているの？　こんなこと言ったら、確実におしまいなのに。

でも、もう遅い。史は少しホッとしたように口元を緩めた。

「よかった、やっぱりかなめもそう思っていたんだね」

いつもと変わらないように見えても緊張していたのだ。それがわかるくらい私は史の「彼女」だった。

「他に好きな人ができたわけじゃないよ。かなめのことが嫌いになったわけでもない。かなめも来年は三十歳だもんね。時間を無駄にしないほうがいいと思ったんだ。もっと真剣に好きになれる人を見つけたほうがいい」

なにそれ。その、いかにも私のことを考えていますっていう言い方。それに、私がこれまで史を真剣に好きではなかったみたいじゃない。

でも、その通りかもしれない。

妙に納得している自分に茫然《ぼうぜん》とする。

まるで自分が二人いるみたいな妙な感覚に陥る。

私たちの関係はドライすぎた。もしかしたら、付き合っているとは言えないレベルだったかもしれない。それって、真剣に好きではなかったということ？

いつも頭の中は仕事のことでいっぱいだった。閉鎖的な製菓部でどう生き抜くか、どう自分をアピールして店舗に返り咲くか。そんなことばかり考えていて、史のことはちょびっとしか考えていなかった。

そのくせ史と会う時は、仕事に関係のない話ばかりした。仕事を忘れて息抜きをしていた。私はいつも自分のことばかり。そんな私と過ごす時間を、史のほうが「無駄」だと気付いてしまったに違いない。私は見切りをつけられたのだ。

でも、自分が悪いとは思わない。生きていく上で仕事は絶対に必要だ。今の世の中、何かとお金がかかるし、たとえ結婚したって安心していられない。だからこそ製菓工場でも主婦パートさんが頑張っている。

そして何よりも大事なのはやりがいだ。収入とやりがい。それこそが今の私にとって最重要。姉が結婚して妊娠し、それまで働いていた会社を辞めたから、ますますそんなことを意識するようになった。

それなのに異動した製菓部にはやりがいがなく、こんなはずではないと私は焦っていた。かといって恋愛に逃げるほど若くもない。嫌でもこの職場で頑張らねばならないのだ。だからこそ史との時間が大切だったのに。

「かなめ、これまで楽しかったよ」

別れ際、史が言った。

「私も」

これでおしまい。友だちに戻ろう、なんてことはない。史は今度こそ自分の未来にプラスとなる相手を見つけるのだろう。私なんてもう必要ない。

豊洲駅で別れた後、何とも言えない気持ちがズシリとのしかかってきた。

そのほとんどが後悔だ。明らかに不誠実だった自分の態度。二年半以上も改善できない職場での自分の境遇。こんなにあっさりと別れてしまったこと。それもクリスマス・イヴの夜に。

でも、あんなふうに言われたら、「別れたくない」なんて言えるわけがない。

史を困らせたくないし、どうせならカッコよく別れたい。

いつも私は肝心なことが言えない。聞き分けのいいふりをして、自分の気持ちを押し込めてしまう。

こんな気持ちになるのは、やっぱり史が好きだったからだ。ただ、私の好きという気持ちでは、史の思いに応《こた》えられなかった。その先を史は求めていたから。

恋愛って何だろう。そもそも相手に何かを求めるものなのだろうか。

史がくれる安らぎだけでは足りなかった。史といるよりもずっと長い時間を過ごす職場で、しっかり立ち位置を見つけたかった。こんなふうに考える私は強欲なのだろうか。

住まいのある両国《りょうごく》に着く頃には、雪は雨に変わっていた。

こんな時でも無意識に足は家路をたどっている。傘はどこかに忘れてきてしまった。私は雨の中を歩いた。

冷たい。冬の雨はどこまでも冷たくて、心まで震えてしまいそうだ。

明日は十二月二十五日。今日よりも数はだいぶ少ないとはいえ、クリスマスケーキ販売の最終日。午前七時から私の仕事は始まる。

史を失ったことと同じくらい、それが私の心に重くのしかかっている。

第一話　飴色のタルトタタン　希望の輝き

年が明けて一月中旬の神保町《じんぼうちょう》、株式会社オオイヌの本社である。

今日は四月から始まる春のデザートの打ち合わせだ。私はすっかり通い慣れたミーティングルームの椅子にぽつんと座り、営業部の桃井《ももい》さんを待っていた。

「シリウス」のデザートは営業部が企画し、製菓部が製造する。本来は牧野製菓部長が出席するのが望ましいが、あの人は月に一度の業績検討会議の時しか神保町に来ない。それ以外の用事は私に押し付ける。

私に決定権はないから、桃井さんの企画をそのまま工場に持ち帰って報告する。製菓部は試作品を作り、営業部に確認してもらう。ＯＫが出るまでそれをくり返し、「シリウス」の季節デザートが決定する。

私は本社と工場を行き来する伝書鳩。でも、嫌ではない。たとえ数時間とはいえ、居心地の悪い工場を離れられる。それに、ここに来れば本社のスタッフにも会える。

工場にいると自分が忘れられてしまいそうで怖くなる。できれば人事を担当する総務部の人に会って、私の存在を思い出してもらいたい。

予定の時間になっても桃井さんは来ない。いつも遅れてくる。きっと忙しいのだろう。

本社はいくつかの会社が同居するオフィスビルのワンフロアにあり、ミーティングルームはパーティションで区切られただけのスペースだ。そのため、電話のベル、社員同士の会話、せわしない足音、コピー機やファックスの機械音、様々な気配が伝わり、音が聞こえてくる。みんな忙しく働いている。

仕事内容は違うけれど、豊洲店にいた頃の私も立ち止まる暇なんてなかった。毎日忙しくて、やりがいがあった。なのに、製菓部に異動してからはそれがない。

オオイヌに入社して今年の四月で丸七年になる。最初の四年間を豊洲店で過ごし、五年目の春に製菓部への辞令が出た。

あの日、私たちが店長会議と呼ぶ業績検討会議に出席していた藤崎《ふじさき》店長は、戻ってくるなり私を呼んだ。まだランチタイムの真っ最中。それなのに彼女は私をバックヤードに引っ張り込み、「森久保、アンタに辞令が出たよ。製菓部に異動だって。どうしよう。森久保がいなくなったらこっちもピンチだよ」と泣きそうな顔で言った。

『辞令。森久保かなめ殿。四月一日付けで製菓部での勤務を命じます』

辞令はわりと突然出る。特に私のような役職のない若手には本当に突然で、来週から別の店へ行けと言われた他店の同期もいる。それに比べれば猶予はあったが、ショックだった。

豊洲店はスタッフ同士の仲がよく、常連のお客さんもたくさんいた。藤崎店長はおよそ一年前に「女性活躍」の取り組みにより店長に抜擢《ばってき》された先輩で、私の目標でもあった。私も頑張れば藤崎店長のようになれる。そう思って、キッチンもホールも積極的に頑張ってきた。楽しかったから嫌ではなかった。忙しいほうがやる気も出た。

豊洲店は「シリウス」の中でも新しい支店で、オフィスビルの一階に入るテナントだ。規模も大きめで他店より社員数が多く、合計で四名いた。店長、私、三年目の男の子と新入社員の女の子。下の二人は頼りないから、私が店長を支えて豊洲店を引っ張っている自信があった。それなのに製菓工場に異動ときた。

「ウチ、製菓工場なんてあったんですね。ところでそれ、どこにあるんですか」

三年目の男の子が言った。「シリウス」のデザートは食材と一緒にセントラルキッチンのトラックで納品されるため、製菓工場の存在を知らない社員も多い。

「いいなぁ。工場なら、お店みたいに夜遅くまで働かなくていいんじゃないですか。私も早く帰りたいです」

こう言ったのは新入社員だ。

工場は早く帰れる？　製菓工場の勤務体制などまったく知らない。どんなふうに「シリウス」のデザートが作られているかもさっぱりわからない。工場に異動した私はいったい何をさせられるのだろう。本社は私に何を期待して製菓部への異動を決めたのだろう。

悔しかった。僻地《へきち》に左遷される会社員のようで、とにかく悔しかった。

だから、私は思った。

製菓部でも頑張って、今と同じくらい頼りにされる存在になってやる。何なら製菓部長の片腕と呼ばれるくらいに。「シリウス」の新しいデザートも開発してやる。人気メニューを作り出し、いつかまた店舗に戻ったら、お客さんに「これ、私が開発したんですよ」なんて言うのだ。人事異動がこれきりなんてことはない。少しの間我慢すればいいのだと。

甘かった。

豊洲店しか知らない私は井の中の蛙《かわず》だった。製菓部のことも、辞令を出す本社や会社の仕組みも何もわかっていなかった。そもそも子どもの頃に姉とお菓子作りをした経験しかない私に、製菓工場で新メニューなんて開発できるはずもなかった。

店舗と製菓工場はまったく違っていた。

その上、工場はもとはカモメ製菓という特殊な場所だったのだ。

「ごめん、ごめん。遅くなっちゃった。いつも待たせて申し訳ないね」

ノックと同時にドアが開き、桃井さんが顔を出した。

「前の予定が長引いちゃったんだ。朝イチでセントラルキッチンに行っていたんだよ。あっちの工場長と次のフェアの打ち合わせ。ほら、デザートと同じ時期にスタートだから」

船橋から戻ったばかりのようで、真冬だというのに桃井さんのやや後退した額には汗が光っていた。

「気にしないでください」

打ち合わせは午前十一時からだったが、すでに二十分過ぎている。でも問題ない。毎回桃井さんの頭の中にはすっかりアイディアがまとまっていて、それを伝えてもらうだけだから一時間もかからない。私は夕方、店舗からの発注が届く頃に工場に戻ればいいのだ。

「春のフェアメニューと同時にグランドメニューのリニューアルも重なるから、色々と大変でさ」

桃井さんはハンカチで額の汗を拭《ふ》きながら言う。

「そういえば、四月からグランドメニューも変わるんでしたね」

製菓工場にいると、どうしても「シリウス」のメニューに疎くなる。まるで違う会社で仕事をしているようだ。

「うん。ベースは変わらないんだけど、スープメニューを強化したり、サイドメニューを増やしたり、これまでの主力メニュー以外の部分をテコ入れする感じかな。時代が変わればお客さんのニーズも変わるしね。おおい、新田《にった》さん、準備できてる？」

桃井さんは入口を振り向いた。

「はい、お待たせしました」

入ってきたのはノートパソコンと資料を抱えた女性社員だった。セミロングの髪をゆるく後ろでまとめ、白いシャツの上にはカーディガン。すらっとしたパンツから覗《のぞ》くパンプスは低めのヒール。何というか、仕事ができそう。こんな先輩、この会社にいたんだ。

「森久保さん、紹介するね。こちらは僕と同じ営業部の新田つぐみさん。今回から彼女がデザートの担当をすることになったんだ」

「新田です。よろしくお願いします」

「森久保かなめです。こちらこそよろしくお願いします」

「新田さんは何年目だっけ」

まるで仲人《なこうど》のように桃井さんが間を取り持つ。

「十三年目です。うわ、自分で言って驚きました。私、そんなにこの会社にいるんだ」

新田さんが自分の言葉にポカンとしている。

「森久保さんは確か七年目だったよね。ええと、製菓部に異動したのは三年前だっけ？」

「はい。四月で丸三年になります。それまでは豊洲店にいました」

「豊洲だったんだ。私の同期も最初は豊洲だったな。今は浅草《あさくさ》の店長やっているけど」

つぐみさんの同期は南雲《なぐも》みもざさん。名前は聞いたことがあったが、私が入社して豊洲店に配属された時にはもう浅草に異動した後だったようだ。

「森久保さんは製菓部三年目か。じゃあ、私よりもずっとお菓子に詳しいね」

つぐみさんは、私が製造にも関わっていると思っているのだろうか。そうだとしたらやりにくい。私は単なる伝書鳩で雑用係だ。

もちろんお菓子は好きだ。スイーツも料理も好き。だから「シリウス」に就職した。学生時代は姉や友達とよくカフェやパティスリー巡りをした。でも、それが今の仕事に活《い》かされているとは思えない。その上、最近はお菓子にちょっと嫌悪感がある。工場のせいだ。いつも甘ったるいにおいがするくせに、私に対して全然甘くない。

「実は私、ずっと甘いものが苦手だったの。お酒が好きな根っからの辛党」

つぐみさんが明るく笑う。私は驚いて桃井さんを見た。デザート開発担当なのに、スイーツが苦手で大丈夫なのだろうか。

「心配いらないよ。実は、今のフェアデザートも新田さんが考えたんだ。去年の夏、うっかり僕が振っちゃったの。まさか若い女性でスイーツが苦手なんて思わないじゃない？」

「桃井さん、それ、偏見ですから」

つぐみさんに睨《にら》まれ、桃井さんが頭を掻《か》く。

「反省しているよ。でも、ちゃんと考えてくれたじゃない。その上、プリンは大ヒットだ。安心してね、森久保さん。新田さんは勉強熱心だし、何よりも根性がある」

きっと桃井さんは新田さんを信頼して後任にしたに違いない。自分よりもずっと年上の桃井さんから認められるなんて、どれだけ仕事ができるのだろう。「女性活躍」。私だって活躍したいのだ。

「行きつけのビストロのシェフにアドバイスをもらったし、色々あったんですけどね。まぁ、そういうわけなの。これからはよろしく、森久保さん」

つぐみさんはにこっと笑って片手を差し出した。

行きつけのビストロ。何だかカッコいい。私もその手をぎゅっと握り返す。

「実はね、こちらにも簡単ではない事情があるんだよ。担当の変更は営業部の仕事の再配分っていうのもあるんだけど、上からも指示が出ていてね」

桃井さんがふっと息をついた。言葉を継いだのはつぐみさんだった。

『シリウス』の業績不振が続いているのは森久保さんも知っているよね。ウチみたいな中小企業はどうやっても大企業にはかなわないけど、何も手を打たないわけにはいかない。そのために季節ごとにフェアメニューを投入したり、看板商品の味を見直したり、色々と手は尽くしてきた。……森久保さんがいた豊洲店もランチタイムや休日は忙しかったでしょう？」

「はい、ランチタイムはいつも満席で三回転はしましたし、週末は昼も夜もずっとウェイティングがありました。けっこう忙しかったです」

「そうなの。どこの店舗もけっしてヒマではないのよ。でも、売上が足りない。業績を回復させるには今以上に客単価を上げるか、回転率を上げるかしかないのに、今の状況で社員は手一杯だからどちらも難しい。じゃあ、どうしたらいい？」

私に訊《たず》ねるということは、答えは決まっている。

「デザート、ですか」

「そう。食後に追加してもらえれば客単価がアップする。でも、もっと可能性があるのはティータイムの売上を生み出すこと」

ティータイム。アイドルタイムとも呼ばれる、ランチからディナーまでの空白の時間だ。

確かにその時間はお客さんが少なく、下手をするとノーゲストになる。そこに売上を生み出すことができれば、業績回復に繫《つな》がるかもしれない。

「ティータイムにお客さんに来ていただくために、今よりも魅力的なデザートを開発しろってことですか」

「経営陣から営業部にそういう指示が出されたの。それで、営業部長が営業部と製菓部の合同プロジェクトを発足するって。これまで売上のない時間にデザートで売上を作る。それが『シリウス』全店となればかなり効果があるものね」

会社が動いている。普段は経営にも本社にもまったく縁のない私が、その場面に立ち会っている。何だか少しだけ興奮した。面白そう、と思ってしまった。

横で話を聞いていた桃井さんが付け足した。

「これは営業部と製菓部が協力しなくては達成不可能なプロジェクトなんだ。だから今までのデザートとは求められるものも変わってくる。でもその分、やりがいは大きいと思うよ」

やりがい。その言葉にますます心を動かされる。

私にとってもチャンスかもしれない。

いつもなら桃井さんが用意してきたメニュー案を説明されて終わり。でも、今日はここからが本番という雰囲気だ。困った。何も考えてきていない。これまでは考える必要などなかったし、私が何か意見を言ってもいいのだろうか。

「四月スタートの春フェアからプロジェクトは始動ということね。これまでデザートは、同時にスタートする料理の付属品のような扱いだったけれど、これからはもっと前面に押し出していこうと思うの。デザートだけの写真入りPOPをテーブルに置いたり、店頭にパネルを設置したり。そのための予算も確保している」

つぐみさんはメニューツールの作成も担当していると言い、現在開催中の写真入りメニューをテーブルに広げた。

『昔なつかしカスタードプリン　たっぷりカラメルソース』

『三種のナッツの香ばしさ　木の実のパンケーキ』

『季節の定番　ほっこり甘いモンブラン』

「昨年十月からスタートして、秋冬メニューとして引っ張っているけど、ちょっと期間が長くて中だるみしたのが反省点。新年度は春夏秋冬で、少なくとも四回はメニュー変更したいと思う。桃井さん、お料理のほうもその予定ですよね」

「うん」

「とはいえ、三品とも好評よ。特に人気があるのはプリンね」

「店舗からの発注数を見ていてもわかります。次はパンケーキですよね。パンケーキは焼いたものを冷凍しておけるので、工場側も扱いやすいんです」

毎日、店舗からの発注をまとめているのが私だ。こんなところで役立つとは思わなかった。

「プリンはこのまま継続したいの。いずれはグランドメニューの定番デザートに加えて、ハンバーグやドリアと並ぶ『シリウス』の看板商品にもできると思っている」

「プリンを看板商品に？」

「そう。もともと『ファミリーグリル・シリウス』は、洋食店として家庭でも作れるハンバーグをウリにしてきた。食べ慣れた料理は安心感があるでしょ？　それを家庭よりも美味《おい》しくっていうのがコンセプト。プリンもぴったりなのよ。人気があるのは美味しいってことだしね。どう？　プリンの継続。製造側の意見も聞きたいの」

つぐみさんは、私を製菓工場の代表として意見を求めている。

毎日どの店からもかなりの量のプリンの発注があり、人気があるということは工場の社員もパートさんも認識している。プリンの製造は主に田口さんが担当で、彼は発注書を見るたびに文句を言う。「また朝から大量のプリンかよ」と。それが自分の仕事なのに。

実際に私が作っているわけではないけれど、三年近く工場にいれば、どのように作っているかぐらいは知っている。だから私は自分の考えを述べた。田口さんの愚痴なんて知ったことではない。

「プリンは当日の朝焼いているので、大変といえば大変ですけど、工場ですから朝早いのは仕方ありません。プリンは材料もシンプルですし、作り方も混ぜて焼くだけです。それに工場にはけっこう有能なスチームコンベクションオーブンがあるので、わざわざ湯煎《ゆせん》をする必要もなく、一度に大量に焼くことができます」

「ああ、そうだったね。何年か前に設備を入れ替えたんだ。それは僕も聞いていたよ」

桃井さんがポンと手を打つ。

「それに、ブラストチラーもあります。これを使えば、熱々のプリンを三十分程度で冷蔵配送の温度に冷ますことができます」

「発注の数によっては、その工程を何回か繰り返すわけだよね」

「そうですね。でも、焼いている間や冷ましている間は、他の作業ができるわけですから」

「当日の朝焼くというのはネックだけど、やっぱりプリンは看板メニューにしたい。それにしても、経営陣はしっかり製菓工場にも設備投資していたんですね」

「活《い》かさないわけにはいかないよな」

つぐみさんと桃井さんは頷《うなず》き合っているが、私には設備投資が意図的なものかはわからない。そもそも製菓工場自体がかなり老朽化していて、田口さんはミキサーの調子が悪いとか、冷凍ストッカーがすぐに霜だらけになるとか、頻繁に設備部に電話をかけている。オーブンだって壊れたから入れ替えただけかもしれない。

それに、牧野部長は卵を使ったお菓子には特に神経質だから、当日の朝にプリンを焼くのは仕方がない。

そんなことを考えていたら、突然ひらめいた。

「例えばですけど、その日の朝に焼いたプリンっていうのを、もっと強調したらどうでしょうか。普通のファミレスではそこまでできない気がします」

「なるほど。いかにも手作りっぽくていいかもね」

「プリンも今後極端に数が増えれば、工場の増員を要請するなり、製造方法を変えるなり、何かしら手を打つしかないよ。その時はまた上や人事に相談すればいい。僕もプリンを残すのは賛成だ。売れている商品をなくすのはあまりにもナンセンスだよ」

桃井さんの言葉が心強い。そう、ここは会社なのだ。私は製菓工場で働いているわけではない。株式会社オオイヌの社員なのだ。

一方で一抹の不安がよぎる。牧野部長は本社と一線を引いている。いまだに自分は外部の人間だという意識が強くて、このプロジェクトに協力してくれるかも疑わしい。

「プリンは継続販売決定ね。もう一品、パンケーキもアレンジして継続したいと思います。ティータイムの時間帯を狙うとなると、ある程度ボリュームがあるデザートがほしくなる。そこで現在の『木の実のパンケーキ』を春バージョンに変えて続行したいのですが、アイディアありますか」

私の頭が再びひらめく。春から初夏のメニューなら、ベリーソースを使うのはどうだろうか。イチゴのほか数種類のベリーを煮込んだソースは、これまでにも製菓工場で作ったことがある。店舗でホイップクリームやバニラアイスを添えて提供すれば、十分にインパクトあるデザートになる。

恐る恐る発言すると、つぐみさんも桃井さんも「いいね」「それで行こう」と賛成してくれた。嬉《うれ》しさのあまり頬が熱くなる。仕事でこんなに興奮したのは久しぶりだ。

勢い付いて私から言う。

「最後はモンブランに代わる一品ですね」

「あと二つほしいの」

「二つも？」

「そう。今回からデザートが変わりましたって、お客さんにわかりやすく伝えなきゃ意味がない。そのために一品増やす。こういうのはインパクトが大事だから」

つぐみさんはノートパソコンを開いた。しばらくして私に向けられた画面にはたくさんのケーキの画像が並んでいた。どれもフルーツが使われていて、画面はお花畑のように色とりどりだ。

「季節的にもフルーツを押していきたい。森久保さんが提案してくれたベリーのパンケーキは私のイメージにもぴったり。あと二つ、私の考えを聞いてもらえるかな」

つぐみさんもちゃんとアイディアを用意してきたのだ。いったいどんなスイーツを提案するのだろう。ますます私の興奮が高まる。楽しくて仕方がない。ここは製菓工場よりもずっと居心地がいい。


それから一時間程度で打ち合わせは終わった。残りの二品はつぐみさんのアイディアが採用された。鮮やかな色合いを期待してオレンジを使ったタルト。春といえばイチゴということで、口当たりの軽いイチゴムース。初夏までフェアが続くことを考慮して、ムースは透明なグラスに入れて清涼感を出したい、という具体的なイメージまでできていた。

話がまとまると、桃井さんは次の予定があると言って慌ただしく席を立った。

今日は引継ぎのために同席したが、今後はつぐみさんと私が中心となってプロジェクトを進めることになるらしい。と言っても、私は製菓部長の代理だ。

「森久保さん、私ね、いずれこの打ち合わせに牧野製菓部長も参加してもらいたいと思っているの。デザートの製造責任者だし、ずっと製菓の世界にいた人だから、私たちにはない発想があるに違いないもの」

「部長は若い頃、パリのパティスリーで修業をしたことがあるそうです」

これはベテランのパートさんから聞いた。二代目の社長としてずいぶん期待されていたそうだ。カモメ製菓は、他社のデザートを製造するだけでなく、自社のオリジナル商品にもさらに力を入れようとしていたのかもしれない。

「そうなの？　よそのチェーン店のデザートに比べてウチのは美味しいって思っていたけど、やっぱり腕は確かなのね。いっそウチのパティシエとして牧野部長を売り出しちゃおうか」

「絶対に嫌がりますよ。部長は表に出るのを何よりも嫌う人です。本社との打ち合わせだって私に行かせるくらいなんですから」

「製造から手が離せないからじゃない？　森久保さんを信頼して任せているんだよ」

そんなことはない。つぐみさんは製菓部の状況を知らない。本社にいてベテランの男性社員からも信頼される「女性活躍」の代表みたいな人だから、そんなふうに言えるのだ。

それぞれ広げていた資料を片付ける。新田さんは先に席を立った私を見上げた。

「森久保さん、お腹空《す》かない？　せっかくだから一緒にランチはどうかな。もう少し話もしたいし」

お腹は空いていた。今朝も朝七時から働いていたのだ。

「『シリウス』神保町店に行こうよ。ウチの一号店で一番の稼ぎ頭。行ったことある？」

「ないです。行ってみたいです」

「よし、決定。いつ行っても忙しい店だけど、この時間ならだいぶウェイティングも減ったと思うよ。私、最初の配属先は神保町店だったんだ」

神保町店は本社から歩いて五分とかからなかった。靖国《やすくに》通り沿いのビルの二階に上がると、壁に沿って並べられた椅子にはまだ何組かのお客さんが待っていた。新田さんが店頭のウェイティングボードに名前を書きに行き、私たちも最後尾に腰を下ろす。

「今さらだけど、時間は大丈夫？」

「はい。工場はベテラン社員とパートさんで回っていますし、私がいてもいなくても影響ないですから」

「製菓部に女性社員が異動したのは、森久保さんが初めてだったんだってね。総務部の涌井《わくい》さんから聞いたよ。店舗とは全然違うから、最初は大変だったでしょう」

「正直に言うと今も大変です。いまだに製造には加えてもらえなくて、雑用みたいな事務仕事ばかりです」

どんな仕事をしているのか訊《き》かれ、店舗からの発注のとりまとめや製造したお菓子の在庫管理、材料の発注やパートさんのシフト作成だと答える。朝は配送の準備をし、時には直売所の店番もする。やっぱり雑用係だ。

「つまり管理業務ってことか。製造はベテラン社員とパートさんがメインなのね。製菓工場はもともと別の製菓会社だったよね。牧野部長とベテラン社員もその頃から働いているのなら、管理業務や対外的な仕事を森久保さんが任されるのは仕方ないのかもしれないよ」

「つぐみさん、製菓部は、私にとってどういう意味があるんでしょうか。はっきり言って今の仕事はつまらない。今日の打ち合わせはとても楽しかったです。でも、私は単なる連絡係で、工場に戻って部長に報告したらおしまいです。開発するのは部長ですから。工場は本当につまらないんですよ」

いきなり愚痴を聞かされて、つぐみさんは困惑の表情を浮かべた。でも、先輩らしく私の話を聞こうと真摯《しんし》なまなざしを向けてくれる。私のほうも今さら止めることはできなかった。

「私、豊洲店がとても楽しかったんです。ホールもキッチンも両方こなすマルチプレーヤーとして、店長にも頼りにされていました。藤崎店長、ご存じですか。『女性活躍』で店長になった人です。私も藤崎店長みたいになりたかった。店長になるのが私の目標でした」

「毎月、店長会議で会うよ。へぇ、かなめちゃんは店長を目指していたんだ」

私はいつの間にか新田さんを「つぐみさん」と呼んでいたし、彼女も私を親しげに呼んでくれて嬉しかった。工場にはオジサン社員とパートさんしかいない。パートさんには年の近い若いママさんもいるけれど、社員とパートではどうしても立場が違う。何でも話せる同僚がいないことも、製菓工場を窮屈に感じる理由のひとつだった。

「店長になって、自分でお店を動かしてみたかったんです。『シリウス』の店長は大変だってわかっていますけど、その分やりがいも大きいから」

「かなめちゃん、すごいなぁ。社長が『女性活躍』って言い出した時、嫌々店長になった女性社員も多かったんだよ。今はみんな頑張っているけど。確かにやりがいはあるだろうね。店長じゃなくても店舗にいると、わかりやすいやりがいがあるよね」

「わかりやすいやりがい？」

「お客さんの笑顔とか、今日もたくさん頑張ったって実感できる肉体的な疲労とか」

「ああ、そうですね」

「私も本社に異動してから、ずっとやりがいが感じられなかったんだ。でも、今はちゃんとあるよ。だって、今日みたいなデザートの企画も楽しいし、それが数か月後にはメニューとしてお店で提供されるんだもん」

「そうですけど……」

「やりがいがないなら作ればいい。私と一緒に作ろうよ。プロジェクトは営業部と製菓部全体のものなの。たとえかなめちゃんが連絡係でも、部長だけが参加しているわけじゃない。これからはもっとやりとりが頻繁になると思うから、部長が工場から動かないなら、かなめちゃんが製菓部の手足となって動き回ってほしい」

「私が……」

「頼りにしているからね」

つぐみさんの言う通り、製菓部で本社と一番繋《つな》がっているのは私である。プロジェクトの趣旨を部長が納得してくれれば、部長だって協力せざるを得ないはずだ。だって、製菓部はあくまでもオオイヌの組織の一部なのだから。

その時、溌溂《はつらつ》とした声がした。いつの間にか私たちが列の先頭になっていたのだ。

「新田じゃないか。ウェイティングまでしてランチなんて珍しいな」

「三上《みかみ》店長、お疲れ様です。お仕事の一環ですよ。こちら、製菓部の森久保さんです」

三上店長？　私はハッとして案内に出てきたスーツ姿の男性を見上げた。

「お疲れさまです。森久保かなめです」

「お疲れさま。そろそろ次のフェアデザートの打ち合わせの時期か」

「そうです。とうとう桃井さんから私に代わりました」

三上店長は穏やかに微笑むと、満席の店内を悠然と進んで私たちを奥のほうのテーブルへと案内する。案内しながらつぐみさんと会話を交わす。こんなに混みあっているのに、余裕さえ感じられる。ああ、これが噂の三上店長かと、姿勢のよい後ろ姿を追いながら私は感激していた。

三上店長に会うのは今日が初めてだが、名前は何度も聞いていた。豊洲店にいた時、店長会議から帰った藤崎店長が「今日の三上サマも素敵だった」と毎回陶然としていたのだ。

私たちは壁側のテーブルに案内された。店中に懐かしいデミグラスソースやドリアのいかにも洋食という香りが漂っていて、豊洲店を思い出して切なくなった。さりげなく店内を気に掛ける三上店長、忙しく動き回るスタッフ、賑《にぎ》やかな雰囲気とお客さんの笑顔。やっぱり店舗に戻りたいと胸が締め付けられる。

つぐみさんもメニューを見ながら、店内を観察している様子だ。

「今日のランチはどうですか」

「今ひとつかな。もうほとんどウェイティングがなかっただろう。これで切れるとちょっと厳しい」

「店長、営業部と製菓部で『シリウス』のデザートを変えてみせます。ティータイムも気を抜いていられませんよ」

つぐみさんが言うと、三上店長は笑った。

「相変わらずだな。神保町店はただでさえビジネス利用が多くてデザートの出数は多くない。期待しているよ。……でも、見てみろ」

私たちは三上店長が示す近くのテーブルに視線を移す。スーツ姿の会社員が二人座っていて、なんとどちらもプリンを食べている。

「今のフェアが始まってからプリンがよく出ている。これまでデザートを食べなかった男性客からも注文が入る。うまくお客さんのニーズに合致したんだ」

「たぶん『シリウス』のコンセプトに合っているんですよ」

「なるほどな」

三上店長は頷《うなず》く。この情景を、いつも文句ばかり言っている田口さんに見せたいと思った。私たちはフェアメニューの煮込みハンバーグとドリアを選び、シェアをして食べた。さらにモンブランとプリンも追加する。

デザートを運んできた女性スタッフがつぐみさんを見て、「あ、新田さん。お疲れさまです」と嬉《うれ》しそうに声をかけてきた。同じく笑顔で「今日も忙しそうですね」と応じるつぐみさんが眩《まぶ》しい。営業部員はそれぞれ担当の店舗を持って、サポートをしていることを思い出した。

「つぐみさんは神保町店の担当なんですか」

「違う、違う。こんな大きいお店、私には無理だよ。ここは営業部長が担当しているの。でも、部長は店舗がらみの仕事は私に押し付けるし、それ以外の用事でもしょっちゅう来ているから親しくなっちゃった」

「そうなんですね」

「そうなの」

つぐみさんも営業部長から仕事を押し付けられると聞いて親しみを持つ。でも、彼女からは嫌そうにしている気配をまったく感じない。こんなふうに割り切れたらどんなにいいだろう。私はまだまだだ。

つぐみさんは顔を上げて店内を見渡した。神保町店は広い。広いけれど、午後二時近い今も満席が続いている。

「去年の十二月、奥のホールを貸し切ってウエディングパーティーをしたの。営業部も総出でヘルプに来て、ここのスタッフとも結束が強まったんだよね。もしかしたらかなめちゃんも覚えているかな。神保町店からデザートが大量に発注された日があったでしょう」

「……ああ、ありました。確か日曜日でしたよね。あの時、牧野部長が三上店長と電話で直接やりとりをして、私は配送の準備をしただけでしたが。あれ、ウエディングパーティーのデザートだったんですか。というか、『シリウス』でそんなことができるんですか」

「できるよ。やろうと思えば何だってできる。みんなで知恵を出して協力すればいい」

みんなか。豊洲店にいた時はスタッフ同士結束していた。そうでないと店が回らない。それに、営業部も桃井さんやつぐみさんを見ている限り、部内で協力し合っている。

　でも、工場は違う。ベテラン社員とパートさんたちは協力して日々の製造業務をこなしているけれど、そこに加わらない私は常にアウェイで一人ぼっちだ。

　食後のプリンを食べながらつぐみさんが言った。

「この前、別の店舗のスタッフと話したんだけど、このプリンの固さが絶妙なんだって」

「固さ？」

「うん。型に入った状態で工場から届くでしょ？　やわらかすぎると、型からはずす時に割れちゃうの。でも、それを気にして固くしすぎると美味《おい》しくない。きっと製菓部は美味しさと扱いやすさ、両方考えて作ってくれているんだろうなって。店舗でデザートを盛り付けるのは、ほとんどバイトの子だからね」

　考えたこともなかった。本当に部長はそこまで考えてレシピを作ったのだろうか。

「あ、見て、見て」

　今度はつぐみさんが近くのテーブルを示す。女子学生の三人組がパンケーキを食べていた。シェアするのではなく、一人一皿ずつだ。

「何だか嬉しいね」

　つぐみさんが笑う。確かに嬉しい。嬉しいけれど、作っているのは私じゃない。

「友達とかわいいスイーツを食べるのって楽しいんだろうね。それにさっきの会社員。疲れた時ってやけに甘いものが沁《し》みるよね。きっとプリンを食べて午後も頑張ろうって思ったんだろうなぁ。スイーツが苦手だった私が担当を引き受けたのも、それに気づいたからなんだよね。スイーツってさ、なくてもいいけど、あると世界が変わるものなんだよ」

「なくてもいいけど、あると世界が変わるもの？」

「うん。スイーツがあるだけで幸せな気分になったり、前向きな気持ちになったりするでしょう？　知らないよりは知っているほうがいい。そう思って、デザート開発担当を引き受けたの。でも、まだまだだから、かなめちゃんにサポートしてもらいたい」

頭の中に、いつも「シリウス」豊洲店でランチの後にデザートを食べていた史の姿が浮かんだ。史も頑張っていたのだろうか。でも、仕事の話なんてほとんど聞いたことがなかった。働いている会社は知っていても、どんな仕事をしているかまでは知らなかった。もっと史のことを知ってあげればよかった。

もう遅い。私は一人になった。一人で仕事と人生に立ち向かわねばならない。

今も私の心は揺れている。製菓工場よりもやっぱり店舗のほうが向いていると思ってしまう。でも、つぐみさんとデザートを企画するのも楽しいに違いない。

もう一度、テーブルの女子学生を見る。次はもっと笑顔にしたい。あっと驚くようなデザートで、もっともっと喜ばせたい。それこそ「シリウス」全店のお客さんを。

清澄白河駅の改札を通過して地上に出ると、隅田川沿いの製菓工場に向かって走った。

時刻は午後四時過ぎ。つぐみさんと話をしていたら時間を忘れてしまった。

神保町店でウェイティングをしている時に、電話で予定よりも帰りが遅れることを伝えたが、この時間はさすがにまずい。

シャッター横の小窓からは工場内の明かりが漏れている。通用口から入った私を目ざとく見つけた田口さんが「やっと帰ってきたか」と吐き捨てた。冷凍ケーキの箱を積み上げていた紺野さんも振り向いて私を見る。

二人は明日の準備をしていた。つまり誰かが発注の集計をしてくれたのだ。

「遅くなってしまい、申し訳ありませんでした」

「いったい何をしていたんだよ。いつもは昼過ぎには帰ってくるだろ」

「営業部の担当者が替わったんです。それで色々と……」

最後まで聞かずに田口さんは台車を押して冷凍庫のほうに行ってしまう。紺野さんは発注書で数を確認しながら、運ばれたケーキの箱を数えている。

「……紺野さん、すみませんでした」

「発注をまとめてくれたのは部長です。僕たちはこれが終わったら帰りますよ」

急いで二階の事務所に上がろうとすると、紺野さんが呼び止めて付け加えた。

「あまり部長を刺激しないでくれるかな。みんながとばっちりを受けるんですよ。今日はパートさんにまでしつこく小言を言っていました。ちょっとおしゃべりをしただけなのに。とにかく気を付けて。あの人は神経質ですから」

紺野さんの言葉に目の前が暗くなる。私が本社で製菓部の愚痴でも漏らしていると思っているのだろうか。せっかくつぐみさんと話をして、やる気を取り戻したというのに。

階段を上がる足取りが重い。胃がチクチクと痛みだす。事務所の前まで来て、ドアノブを握り、やっぱり手を離した。一度深呼吸して思い切って開ける。

「部長、遅くなって申し訳ありませんでした」

入口で思いっきり頭を下げた。

「遅い。いったい何の話をしたらこんなに遅くなるんだ。自分の仕事を放り出して」

「申し訳ありません。あっ、発注の確認、どうもありがとうございました」

「……報告しろ」

部長はけっして怒鳴らない。低い声で圧を掛けてくる。その上、ネチネチとしつこい。いっそ怒鳴ってくれたほうがスッキリするし、パワハラだと訴えることもできる。

「色々とあります」

「これだけ遅かったんだから、さぞ色々とあるだろうな」

イラッとしたが、我慢して平静を装う。

「まず、デザート開発の担当者が替わりました。桃井さんから新田さんという女性に」

「女性同士で話が弾んだというわけか。それで、次のデザートは？」

「その前に説明しなくてはならないことがあります。プロジェクトが発足しました」

舌がもつれる。部長の前に来ると萎縮《いしゅく》してしまい、言うべきことが言えなくなってしまう。最初は違った。ちゃんと意見も疑問も口にすることができた。しかし、すべてを否定されるうちに何も言えなくなってしまった。

最初の頃の私は積極的だった。ここで活躍しようと思っていたから。部長はそれが気に食わなかったのだ。出しゃばっているとか、本社から送り込まれたスパイとか、そんなふうに思ったに違いない。

「プロジェクト？　また本社が面倒なことを言ってきたのか」

「……面倒というか、『シリウス』の業績不振が続いていることは部長もご存じですよね」

「毎月、業績検討会議に出ているからな」

部長は鼻で笑った。「毎朝送られてくる全店の売上速報も見ている。予算を達成しているのは神保町店くらいで、あとは軒並みマイナスだ」

まるで他人事《ひとごと》のような態度に腹が立つ。痛む胃のあたりを押さえながら私は続けた。

「経営陣から営業部に指示が出たそうです」

ピクリと部長の眉《まゆ》が動いた。

「営業部と製菓部が一丸となって、『シリウス』のデザートメニューを魅力的に改善し、客単価アップとティータイムの売上を確保して業績の回復に繋《つな》げろとのことです」

「……たかがデザートで業績の回復か」

部長がまたしても鼻で笑う。たかがデザート。製菓部の部長がそんなことを言うのか。経営陣からの指示なら、普通はやる気を見せる場面のはずだ。腐っている。

「……それで？　四月からのデザートはどうなるんだ」

私は体中から溢《あふ》れ出しそうな怒りを心の底に閉じ込めて、つぐみさんと話し合った内容を丁寧に説明した。目安となる販売価格と原価率もつぐみさんが用意してくれていたので、その一覧表も渡す。

「今回から料理メニューとは別にデザート単独の写真入りメニューを作成し、店頭にはパネルも設置して、『シリウス』のデザートをより強くお客さんにアピールするそうです」

プロジェクトによる力の入れ具合を強調する。自分たちが手掛けたデザートが、これまでよりもずっとお客さんの目に留まりやすくなるのだ。製造に携わる者として、嬉《うれ》しくないはずがない。

しかし、部長は違った。

「いつも通り試作品を作ればいいんだな」

確かにいつも通りだが、これまで以上に真剣に取り組んでほしい。

でも、そんな思いは部長にはまったく通じていなかった。

「……どうしてそんなに他人事みたいなんですか」

部長は椅子の背もたれに背中を預けながら視線を上げた。

「言われたものを作るのが工場の役割だ。たかがファミレスのデザートじゃないか」

たかがファミレス。

部長は「シリウス」で食事をしたことがあるのだろうか。先ほどの神保町店の光景が目の前に浮かぶ。どんなに忙しくても変わらない三上店長の余裕のある接客と笑顔。スタッフたちの無駄のない動き。私たちが訪れたのはランチタイムの後半戦の時間で、そろそろみんな疲れているだろうに誰もが笑顔だった。

料理を食べるお客さんの表情やパンケーキを前にした女子学生たちの満面の笑み。

確かに「シリウス」は家族層をターゲットとしたファミレスだ。でも、みんな誇りを持って一生懸命働いている。見下したようにその言葉を使ってほしくない。

けれど私の思いは牧野部長には通じないだろう。製菓工場しか知らない彼は「シリウス」の人ではないから。

「……私、営業部と協力して『シリウス』の業績を回復させたいんです。だから、何としてもデザートで『シリウス』の魅力をお客さんに伝えたい。部長だって自分が作ったデザートでお客さんを喜ばせたいって思いますよね。それが積み重なって売上になるんです。営業部の人は牧野部長に期待しています。知識も技術もある部長が生み出すデザートを楽しみにしているんです。本当は部長が企画会議に参加するのが望ましいんですけど、それができないなら、私が部長のアイディアや意見をしっかり本社に伝えますから、もっと積極的に関わってください」

言いきった。胃のあたりを押さえる手のひらにじっとり汗をかいている。

「……やめろ」

「え」

部長が睨《にら》んでいた。怒っている。何もできない私に偉そうなことを言われて、腹を立てているのだ。またやってしまった。いつも後になって後悔する。

「何が期待だ。勝手に過度の期待をされるのは迷惑だ。……言われた通り試作品は出す。森久保にはこれまで通り本社との連絡係を任せる。プロジェクトに協力しなくてはならないなら、その役目も任せる」

「……はい」

プロジェクトには私が関わっていいと言われて肩の力が抜けた。つまりそれは、自分からはいっさい関わらないということだ。そうなると連絡係としての私の負担が大きい。毎回、プロジェクトの内容を伝えるたびに今のようなストレスを感じることになる。

部長が苦手だ。苦手というよりも嫌い。でも、上司として関わらないわけにはいかない。席に戻った私はお腹をさすりながらため息をついた。

こんな日は、仕事のことを忘れさせてくれる相手が欲しい。

けれど、史はもういない。私には誰もいないのだ。

一月末の夕方、私は本社に向かっていた。

肩にかけたクーラーボックスの中身はデザートの試作品である。試作の期間として二週間をもらっていたが、牧野部長は半分の一週間で完成させた。それも通常業務の傍らで。

午後五時を過ぎた神保町の街はすっかり夜のように暗い。退勤時間を迎えた人々が続々とビルから出てきて、地下鉄の駅に向かっている。

試作会は五時半から。指定したのはつぐみさんだ。

持参した試作品の見た目や味、レシピや材料費を検討する。もちろん今日のレシピは仮のもので、GOサインが出れば正確なレシピを作成し、スタートまでの製造計画やスケジュールを営業部と調整する。

試作会がこの時間で私もホッとしていた。自分の仕事を終わらせてから工場を出ることができるので、誰にも文句を言われない。おまけに今夜は直帰することができる。ミーティングルームには、すでに試食用のお皿やカトラリーが用意してあったが、それでも待たされた。夕方だというのに本社はざわついていて、誰もが忙しそうに働いている。

店舗の閉店時間は午後十時半。それに合わせて本社スタッフは遅くまで働いているのだろうか。

朝が早い製菓部は、遅くても午後六時には全員が帰宅する。その生活が染みついた自分の体が何だか寂しい。史と会う時以外、すっかり夜の外出をしなくなってしまったし、その史も今はいない。

しばらくしてつぐみさんと桃井さんが入ってきた。

「お疲れさま、森久保さん。打ち合わせがこんな時間になっちゃってごめんね」

「いいえ。工場の業務が終わってから出られたので、私も助かりました」

「あっ、残業になっちゃうのか。牧野部長には私からも謝っておくね」

「お願いします」

実は、残業は私も気になっていた。業績不振が続いている中、人件費は厳しくチェックされていて、特に工場は決まった時間内でコンパクトに収めるよう言われている。今日の打ち合わせの時間を伝えた時、本社の都合で私に残業がつくことに、部長は当然いい顔をしなかった。

「じゃあ、さっそく見せてもらおうか」

試作会に慣れている桃井さんが音頭を取る。たまたまデスクにいたところを、つぐみさんに連れてこられたらしい。

私はクーラーボックスを開けて、オレンジのタルトが入った箱を取り出した。箱から慎重に台紙を引き出すと「おお」と桃井さんが感嘆の声を上げた。

タルトの表面にはカットされたフレッシュオレンジがまんべんなく並べられている。表面の皮も薄皮も取りのぞいた果肉部分だけだ。上からナパージュ液がかけられ、つやつやと輝いている。散らされたミントの葉とオレンジ色とのコントラストも美しい。

間違いなく部長の自信作だ。私もこれを見た時、プロジェクトの意図がちゃんと伝わっているのだと嬉しくなった。

「部長からの説明を補足します。オレンジの瑞々《みずみず》しさと色の鮮やかさを強調しつつ、配送や店舗での取り扱いを考慮して、タルト台とその上のアーモンドクリームはしっかり固めに焼いています。おかげでオレンジの水分を吸収することができ、崩れにくいそうです」

「フルーツを使いたいっていうこちらの意図をしっかり汲《く》んでくれたのね。これなら写真映えするし、何よりも美味《おい》しそう」

つぐみさんは期待以上の完成度に大興奮だった。

「フレッシュオレンジは確かにインパクトがあるね。『シリウス』のようなチェーン系レストランのデザートは、どうしても冷凍ケーキのイメージが大きい。これだけフルーツを使っているのもお客さんにとって魅力的だ」

時々、製菓部長は本社の人を驚かせるようなデザートを出してくる。たぶん自分の実力を示したいのだ。そんなことをしなくても、誰も部長の腕を見くびっていないのに、普段は表に出ない自分の存在をアピールする。

「次はイチゴのムースです。グラスデザートということで、前回の打ち合わせでは、例えばイチゴとピスタチオなど、色の違うムースを重ねることで、見た目のインパクトも出したいと言うことでしたが……」

私はクーラーボックスからイチゴムースを取り出す。高さのある透明なプラスティックカップに入っているのは、ピンクと白の二層のムースだ。

「ピスタチオを使うと材料費が上がってしまい、この販売価格では難しいとのことでした。部長の提案はイチゴとミルクのムースです。二つの層の間にはベリーソースを流して、さらに色の変化を出しています」

「ピスタチオは高かったか……。オシャレだと思ったんだけどな」

つぐみさんが小さくため息をつく。

「でも、イチゴミルクもいいんじゃないかな。より広い層のお客さんに受け入れられそうな気がするよ。せっかくだから、ベリーソースは上にも流したらどうかな」

写真を撮った後は試食となった。オレンジのタルトも、イチゴのムースも、食べるのは初めてだ。部長はいつも一人で試作をする。試作品を製菓部のスタッフに見せて、意見を聞くなんてこともしない。

まずはオレンジのタルトから食べる。瑞々しいオレンジは食感もよく大絶賛だった。しかし、ワンカット全部を食べきる前に桃井さんがフォークを止めた。

「……フレッシュオレンジをこんなに使って大丈夫だろうか」

問題点がわからない私に代わって答えたのはつぐみさんだった。

「コストの面なら心配いりません。オレンジのタルトは今回の目玉ということで、販売価格をこれまでのデザートよりもやや高い設定にします。この見た目と味ならお客さんも納得でしょう。販売期間中のコンスタントな仕入れに関しても購買部に確認済みです」

私はポカンとつぐみさんを眺めた。そこまで根回しをしているとは知らなかった。

桃井さんは腕を組んでオレンジのタルトを見つめている。

「わかった。でも、僕が気にしているのは別のことだよ。フレッシュフルーツは扱いが難しい。時には品質の悪いものが納品される場合もある。それに、この試作品は牧野部長が自分で仕上げたものだろう？　実際に販売がスタートしたら、毎日大量のオレンジの果肉を取り出さなくてはならない。きっとパートさんの仕事になるだろう。フェアの目玉商品となれば、これまでのモンブランよりもずっと多く売れるかもしれない。この品質を保ったまま、全店に毎日納品できるのかな。僕はそれが心配だ」

桃井さんの冷静な指摘に、つぐみさんと私はハッと顔を見合わせた。

部長のことだから、作業分担については頭に思い描いているだろう。しかし、あの人は「シリウス」を舐《な》めている。これまでよりも高価格のタルトなんてたいして売れないと思っている。そう考えた上で、自分の腕を見せびらかしてきたのではないのか。

「このことを牧野部長に伝えて、もう一度検討してもらったほうがいい。タルト自体は素晴らしい出来だよ。パティスリーだったら間違いなく売れるし、いい状態を保ったまま販売することができるだろう。でも、それは売場の後ろに工房があるパティスリーの話だ」

「桃井さんが気になっているのは衛生面ではないですか」

私は躊躇《ためら》いがちに訊《たず》ねた。

「……そうだね。オレンジの果肉をはずすことにもひっかかっている。いくら手袋をしていても食材に触る時間が長くなる。手間も時間もかかる工程だ。春から初夏は気温が上がっていく時期だし、配送のことも考えると、色んな部分で安全を考慮しなくてはならない。デザートは店舗で火を通すこともないからね」

ああ。きっと桃井さんはあのことを心配している。

心配して、改善を求めているのだ。

カモメ製菓の経営が破綻《はたん》した理由。

それは食中毒事件を起こしてしまったからだ。

幸い「シリウス」に納品したデザートではなかったが、他社の飲食店用に製造したティラミスを食べたお客さんに被害が出た。原因は卵に付着していたサルモネラ菌だった。

事件をきっかけにほとんどの取引先が離れた。

カモメ製菓は社会的信用を失ったのだ。

今も牧野部長は、卵を使った製品には特に神経質だ。プリンは前日に焼いてもいいという意見もあるけれど、絶対に当日の朝だと譲らない。

きっと桃井さんはこの事件を気にしている。事件はずっと以前のことだし、保健所の指導も受けて作業も見直している。しかし、飲食店にとって食中毒はあってはならないことだ。メニュー開発に携わる桃井さんが慎重になるのもわかるし、少しでも不安があるのなら、方法を変えたほうがいいのは当然だ。

牧野部長の自信作だとわかっているだけに、ずしんと気が重くなる。これを伝えるということは、本社に信用されていないと言うのと同じことだ。また部長の機嫌が悪くなる。田口さんと紺野さんもピリピリする。

一転して、イチゴとミルクのムースは味も見た目も好評で、いともたやすく採用された。ミルクムースはコンデンスミルクが加わった懐かしい味わいで、子どもから年配の方まで喜ばれる味わいだろうと意見がまとまる。

桃井さんは担当店舗に出かけると言って退室し、今回も私とつぐみさんが残された。

オレンジのタルトが再提案となり、つぐみさんも残念そうだったが、桃井さんの意見にも納得している様子だった。彼女はパソコンに打ち合わせ内容をまとめていて、ミーティングルームにはキーを打つ音だけが響いている。

「……つぐみさん」

「どうしたの？」

「さっきの桃井さんの意見、つぐみさんから牧野部長に伝えていただけませんか」

顔を上げたつぐみさんに向かい、私の口が勝手に動く。

「私の残業のことも含めて、オレンジタルトの再試作のこと、つぐみさんから伝えてほしいんです」

何を逃げているのだろう。でも、止まらなかった。部長の機嫌を損ねたくない。特に衛生面に関わることは部長にとってとてもデリケートな問題だ。過去の事故とそれによって「シリウス」に買収されたことが、当時カモメ製菓の社長だった部長にどれだけ大きな傷を与えたか、およそ三年間部長を見てきた私にはわかる。だから、その件を思い起こさせるようなことは言いたくない。

部長が嫌いなのに、部長の傷をえぐりたくない。相反する気持ちが私の中で渦巻く。それに、これを伝えたらますます部長は本社を目の敵にするかもしれない。その間に立つ自分を思うと恐ろしい。ほら、いつの間にかカタカタと足が震えている。膝《ひざ》に置いた手はぎゅっと握られ、まるで自分の手じゃないみたいに白くなっている。

「わかった。私から牧野部長に伝えておく。大丈夫？　顔色悪いよ」

つぐみさんは横にしゃがみこんで私の顔を見上げた。膝の上に手を置いて、震える膝を私の手のひらと一緒に押さえてくれる。つぐみさんの体温が伝わり、だんだん震えが収まってきた。

「……すみません、大丈夫です。ちょっと、色々いっぱいになってしまって」

つぐみさんはしばらく私の顔を覗《のぞ》き込んでいた。それから、にこっと微笑んだ。

「ねぇ、今夜は工場に戻るの？」

「直帰していいと言われています」

「この後、食事にいかない？　連れていきたいお店があるの」

私は頷《うなず》いた。何もかもつぐみさんに打ち明けてしまいたかった。

史にすら話さなかった、職場での私の話を。


訪れたのは水道橋《すいどうばし》だった。つぐみさんに連れられて、細い路地のなだらかな坂道を上る。駅からはどんどん離れていき、周りはすでに明かりを落としたオフィスビルとマンションのみ。とても飲食店があるとは思えない。時刻は間もなく午後九時。すぐにラストオーダーになってしまうのではないだろうか。

「今夜も冷えるね。熱々の煮込みでも食べて温まろう。かなめちゃんはお酒もいける？」

「好きです」

煮込み？　モツ鍋《なべ》とか？　つぐみさんは甘いものよりお酒だと以前言っていた。

「もうすぐだから。ほら、看板が見えた」

つぐみさんが指さした夜の先に、ぼんやりとした光が見えた。内側から明かりが灯《とも》る行燈《あんどん》のような看板。「キッチン常夜灯《じょうやとう》」とある。洋食屋のようだ。ならば、モツ鍋ではなくビーフシチューでも食べさせてくれるのだろうか。史と別れてからは、ひたすら工場とマンションとの往復の日々で夜の外食も久しぶり。思えば何の楽しみもない毎日だった。

「あっ、ステンドグラス！」

ふと横を見ると、赤や緑、青や黄色の光が漏れていた。

「綺麗《きれい》でしょう。ここよ。ここに連れて来たかったの」

つぐみさんが重厚な木のドアを引く。何段か階段を下った先の通路は薄暗く、アンティーク風のランプが磨かれた床板をつややかに照らしていた。

「いらっしゃいませ」

潑溂《はつらつ》とした声がして、薄暗がりの奥から小柄で丸っこい女性が現れた。

「こんばんは、堤《つつみ》さん」

「あらっ、つぐみちゃん。今夜は早いのね」

つぐみさんは常連らしい。女性は私に気付き、「ようこそいらっしゃいました」と笑みをこぼす。通路にはバターや肉の脂の焦げる、いかにも美味《おい》しそうなにおいが漂っていて、そのせいか唐突に空腹感に襲われた。

案内された店内は通路よりもずっと明るい。でも、眩《まぶ》しいほどの明るさではない。ぼんやりとランプで照らされたような落ち着く光だ。

「いらっしゃいませ」

長いカウンターの内側でコックコート姿の男性が微笑んだ。

「シェフ、こんばんは。こちらは後輩で製菓部の森久保かなめさんです」

「製菓部。かなめさんはパティシエールですか」

「いいえ」

私は焦って両手を振った。「私は事務です。それに、パティシエールもパティシエもいません。製菓工場が作っているのは『シリウス』のデザートなんですから」

口にしてからハッとした。今の発言、「シリウス」のデザートをちょっと見下している？

手渡されたショップカードで営業時間を確認しておこうと思ったが、表には店名しか書かれていない。裏返すと、名刺も兼ねているのか、オーナーシェフ城崎恵《きのさきけい》、ソムリエ堤千花《ちか》とあった。

「お飲みものはどうしますか。つぐみちゃんはビールかしら？」

「今夜はワインにしようかな。かなめちゃん、白と赤、どちらがいい？」

「最初は白がいいですね」

つぐみさんは「最初は白ね」と笑いながらボトルで注文した。

堤さんは「かしこまりました」と、弾むような足取りでカウンターの奥に向かう。

史ともこういうお店には来たことがない。時々は都心のお洒落《しゃれ》なレストランで食事をしたけれど、雰囲気も料理もどこか作りものめいていてやけに緊張した。ここはホッと息がつける。

「シェフ、今夜のスープは何ですか」

「カリフラワーのポタージュです。温まりますよ」

「かなめちゃんもどう？　シェフのスープは美味しいんだよ」

「いただきます」

「かしこまりました」

城崎シェフは控えめに微笑み、調理台に向かった。物静かな雰囲気が少し史に似ている。

不思議と別れてからのほうが史のことを考える。未練があるわけではない。ただ、恋人がいるだけで精神的にずいぶん支えられていたのだと気付かされた。

「お疲れさま」

堤さんが注いでくれたワインで乾杯した。よく冷えている。温かい店内で飲むキリッと冷えたワイン。なんて美味しいのだろう。ワインを飲みながら、スペシャリテが書かれた黒板を眺める。

「お待たせいたしました」

シェフが目の前に置いたスープボウルを見て目を見張った。ボウルの両端から、カリッカリに焼けたベーコンがまるでスープに架けられた橋のように飛び出している。

「冬が旬のカリフラワーは、ビタミンCが豊富で風邪の予防にも効果的ですよ」

「美容にもよさそう」

つぐみさんに続いて、私もスプーンに手を伸ばした。ベーコンはソーサーによけて、スープにスプーンを差し込む。真っ白なスープはもったりと濃厚。表面には早くも乳成分とタンパク質が固まった薄い膜ができていて、バターや生クリームがたっぷり使われていることがわかる。その膜の下はまさに熱々。スプーンに息を吹きかけながら口に入れると、舌先がしっかりとカリフラワーの甘みとバターのまろやかさを感じ取った。美味しい。感動的な美味しさだった。

「ああ、生き返る……」

「本当に美味しいです」

つぐみさんが上を向いてうっとりと言う。顔を上げた私と目が合ったシェフは、はにかむように小さく笑った。もしかして私たちの反応が気になっていた？

「かなめちゃん。ここは私にとってシェルターなの。仕事から離れて自分を見つめ直す場所。私、行き詰った時はいつもここに駆け込むのよ」

「仕事から離れる……」

「そう。忙しいと目の前しか見えなくなっちゃうでしょう。問題にぶち当たっている時もそれだけで頭がいっぱいになっちゃう。そんな時はあえて離れてみるの。ここはいいよ。美味しいお料理を食べて、シェフや堤さん、常連さんたちの話を聞いて、くたびれた体を栄養で満たす。今ではシェルターというよりご褒美かな。ここに来るために頑張ろうって思えるから」

ふと気づく。史にフラれ、今の私には何の喜びもない。だからこそ、これまで以上に仕事のやりがいに固執していた。プロジェクトの話を聞いてからは、ますますやりがいを見いだせそうだと前のめりになってしまっていた。

「次のお料理はどうする？」

「お任せします」

つぐみさんが注文した料理は知らない名前がほとんどだった。どんな料理が出てくるのか楽しみに待ちながらスープを飲む。飲むというよりも濃厚なスープを食べる。スープではなくカリフラワーのピュレだ。素朴な野菜の味わいを乳製品が引き立たせている。塩は控えめ。だから時々かじるベーコンがいい。

「製菓工場は特殊な場所だよね。店舗とは全然違うし、セントラルキッチンとも違う。だからかなめちゃんは苦労しているの？」

さらりとつぐみさんが訊《き》いてきた。本社で働く彼女は工場の事情をすべて知っているのだ。神保町店に行った時にも話したから、私の不満も感じているだろう。

ここは「シリウス」には関係のないお店だから、周りを気にすることもない。

「製菓工場はいまだにカモメ製菓のままなんです。『シリウス』から異動した私は完全にアウェイ。だから製造に関わる仕事は一切させてもらえません。レシピを盗まれるとでも思っているんでしょうか。今さらそんな心配ないのに。牧野部長は元社長だけあって、今も工場では誰も逆らえません。でも、それもみんなのポーズで、交流がないからだと思います。とにかく工場は雰囲気が悪いんです。部長が本社にめったに顔を出さないのも、よけいなことを言われたくないからなんです」

ほとんど息もつかずに言い切ると、私はグイッとワインを飲む。

「かなめちゃんは製造がやりたかったの？」

「やりたいというか、製菓工場に異動したら当然やらせてもらえると思いました。豊洲店ではホールもキッチンも両方やりましたし、そもそもウチはそういう会社じゃないですか。セントラルキッチンに異動してデミグラスソースを煮込んだり、肉をひたすらカットしたりしている同期だっていますよ」

「そうね。ウチは接客も調理も両方こなすのが基本。配属された店で自然と役割分担ができてくる場合もあるけれど、どちらも経験しないと『シリウス』は動かせない。常に人員不足だしね」

「前も言いましたけど、私も『シリウス』を動かしたかったんです。だから、製菓部に異動って言われた時は本当にショックでした。でも、行くからには製菓部で何かモノにしようと思ったんです。例えば、『シリウス』のデザートを開発するとか」

「それは今、やっているでしょ」

「ちょっと違うんです。企画ではなく、製造開発と言えばいいのかな。自分でレシピを考えるほうです。今思えばとうてい無理ですけど、異動したばかりの頃は、そこまでできるようになると思っていました。早く製菓部に慣れて、先輩たちにも認めてもらいたかった。だから朝も、部長たちと同じように五時とか六時に出勤していました。一緒に働いて、仕事を教えてもらいたかったんです」

「教えてくれなかったの？」

「早朝が一番忙しいんです。社員だけで『シリウス』に納品するデザートをすべて仕上げなくてはいけません。ベテランばかりですから、みんな自分の仕事がわかっているんですよね。とにかく黙々と働く。話しかける隙なんてありません。時々部長が指示を出すんですけど、製菓用語ばかりでサッパリわからなかった。『アンフュゼしておけ』とか『ブランシールしろ』とかいきなり言われて、つぐみさん、わかりますか。絶対にフランスで修業したことを鼻にかけているって、その時の私は思ったんです」

「……さっぱりわからない」

グラスを持ったままつぐみさんは苦笑した。

「アンフュゼは煮出すことですね。ブランシールは下茹《したゆ》ですることですが、製菓ですから、卵黄と砂糖を白くなるまですり混ぜる、ということでしょう」

シェフがさりげなく会話に加わった。

「お待たせいたしました。鱈《たら》のブランダードと、アンディーブとロックフォールチーズのサラダです」

「さすがシェフ。お料理も美味《おい》しそう！」

つぐみさんが小さく拍手を送る。

「料理人も同じです。調理用語はフランス語のほうが伝わりやすい。堤さんと二人の時は私もそうなります」

「前にいたレストランでも、スタッフ同士のやりとりはそうだったわね」

グラスにワインを注ぎ足してくれながら堤さんも頷《うなず》く。

「そのほうが簡潔でわかりやすいのよ。忙しい時のお店は戦場だからね」

製菓部での私は誰からも相手にされない。でも、ここではみんなが反応してくれる。初めて来たお店だというのに。それが嬉《うれ》しかった。

「さぁ、食べよう」

つぐみさんがサラダを取り分けてくれ、私はフォークを握った。

サラダのアンディーブはひと口大にカットされていて、細かくちぎったチーズがまんべんなく散らされている。全体的に白っぽいサラダに、チーズに入ったアオカビの青緑色が鮮やかだ。

「ロックフォールは、イタリアのゴルゴンゾーラ、イギリスのスティルトンとともに世界三大ブルーチーズと言われるフランスの羊乳のチーズです。塩分が強く、サラダのドレッシングにもよく使われます。今回はワインビネガーと合わせてさっぱりと仕上げました」

シャキッとしたアンディーブに、ホロホロとやわらかなロックフォール。チーズは優しい舌触りに反してピリッとした刺激的な塩味がある。ワインビネガーのさわやかな酸味が心地よく、散らされたクルミもいい食感となっていた。

「美味しいです。このサラダ、ワインによく合いますね」

美味しい料理は恐るべき力を持っている。ついさっきまで仕事の話で暗くなっていた気持ちがパッと上を向く。

「本当に美味しいです。私、すっかりチーズのサラダが好きになってしまいました」

「シェーブルのサラダを気に入ったつぐみさんなら、こちらもお口に合うだろうと思いました」

温めた山羊《やぎ》のチーズを載せたシェーブルのサラダはすっかりつぐみさんのお気に入りだという。今度は私も食べてみたいと思った。次もまたここに来る気になっている。

「シェフ、ブランダードって何ですか」

もう一品のキャセロールに入ったペースト状の料理に手を伸ばしながら、つぐみさんが訊《たず》ねた。どんな料理か知らずに注文したらしい。シェフの腕を信頼して楽しんでいるのだ。

「簡単に言うと鱈のミルクグラタンです。ミルクで煮てほぐした鱈とジャガイモのペーストをオーブンで焼いています。バゲットに載せて食べるといいおつまみになりますよ」

ペーストの表面は焼けたチーズでキツネ色に色づき、香ばしいにおいが漂っている。

シェフはスライスされたバゲットがたっぷりと載ったお皿も横に置いてくれた。

「熱いですからお気をつけて」

先にどうぞと言われ、スプーンを握る。サクッと焦げたチーズの下は、白くやわらかなペーストだ。ペーストといっても完全になめらかなわけではなく、ほぐした鱈の身や、粗くマッシュしたジャガイモの感触が残っている。それをすくい、バゲットに載せる。

焼いたバゲットにはうっすらとガーリックが塗られていた。ペーストにもたっぷりとガーリックが使われていて、何とも食欲をそそる香りが鼻腔《びこう》をくすぐる。

「食べる前から元気が出そうです」

私の言葉にシェフが口元を緩める。

ザクッと香ばしいバゲットの食感、その上のブランダードはどこまでもやわらかい。口の中に心地よい鱈の塩味とガーリックの風味が広がる。これだけなら強烈な味のはずなのに、ミルクが全体をやさしく包み込んでいる。

「うわ、初めてのお料理です。美味しい」

「不思議な食感。鱈の身のふわっとした感じと、ジャガイモのホクホク感、両方残っていますね。それに、鱈ってもっとクセのある味かと思っていました」

「鮮度が落ちると臭みが出やすい魚ですが、これはミルクでしっかり煮ているので臭みもありません。そのためフランスでは干し鱈を使って作りますが、こちらでは手に入りづらいので切り身を使いました。干し鱈を使うとまた少し違った食感になって、それもまた美味しいんですよ」

「食べてみたい」

「フランスに行かれる機会があればぜひ」

「そんな簡単に行けないですよぉ」

シェフはにこりと笑うと、次の調理に取り掛かった。いつの間にか店内のお客さんが増えている。心地よいざわめきとワインが心を穏やかにしてくれ、私は安心感に包まれていた。社員にパートさん、たくさんの人がいても孤独を感じる工場とは全然違う。

バゲットをかじり、ワインを飲む。その合間に話をする。

「……悔しかったんです。豊洲店で四年間働いて、自信もついていました。それが工場では何もできないし、指示すら理解できない。私、製菓用語集や専門書を買って必死に覚えようとしました。でも、仕事をさせてもらえないんじゃ意味がありませんよね。パートさんたちは女性社員が来たって喜んでくれましたけど、やっぱり社員とパートじゃ壁があります。彼女たちのシフトの作成や、勤怠管理も私の仕事になると、ギクシャクすることも少なくありません。みんなの希望通り、働きたいだけ働かせてあげられるわけではないですから」

「嫌な役回りね」

「今夜ここに連れて来てもらえてよかったです。ひとつだけ、納得がいきました」

「何？」

「牧野部長は、わざと理解できない言葉を使って、私に嫌がらせをしているんだとずっと思っていました。製造に加えないために。でも、シェフと堤さんの話を聞いて、それがずっと製菓に携わってきた彼らには当たり前のことだったって納得しました」

早朝、社員だけの時間帯はまさに戦場だった。セントラルキッチンの配送車が到着するまでに、すべての作業を終えなくてはならない。そうでないと店舗に届かない。

制限時間のある仕事は間違いなくストレスが大きい。社員がいつもピリピリしているのは忙しいからなのだ。そんな時に、「教えてほしい」とお客さん気分の私がいては、相手にされないのも当然だ。

「……それだけは理解できましたけど、私にとって居心地の悪い場所であることに変わりはありません。私はもっと頑張りたかったんです。やりがいがなくて、仕事がつまらなかった。部長は私を製菓部から追い出したいのかもしれないとまで思いました。知っています？　私の前任者、体を壊して退職したって。きっと製菓部の環境に耐えられなかったんだと思います」

「『女性活躍』で北千住店から製菓部に異動になった、もと店長の男性社員だったね」

「お店で毎日動き回っていた人にとって、製菓部の環境は耐えられません。それに、部長にとって『シリウス』は他人事《ひとごと》なのも気に入らないんです。どうしたら真剣になってもらえるんでしょうか」

「これまでの本社とのやりとりでも、かなめちゃんが嫌な思いをすることがあったのね。だからさっき、私から伝えてほしいって言ったんでしょう？」

「……ごめんなさい」

「いいの。私の仕事だから。本当はもっと早くに営業部と製菓部は協力しなきゃいけなかったって桃井さんとも反省しているの。それがなかったから、牧野部長も製菓部でどうしたらいいかわからなかったのかもしれないよね。もともとオオイヌから依頼された『シリウス』のデザートを作っていたんだから。でも、今は取引先じゃない。同じ会社なんだもの」

つぐみさんの言葉は、私の気持ちを代弁するかのようだ。製菓部に異動した私はずっと一人だった。店舗のように心を許せる同僚もおらず、同じ会社にいるはずなのに、まったく違う会社で働いているようで居心地が悪かった。でも、ようやくそれを理解してくれる人に出会えた。しかも、一緒にそれを変えようとしている。こんなに心強いことはない。

「会社で働いていれば色々あるよね。思いがけない部署に飛ばされて、全然知らない仕事をすることもある。でも、全部をマイナスだと捉《とら》えたら、もったいないと思う」

「今の私でも？」

「うん。かなめちゃんは製造には関わっていなくても、製菓工場の仕事をしっかりつかんでいる。最初の打ち合わせの時、プリンの製造の話を聞かせてくれたでしょう。それに、製菓部の問題点にも気づいている。このままじゃダメだって思うから、変えることができる。変えようよ、私と一緒に」

またしても心強い言葉に、思わず泣きそうになる。

「……こんな話ができるなんて、思ってもみませんでした。年末にフラれちゃって、私、本当に一人だったんです。ますます頭の中は仕事のことだけになっちゃって、もう、どうしていいかわからなくて……」

久しぶりのワインのせいですっかり酔いが回り、口まで軽くなっている。

つぐみさんと堤さんがギョッとしたように私を見た。

「いいんです。未練はないんです。悪いのは私ですし。ただ、やけに一人なんだなって実感することが増えちゃって。心にぽっかり穴が空いているんです。今まで仕事で空いた穴を、彼に会うことで埋めてきたから……」

「じゃあ、その穴はここで埋めればいいよ。美味《お》しい料理で埋めちゃえばいい」

「『常夜灯』で？」

「そう。お腹も心もいっぱいになって、余計なことを考えないですむ」

「……そうかもしれないですね」

カウンターの向こうからいいにおいが漂ってきた。スープやサラダを食べたのに、またしても美味しそうと胃袋が反応してしまう。一気に湿っぽかった空気も吹き飛んだ。

「お待たせしました。仔牛《こうし》のバスク風煮込みです」

「待っていました。こんな寒い日は煮込みが食べたいねって話しながら歩いてきたんです。かなめちゃん、シェフはバスク地方で修業したんだよ」

「お二人が想像した煮込みとは少しイメージが違うかもしれません」

私たちはシェフが置いた料理を覗《のぞ》き込んだ。深めの大きなお皿に、細かく刻まれたお肉と野菜が盛られていた。汁気は少なく、煮込みというより炒《いた》めものといった感じだ。

野菜は緑と赤のピーマン、タマネギだろうか。ハーブとスパイスの混ざった香りが食欲をそそる。横にはオーブンで焼いたジャガイモが添えられ、振りかけられた赤い粉が白い皿に映えている。

「バスク地方でアショアと呼ばれる伝統的な家庭料理です。赤い粉はピマンデスペレット。エスペレット村の風味のよいトウガラシで、バスク料理の特長でもあります。アショアというのは、バスク語で『細かく刻んだ』という意味なんです」

「なるほど。子どもからお年寄りまで食べやすそうなお料理ですね」

「付け合わせのジャガイモと一緒にお召し上がりください」

「いただきます！」

ホクホクしたジャガイモに、しっかり味の染みたやわらかな仔牛肉とクタクタに煮込まれた野菜がよく合う。赤い粉はトウガラシというから刺激的な味を想像したけれど、ハーブとニンニクの効いた食欲をそそる味わいだ。

「ごはんに合いそう」

「そうでしょう。バターライスもご用意しています。いかがですか」

「もちろんいただきます」

シンプルな素材なのに、深い旨《うま》みがあってフォークが止まらなくなる。私もつぐみさんも夢中になっていた。

「奥深い味わいですね。こんなに美味しいと思って食事をしたのは久しぶりです」

「複雑な味の正体は生ハムです。バスク料理は生ハムの出汁《だし》をよく使います」

いつの間にか私は笑顔になっていた。食事を美味しいと思ったのも久しぶりだけど、こんなに自然に笑えたのも久しぶりだ。

「先ほど言った通り、アショアは家庭料理です。鶏肉や豚肉で作られることが多いのですが、ここはビストロですから仔牛肉を使っています。でも、家庭でも仔牛を使う時があるのです」

「どんな時ですか」

「特別な日です。お祝いごとやお祭り、そういう日のごちそうにするんです」

特別な日。今夜は私にとって特別な日かもしれない。こんな素敵なお店と出会うことができたのだから。

「デザートもいかがですか」

私とつぐみさんは顔を見合わせてから「もちろん！」と頷《うなず》いた。

「とっておきをご用意しましょう」

シェフは心なしか楽しそうに調理台に向かう。

私はグラスに残っていたワインを飲み干した。体中を血液が回り、指の先まで温かくなっている。ふわふわとした頭を横に向ける。

「つぐみさん、何だか心が軽くなりました。何も解決していないかもしれないんですけど、頑張れる気がします。だって、投げ出したら悔しいですしね」

つぐみさんが笑う。彼女のほうがずっと飲んでいるはずなのに、顔色ひとつ変わっていない。

「何も解決していない、なんてことはないよ。私に話してくれた。頑張ろうって思えた。それに、料理を美味しいと思いながら残さず食べ切った。そういうのが大事。大丈夫。営業部がついている。だって、もうプロジェクトは動き出しているんだもの」

思わずつぐみさんに抱き付いた。やっぱり酔っている。

「あらあら、仲がいいのね」

堤さんが紅茶を淹《い》れて持ってきてくれた。厨房《ちゅうぼう》からは甘酸っぱい香りが漂ってくる。

「美味しそう。リンゴですね」

「はい。タルトタタンをご用意しました」

シェフがカウンターに置いたお皿に目が釘付《くぎづ》けになった。

しっかりと濃い飴色《あめいろ》に色づいたリンゴがダウンライトを浴びて輝いている。美味しいお料理とワインで十分満たされたと思ったのに、それでも目の前のデザートがとてつもなく美味しそうに思える。やっぱりデザートは魅力的だ。それを嫌いになりかけていたなんてあまりにももったいない。

「温かいうちにどうぞ。横に添えているのはラムレーズンのアイスです」

バターと砂糖でしっかりとカラメリゼされたリンゴは、まるで琥珀《こはく》のような輝きを放っていた。フォークを入れると、やわらかさの中にシャクッとした手ごたえが残っていて、まるで瑞々《みずみず》しいリンゴの芯《しん》の強さに触れたような気持ちになる。

横のアイスを載せて、大きく口を開けて頬張る。カラメルのほろ苦さと香ばしさ、リンゴの甘みと酸味、さらにはラムレーズンの芳醇《ほうじゅん》な風味まで口いっぱいに広がって、私までとろけそうになる。なんという美味しさ。甘酸っぱい果汁が沁《し》み込んだパイ生地も最高だ。

「やっぱり『シリウス』のデザートとは違いますね。こんなに本格的な味わいのお菓子は工場では作れません」

「工場では無理かもしれませんが、その製菓部長さんならきっと作れると思います。フランスで修業をされた方なら、私よりもよほど美味しく」

「まさか」

「実力がありながら、それを発揮する場がないのも苦しいものです。まさに今のかなめさんのように」

まさか、部長もそうだというのか。でも、それにしたって。

『シリウス』の業態ではかなり難しいですが、もしもその技術を活《い》かすデザートを生み出すことができれば、他の同じような飲食店と大きく差をつけることができるかもしれません。それを探すのも楽しそうですね」

「もう、ケイったら他人事《ひとごと》みたいに。でも、確かに楽しそうね」

背の高いシェフを見上げて堤さんが言う。何だか微笑ましい。この二人が生みだす温かな雰囲気が「常夜灯」の居心地のよさなのだ。だから何気なく言ってしまった。

「やっぱりご夫婦でやられているお店っていいですよね。息がぴったり合っているし、何よりも落ち着きます。まるで自分の家に帰ってきたみたい」

店内の時が止まった。それまで静かなざわめきに満ちていた店内がしんとなる。他のお客さんも食事の手を止めてこちらを見ている。何かおかしなことを言っただろうか。もらった名刺の苗字《みょうじ》は違ったけれど、仕事上、そんな夫婦は珍しくないはず。

横のつぐみさんが盛大に笑い出した。

「か、かなめちゃん。違うの。私も最初は間違えたけど、違うんだってば」

「えっ、こんなにお似合いなのに？」

私の頭にかぁっと血が上る。穴があったら入りたい。

「……お似合いかどうかは知りませんが、私たちは夫婦ではありません」

シェフが律儀にも訂正する。間違えたのは私なのに、シェフのほうが申し訳なさそうにしている。横の堤さんもつぐみさんと同じくらい笑っていた。

「かなめちゃん、私たちは同志なの。前のお店の時から一緒の長い付き合いの同志なのよ」

シェフと堤さんが、以前働いていたレストランの経営者が替わったことにより、さっきの私の話のように、やりがいを見いだせなくなって辞めてしまったという話を聞いた。シェフたちは、自分たちで新しい未来を切り開いたのだ。

ようやく笑いが収まったつぐみさんが、堤さんのダンナさんはここの常連客だとこっそりと教えてくれた。ならば、ここに通ううちに私も会えるかもしれない。

今の一件で、すっかり私は「常夜灯」に打ち解けた。後ろのテーブル席の女性客も、「普通、夫婦だと思うわよねぇ」などと私を慰めてくれる。ああ、本当にここは温かい。

「『常夜灯』は私にとって大切なお店になりそうです」

「かなめちゃん、シェフのお料理の美味しさの秘密はね、その先に『大切な人』が見えているからなの。相手を思って丁寧に作られたお料理は、絶対に美味《おい》しくなる。私も、そんなふうに丁寧に仕事に取り組みたいって、ここに来て教えられたんだ」

「丁寧に仕事に取り組む……」

「そう。忙しさに流されないで、じっくり取り組む。一緒にそうやっていこう」

丁寧にやるどころか、私は仕事に向き合ってすらいなかった。ずっと工場から目を逸《そ》らしたくてたまらなかったのだ。

カウンターの中では、シェフがじっくりとフライパンの中の料理の焼け具合を見極めている。それを見ながら、つぐみさんに顔を寄せて囁《ささや》いた。

「シェフの『大切な人』はいったいどんな方でしょうね」

つぐみさんは「そうねぇ」と微笑んだ。きっと常連のつぐみさんは知っている。でも、私に話そうとはしない。自分で見極めろということらしい。「常夜灯」に通ううちに、どんな人かわかるかもしれない。会うことだってあるかもしれない。

シェフは仕上げた料理を堤さんに託す。自分は新たな料理に取り掛かる。聞き取れないけれど、何か言葉を交わしている。私にはわからないフランスの言葉かもしれない。堤さんはしっかり頷き、料理をテーブルのお客さんに運ぶ。忙しさの気配を彼らからはまるで感じられないけれど、満席なのだから忙しくないはずはない。

いいなぁ、としみじみ感じた。この二人は本当に素敵だ。同志。信頼し、同じ目標を持つ相手とだから、こんなに素敵なお店ができるのだ。

私もそんな相手が欲しい。もしかしたら、つぐみさんと同志になれるかもしれない。いや、同志というより目標だ。彼女は私よりもこの会社で倍近い年月を働いている。今の倍働いた自分を想像してみる。その頃、私はどうなっているのだろうか。

つぐみさんはいつの間にか常連客に勧められて、違うワインを飲んでいる。タルトタタンを食べながらのワイン。まさに今を楽しんでいる。私もタルトタタンを食べる。ゆっくりと大切に食べる。

以前つぐみさんが話していた、デザートのアドバイスをくれた行きつけのビストロのシェフとは城崎シェフに違いない。なくてもいいけど、あると世界が変わるもの。それを教えてくれたのもきっと城崎シェフだ。そんなふうに感じてもらえるデザートを、私は牧野部長に作ってもらいたい。もっと部長を信じたい。

でも、その前に。

私は大きく口を開けてタルトタタンを頰張った。

頑張るためには、ご褒美が必要だ。

第二話　勇気と挑戦のブーダンノワール

真冬の早朝の空気は硬質に輝いている。

私は白い息を吐きながら、開け放たれたシャッターの前で待機していた。

まもなくセントラルキッチンの冷蔵トラックが到着する。各店に納品するデザートは店舗ごとに仕分けられ、アルミ製の番重に並べられている。番重の中は、早朝から部長と田口さんがマロンクリームを絞って仕上げたモンブランとカップに入ったプリンである。冷凍されたガトーショコラやチーズケーキ、パンケーキは、保冷バッグごとコンテナに入っている。

トラックは三台。都心部、中央《ちゆうおう》線沿線方面、神奈川方面の「シリウス」へと、セントラルキッチンで積み込んだ食材と一緒に運ばれていく。

トラックを見送ると、朝の仕事は一段落。ここでいったん事務所に戻ってお茶で一服し、その日の作業内容を確認する。

私の始業時間は午前七時だが、部長や田口さん、紺野さんは、今朝は午前六時に仕事を始めていた。仕上げるスイーツの量によっては、もっと早いこともある。

もともと製菓会社で働いていた彼らには、早朝から働くのが当たり前に染みついている。考えてみれば、街中のパティスリーやパン屋さんだって、開店時間までに何種類ものケーキやパンを棚いっぱいに並べなくてはならないのだ。

反対に、「シリウス」豊洲店で働いていた私にはすっかり夜型の勤務体制が染みついていた。豊洲店の開店準備はだいたい朝十時から。夜の閉店業務を終えて店を出るのは早くても午後十一時過ぎ。お客さんがいつまでも帰らない時や、トラブルがあった時は深夜零時を回ることもあった。

だから、製菓部に異動した初日、勤務時間を確認した私は思わず言ってしまったのだ。

「そんなに朝早いんですか」と。

牧野部長に工場内を案内してもらっている時だった。部長は口を一文字に結んだまま、それ以上の言葉を発しなかったし、背後の作業台にいた田口さんや紺野さんは、手を止めて呆《あき》れたように私を見ていた。パートさんたちは笑った。「何も知らない若い子が来た」と笑われたのだ。

確かに私は若かった。何でも自分が中心にならないと気がすまなかった。自分ができないことなどあってはいけないと思っていた。笑われて、悔しくて情けなかった。

でも、今は違う。今年の夏で私も三十歳。もちろん仕事の幅は広げたいし、製菓部にいるのだからお菓子を極めたいという思いもある。だったら、自分に任せられた役割の中でそれをすればいい。工場だけでなく、会社というもっと大きな組織の中で開発に携わる。本社と工場の橋渡しが今の私の役割だと、ようやく思えるようになった。

「キッチン常夜灯」のおかげだ。

つぐみさんから教えてもらったお店は、私の中でお守りのような存在になっている。

素敵なお店と出会えたあの夜は、私にとって「特別な日」だった。史と別れ、店舗への異動の辞令が出ることを密《ひそ》かに待ちながら単調な仕事をくり返す毎日の中にも、ちゃんと「特別な日」は存在する。つぐみさんがそれに気づかせてくれた。ようは自分次第なのだ。

だから私も頑張る。製菓工場のデザートからシリウスを変えていく。なんてやりがいのある仕事だろう。アウェイな製菓工場で、どうやってこのプロジェクトを浸透させていくか、それが私にとっての重要なミッション。でも、大丈夫。営業部も本社もついている。「常夜灯」がいつでも迎えてくれると思うと頑張れる。

私は製菓部に異動してきた時の前向きな気持ちを久しぶりに思い出していた。

トラックを見送って事務所に戻ると、部長たちはそれぞれ好き勝手にお茶を飲んでいた。部長は紅茶、田口さんはコーヒーで紺野さんは緑茶。だいたい毎朝決まっている。もともとこのメンバーでやっていたからか、誰かがお茶を淹《い》れる習慣はなくてセルフサービス。それだけはいいなと、ここに異動してきた時に思った。

私も給湯室に向かう。サーバーの中には田口さんが落としたコーヒーが残っていたので、自分のカップに注いでポーションミルクを二個入れた。

給湯室の窓から朝日が差し込んでいる。もうすぐパートさんも出勤してくる。

この後は社員だけのミーティングが始まる。今日の製造工程やスケジュールの確認をするのだ。席に戻ると、社員たちはプロジェクトのことを話題にしていた。

まず耳に飛び込んできたのは田口さんの声だ。

「デザートで客単価をアップして、さらにティータイムの集客力を高める。それって、これまでのウチのデザートに問題があったって、本社はそう言いたいんですかね」

「問題はないにしろ、魅力には欠けていたってことなんだろうな」

「そういうことではありません」

私は慌てて言った。つい興奮して、テーブルにカップを置く時に少し零《こぼ》してしまった。

「じゃあ、どういうことなんだ？」

隣のデスクの田口さんがコーヒー臭い息を吐く。

「……今は街中にカフェがいっぱいありますよね。本社に行くと感じるんですが、都心のカフェやコーヒーショップはいつも満席です。その需要を『シリウス』に取り込むことができれば売上はアップします。『シリウス』は洋食店のイメージが強く、これまでと同じではティータイムの時間帯にお客さんは来てくれません。デザートを魅力的にするのはそのためです。食後に追加していただいて客単価アップを狙うのはもちろんですが、ティータイムの売上を作ることのほうに重点を置いています」

「『シリウス』の売上は確かに伸び悩んでいるな。ここを買収した時が全盛期だったってことだ。あの頃よりだいぶ店舗数も減ったし、製菓工場を維持するのだって実際は大変なんだろう。使えるものは最大限に活用しようってことなんじゃないか」

「そのうち、また外注に切り替えるんじゃないですか。デザートは全部冷凍品なんていう、似たような店も少なくないんだから」

牧野部長の言葉に田口さんが反応する。この二人はちょっと似ている。何でも否定的にとらえるのだ。

「これまでだって部長は、営業部が提案してきたものを忠実に作ってきたじゃないですか。それで魅力がないって言われてもお門違いですよね」

紺野さんは一見優しそうでいて実はかなり辛辣《しんらつ》。この人も苦手だ。

私は心の中で反論する。これまで製菓部側から何か提案したことがあったのか、と。

「SNSが普及してから、世の中のスイーツもかなり変わったからな。味よりも見栄え重視だ。写真を撮られることを前提に作られた街中のカフェとウチのケーキを比べることがそもそもおかしい。いったい何をもって魅力とするんだ？　だいたいここは人手もないし、配送が前提だから手の込んだものなんて作れるはずがない」

ダメだ。昭和生まれのオジサン三人に詰め寄られ、私は答えることができない。そもそも、どうして私が詰め寄られなくてはならないのかがわからない。

「あ、森久保さんは今日も本社に行くんでしたね。最近多いですよね」

そのせいか。そのせいで私は詰め寄られているのか。

「……はい。ティータイムの売上を伸ばすための打ち合わせです。デザートの改善だけでなく、集客についても協力してほしいと言われているんです」

「改善？」

紺野さんが揚げ足を取る。

「あっ、すみません。工場製のデザートが悪いという意味ではなくて、より魅力あるデザートの開発という意味です。といっても、四月から始まるデザートはもう進行中なので、それをどう売り込んでいくかも営業部にとっては重要ですから」

本当に面倒くさい。ここのオジサンたちは、どれだけ私に気を遣わせるのだ。

今日はオレンジのタルトの二回目の試作品も持っていくことになっている。再試作が求められたのは今回が初めてだったようで、それも営業部へのバッシングに繋《つな》がっている。もちろんその件については、つぐみさんが丁寧にメールで部長に説明してくれ、要望も伝えている。だから部長も納得はしてくれているはずだ。とはいえ。

「森久保はすっかり本社気取りだな」

……やっぱり部長の言葉には棘《とげ》がある。でも、しっかり二度目の試作品を用意するのはさすがだった。先ほど見せられて説明を受けたが、これなら桃井さんの懸念を見事に払拭《ふっしょく》し、かつ魅力あるケーキとしてつぐみさんもアピールしやすいだろうと感じた。

「私は本社との連絡係ですから、すっかり目をつけられちゃったみたいですね。今日はちゃんと店舗からの発注が入る前に戻ってきます。それ以外の仕事も、本社に行く前にやっておきます」

この役目を私に押し付けたのは牧野部長だ。それだけはしっかり自覚してもらいたい。

牧野部長は私をじっと見ている。怖い顔で。

「……まぁ、いい。森久保、本社が言ってきたことには協力しろ。協力しておけば間違いはない。何か言われたら、細大漏らさず報告するように」

「はい」と答える。とことん本社から口出しされるのが嫌らしい。

本社のミーティングルームで、持参したクーラーボックスからケーキの箱を取り出す。

つぐみさんと桃井さんは、私が箱を開けるのを期待のまなざしで見つめている。

「なるほど。こうきたか」

引き出された台紙の上のケーキを見るなり桃井さんが呟《つぶや》いた。

タルトの表面を覆うのは横にスライスされたオレンジだ。オレンジの断面は、放射線状に並んだ果実が美しい。部長はそれを活《い》かしたのだ。

「そうか、皮ごとコンフィチュールにしたんだね」

「はい。単純にカットをスライスに変えただけでは、生の果皮の苦みが気になります。かといって皮を剝《む》いてしまえば断面の美しさが半減します。そこでシロップで炊いたオレンジを載せて焼くことにしたそうです」

「これなら水分が出ることもないし、衛生面は気にならないな。ナパージュのおかげでツヤツヤとして、フレッシュでなくても瑞々《みずみず》しさが感じられる」

やはり桃井さんは安全性を一番に気にしていたのだ。部長もおそらく再試作の本当の意図を読み取っていた。だからこそ、念には念を入れて今回のケーキを出してきたのだ。

「すべてに火が入っていますから、店舗での保存期間も一日、二日は延ばせそうですね」

「うん。でも、冷凍品以外はマメに発注してほしいよね。冷蔵庫に保管しておくと、どうしても乾燥してしまうから」

「コンフィチュールはまとめて製造できるので、工場の負担も大きく減ります。これならオレンジの品質による影響も受けません」

とはいえ、前回のフレッシュオレンジをたっぷり使った試作品を、腕を見せつけるように出してきたのは牧野部長なのだが。

「前回に比べるとインパクトは弱くなっちゃうけど、やっぱり安全性は絶対ですからね。大丈夫。このびっしり並んだオレンジの断面は十分写真映えするし、最初の設定価格を見直して、メイン商品として押し出しましょう」

つぐみさんの言葉にホッとする。彼女は手元の手帳を開いた。

「よし、これで商品も固まったね。次はメニュー用の写真撮影か。桃井さん、お料理のほうも、もう完成しているんですよね」

「ああ。何日か候補日を出してもらえれば合わせるよ」

「デザイン会社の林《はやし》さんと調整してみます。カメラマンの予定もありますし、何度も来てもらうのは申し訳ないので、今回はデザートと料理、同じ日に撮影を済ませようと思うんです」

「それ、一日仕事になるよ。新田さん、大丈夫？」

「大丈夫になるように調整します」

つぐみさんは苦笑すると、私に向き直った。

「撮影日が決まったら、製菓部は撮影用のデザートを用意してね。私からも牧野部長に伝えておくけど、森久保さんからも確認をお願い」

「はい」

「それから、当日は森久保さんに工場から運んでもらうことになるけど、その後、撮影にも立ち会ってもらえる？」

「いいんですか？」

これまでは運んだケーキ類を桃井さんに預けるだけだったのだ。

「もちろん。製菓部が作ってくれたデザートが、どういうふうにメニューになって、どうやってフェアが始まるのか、プロジェクトの一員としてちゃんと知っておいてもらいたいの」

撮影の日はおそらく半日以上拘束されるという。部長たちにまた嫌味を言われそうだと思ったけれど、気にしてはいられない。いや、気にしないことにした。夕方の発注の集計業務に支障が出るようなら、あらかじめ紺野さんにでも頼んでおけばいい。彼らだってさっさと終わらせて帰りたいのだから、文句はないはずだ。だって、私は自分の仕事をしている。製菓部の一員として、「シリウス」のためのプロジェクトのメンバーとして働いているのだ。

二度目の試作品にGOサインが出ると、桃井さんは別の仕事に向かい、私とつぐみさんは場所を移してティータイムの集客について話し合うことにした。

つぐみさんが連れて来てくれたのは、本社からも近い古い喫茶店だった。

「ここ、午前中はまだ空いているけど、お昼を過ぎると夜までずっと満席なの」

ベルベット生地が張られた古びたソファに座りながらつぐみさんが言う。

「どういう客層なんでしょう」

「ビジネス利用が多いかな。商談とか。でも一般のお客さんもいるよ。ここ、ハンドドリップのコーヒーが美味《おい》しいし、マスターの手作りケーキも人気があるの」

つぐみさんが差し出してくれたメニューを見る。文字だけのシンプルなメニューで、品数も多くはない。

「ここの味が大好きな常連客がいるってことでしょうか」

「うん。あとは居心地のよさじゃない？　静かで落ち着くでしょう。それからマスターの人柄もあるわね。お客さんとお店との信頼感があるのよ」

「なるほど」

居心地のよさ。マスターの人柄と信頼感、ふっとあるお店を思い出した。

「『常夜灯』みたいですね」

「そうね。私ね、どんな人にも、その人にとっての『常夜灯』みたいなお店があるんじゃないかって思うの。疲れた時、あのお店のあのメニューを食べたくなるとか、あの店員さんに会うと元気が出るとか。私は『シリウス』にも誰かのそういうお店になってほしいんだ。チェーン店では無理だって思うかもしれないけど、そんなことはないと思う」

「素敵です。あ、だからプリンを看板メニューにしたいって言っていたんですね。確かにあのプリンなら、また『シリウス』のプリンが食べたいって思ってもらえそうです」

「そういうこと。そんなデザートを私たちは開発しなきゃいけないのよ」

それぞれブレンドを注文し、私はドライフルーツ入りのパウンドケーキもお願いした。

「季節限定のケーキじゃなくていいの？　栗のタルトとか、リンゴのシブーストがお勧めみたいよ」

「私、パウンドケーキが大好きなんです。子どもの頃、姉とよく焼きました。工場の直売所でも売っているんですよ。他にもマドレーヌやフィナンシェなんかもあります。カモメ製菓の頃からやっていたみたいです」

「そういえば直売所もあるんだったね。私、実は製菓工場に行ったことがないの。家から近いんだけどね」

つぐみさんのマンションの最寄り駅が清澄白河の隣の森下《もりした》だと知って驚く。私も両国だから大江戸《おおえど》線上に並んでいる。この話題でますますつぐみさんと打ち解けた。

「常夜灯」に連れて行ってもらった夜、私は終電で帰宅したが、つぐみさんは店に残った。だから、てっきりこの近所に住んでいると思い込んでいた。

私たちは運ばれてきたコーヒーを飲んだ。狭い店内はコーヒーの香りに満ちている。

「ティータイムに利用するお客さんは、きっとゆっくり過ごしたいですよね。『シリウス』にドリンクバーはありませんけど、デザートセットをご注文の方はコーヒーのおかわりができたら嬉《うれ》しいですよね」

「それは嬉しいね。やっぱりかなめちゃんがプロジェクトのメンバーでよかったよ。営業部だけで考えても、なかなかいいアイディア出てこないんだよね。お客さんに近い位置にいた人の意見は重要」

「豊洲にいたのは三年も前なんですけど。でも、そんなことを言ったら、製菓部の人たちはお客さんの顔なんて見えていないですからね」

ふと思う。私は店舗でお客さんの喜ぶ顔を見てきた。そういう顔が見たいから、飲食店に就職したし、それこそがこの仕事のやりがいだとも思う。でも、最初から製菓会社の工場にいる彼らは、何を張り合いにお菓子を作ってきたのだろうか。きっと最初から私とは求めるものが違っている。

「かなめちゃん、私、悔しいんだよ」

唐突につぐみさんが言った。

「『シリウス』は私たちが入社した時にはもう落ち目だったじゃない？　全盛期のいい時代を知らないのに、業績が悪化したからって人員削減して、そのツケが私たちに回ってきている。会議では今月も予算達成できていないって叩《たた》かれて、店長たちはシヨンボリ。『女性活躍』で無理やり店長にさせられた人なんて本当に気の毒だよ」

突然始まった辛辣《しんらつ》なトークに私はポカンとする。

「あ、神保町店は別だよ。売上がいいから三上店長はいつも飄々《ひょうひょう》としている。でも、あの人は全盛期を知っている。店舗の垣根を越えて、社員が一丸となって『シリウス』を盛り上げていた頃の働き方を知っているの。だからうまくいっているんだと思う。だってさ、売上があれば、忙しくてもやりがいがあるじゃない。やる気が出るのよ。今だって、お店も本社も毎日忙しいよ。でもそれは単に人手不足なだけで、売上がいいわけじゃない。だからよけいに悔しいの。かなめちゃん、私は頑張った人が、頑張った分だけ評価されて、やりがいを感じられるような会社にしたい。そのために頑張ろうと思っている」

つぐみさんの言葉に目から鱗《うろこ》が落ちた。豊洲店にいた頃、会社の業績など意識したことはなかったけれど、確かに忙しい日のほうがみんな張り切っていた。その後の充実感も大きかった。およそ三年間工場に閉じこもっていた私は、まだまだ視野が狭いことを思い知らされた。

清澄白河に戻ったのは午後一時半過ぎだった。一階の工場にはパートさんだけしかおらず、いつもよりものんびりとした雰囲気で、全員で冷凍するケーキにフィルムを巻く作業をしていた。

事務所に入り、まずは牧野部長にオレンジのタルトが決定したことを報告した。部長はただ頷《うなず》くだけで、どんな感情も読み取れない。近々、メニューのための写真撮影があるということを伝えておく。

「部長、俺、本当に二時になったら上がっていいんですか」

デスクにいた田口さんが腰を浮かせた。

「ああ。年末から一月にかけて、早朝勤務が多かったからな。たまには早く帰れ」

「ありがとうございます！」

珍しく田口さんの声が弾んでいて、そのまま帰り支度を始める。向かい側のデスクにいた紺野さんがチラリと私を見た。

「明日の朝の出荷分を用意する時は手伝ってくださいよ。こういう時こそ、店舗からの発注が早く揃うといいんですけどね」

どうやら今日はすべての工程がすでに終わってしまったらしい。一月末から二月は飲食店に関わるような大きなイベントもなく、店舗も落ち着いてしまう。客数が減れば当然デザートの注文も減る。ストックばかり増やしても仕方がないから、工場でも製造を控える。今日はそういう日だったのだ。

「森久保、一階の様子はどうだった」

「パートさんたち、全員でチョコレートケーキのフィルムを巻いていました」

「そろそろ終わるだろうな」

「たぶん」

「今日は二時で帰ってもらえ」

「……それ、私が伝えるんですか」

「パートの管理も任せているだろう。仕事がないんだから仕方がない」

「じゃあ、僕は冷凍庫内の掃除でもしてこようかな。こういう時じゃないとできないですからね」

紺野さんが席を立った。きっと私とパートさんたちとのやりとりを傍観したいに違いない。

パートさんたちの退勤時間は午後三時。中には午前八時から正午までとか、十時から午後二時までとか、それぞれの希望時間で働いている人もいるけれど、午前八時から休憩を挟んで午後三時まで、休憩なしで午前十時から午後三時まで働くというパターンの人が多い。

今日残っているのは五名ほど。彼女たちは時給制だから、一時間早く帰れば、当然一時間分の賃金カットとなる。長時間労働が当たり前の社員とは違い、「ラッキー、今日は早く帰れる！」なんて言ってくれる人はいない。

彼女たちはそれぞれ、家計の足しに、子どもの学費に、なんて結構シビアに働いている。平時でも午後三時までしか働かないのは、みんなその時間までしか働けないからだ。

子どものお迎え、夕食の買いものなどの家事、若いママさんは自動車の教習所に通っている人もいるし、ベテランパートさんは介護の傍ら働いている人もいる。それぞれにそれぞれの事情がある。それでも働いている。働かなくては生活できない世の中なのだ。

だから、とても言いにくい。「今日は二時で帰ってください」なんて、誰だって言いたくない。

今日はカモメ製菓時代から働いている本庄さんもいる。面倒見がいい彼女はパートさんたちのボス的な存在で、私も心の中ではそのまま「ボス」と呼んでいる。頼れるけれど、物事をはっきり言うので、苦手な存在でもある。

紺野さんは私よりも先に一階の作業場に下りて、冷凍庫の清掃を始めていたが、パートさんたちは遠慮なくおしゃべりを続けていた。さすがに部長がいる時に私語はしないが、今日は早々に社員が仕事を切り上げ、自分たちの作業も簡単なものばかりなので気が緩んでいるらしい。そして、紺野さんが告げ口などしないこともよくわかっているのだ。

「今朝のお弁当、時間がなくて、おにぎりだけにしちゃった」

「おかずは玉子焼きだけでいいよ、なんて言われても、その玉子焼きが意外と面倒なのよね」

「わかる。だから私は炒《い》り玉子よ。ネギと味噌《みそ》を入れるの」

「ネギ味噌玉子、美味《おい》しいよね。パパはいいけど、娘は嫌がるなぁ。コンビニで買うからお金ちょうだいって言われるけど、さすがに毎日はね」

パートさんたちは楽しそう。普段真面目に働いているのだから、時にはこんな日があってもいいのではないかと思ってしまう。彼女たちはみんな既婚者だけど年代は様々。だからお子さんの年齢も幅広い。若いママさんにとっては、ベテラン主婦の話は参考になるだろう。できることなら、私も彼女たちの会話に加わりたい。でも、言わねばならない。

「お疲れさまです！」

私はタイミングを見て、フレンドリーに彼女たちの中に入った。この後は直売所の店番や明日納品のデザートの準備があるので、コックコートに着替えてきた。

「お疲れさま、かなめちゃん。本社はどうだった？」

ご機嫌なボスもフレンドリーに訊《き》いてきた。

「牧野部長のオレンジのタルトが大絶賛でした。四月から直売所にも並ぶ予定です」

「そういえば工場長、先週オレンジを煮ていたもんね。何をやっているか、全然教えてくれないんだもの」

「まだ試作ですからね。完成してからお披露目したいんじゃないですか。それよりみなさん、毎朝お弁当作ってから出勤されているんですね。ホント、頭が下がります」

「主婦だからね。家庭優先。ところでかなめちゃん、最近本社が多いわね」

本庄さんの次にベテランの浪越《なみこし》さんが言うと、ボスも引き継いだ。

「近々、また異動になるんじゃない？　店舗じゃなくて、今度は本社だったりして」

「そんなことないですよぉ。私、部長の代理で本社に行っているだけですもん。伝書鳩みたいなものです」

わざとおどける。笑いが起こる。そこで言う。

「それ、箱にしまったら終わりですよね。部長から、申し訳ないけど今日は全員三時で上がってください、とのことです。間に合わなければ私が引き継ぎます」

笑いの余韻を残したまま、パートさんたちの表情が固まった。

ごめんなさい。私は心の中で手を合わせる。

「あら、子どものお迎え、三時過ぎだから時間が空いちゃうわ」なんて呟《つぶや》く人もいる。

「本当に申し訳ありません。ちょうど今、閑散期で店舗からの発注量も少ないんです」

さっきまで盛り上がっていたパートさんたちは急に無口になった。もともと少ない作業に時間をかけて行っていたようで、そこからはスピードアップして私が引き継ぐまでもなく終わった。

彼女たちも大人だから、「どうしても帰りたくない」などと駄々をこねたりはしないけれど、明らかに納得はしていない。雇用契約書にも午後三時までと記されているはずだ。

彼女たちは従ってくれたけれど、私との溝は深まっていく。社員はいいわね、なんて羨《うらや》ましがられているのも知っている。決まった額のお給料がもらえて、残業すれば残業代も出る。その上、私は製菓に携わっていない。

ここに異動してきた時、私はパートさんたちが羨ましかった。たいした責任もなく、短時間の間、何かを練ったり、形を整えたり、仕上がった製品をパッキングしたり、単純な作業だけして時間通りに帰っていく。今思えば、パートさんなのだから働き方が違うのは当たり前で、彼女たちが自分の仕事をしっかりやってくれているから工場は成り立っているのだ。たぶんあの頃の私は、社員の私よりも仕事ができて、部長たちとも親しい彼女たちにすら敵《かな》わないのだと落ち込んでいた。

パートさんたちが着替えて作業場を出ていくと、紺野さんが寄ってきた。

「本庄さん、よくキレなかったなぁ。あの人、早上がりは今月三回目なんですよ。たまたま彼女が出勤している日に作業量が少ない。こればっかりは仕方ないですけどね」

そのシフトを組んでいるのは私だ。ボスのお子さんたちはもう就職していて、時間に関してはわりと融通が利き、「他のパートさんが入れない日に入れてくれればいいから」という言葉に甘えてしまっている。ベテランということもあり、勤務日数は他の人よりも多くしているが、やっぱり気にしてしまう。

「嫌な役回りですよね。『シリウス』がもっと忙しくなれば、デザートの発注も増えて、パートさんたちもたくさん働けるんですけど。ああ、でもそうなれば田口さんはますます文句を言いそうだなぁ。僕も五時出勤なんてのが続いたら、さすがに体がもたないけど、でも、プロジェクトの目的は結局そういうことなんだよね、森久保さん？」

そういうことだ。ティータイムの需要が増えれば、工場は当然今よりも多くデザートを作ることになる。

紺野さんの言葉を聞いて、喫茶店でのつぐみさんの話とも繋《つな》がった。仕事がないと職場の空気が緩んでしまう。忙しいと気持ちが引き締まり、結果がついてくるからやりがいがある。田口さんの普段の態度は、明らかにたるんでしまっているからだ。

「……そうなれば、もっと人員を強化してもらえるんじゃないでしょうか」

「そうかな。ここは製菓工場ですよ。しかもかつてはカモメ製菓。『シリウス』で働いている人じゃ仕事にならないし、誰も来たがらないんじゃないですか」

「そんなことはありません。たぶん、本社はもっと考えてくれていますよ。だって、このプロジェクトの肝は製菓工場なんですから」

店舗からの発注が集まるまで、私も紺野さんと冷蔵庫や冷凍庫を清掃した。かがめばすっぽり入り込めるほどの冷凍庫の中身をすべて出して床を拭《ふ》く。ストックされているケーキの箱はそう多くはない。ここがギュウギュウになるほどのケーキが必要とされる日がいつかはくるのだろうか。そんなことを考えながら、床に落ちていたケーキの屑《くず》や埃《ほこり》を拭きとる。意外と冷凍庫の中は汚れていた。

「衛生は大事ですからね。知っていますよね、森久保さんも」

過去に起こしてしまった食中毒事件のことだろう。

「まぁ、一応は」

「あれですべてがダメになりました。部長も色々なものを失《な》って、すっかり自信までなくしてしまいました。オレンジのタルト、僕も見たけど、最初の案はかなりチャレンジャーでしたよね。部長、腕は確かなんです。その気持ちも理解できますが、本社がストップをかけた理由もわかります。一度やってしまったことは、やっぱりいつまで経っても影響するんですよ。たぶん、今回のタルトでまた部長は萎縮《いしゅく》しちゃうんじゃないかな。まぁ、あの人は周りにはそう見せないですけどね。だから、もう一度言いますよ。部長をあまり刺激しないでくださいね」

長く部長と仕事をしてきた紺野さんは私よりもずっと部長を理解している。そして、私はやっぱり紺野さんが苦手だと思った。

店舗への翌日の納品分も少なかったので、その日は私もいつもより早く工場を出ることができた。冬の日は短く、午後五時だというのにすっかり夜のようだが、まっすぐに家に帰る気になれず、清澄通りを渡ってお寺が立ち並ぶ通りへ進んだ。

実家は門前仲町《もんぜんなかちょう》だから、このあたりは子どもの頃によくおじいちゃんが連れてきてくれた。今では新しいカフェや飲食店ができて、それを目当てに訪れる人もずいぶん増えた。けれど基本的に街は変わっておらず、新しい店は昔からの住宅街の中にポツポツと点在している。

プロジェクトのこともあり、新しいカフェでも見てみようと思った。パートさんとの関係や、紺野さんの言葉が心の中にモヤモヤと残っていて、気分転換がしたかった。気が赴くままに角を曲がり、ふと目の前に現れたダウンライトに引き寄せられた。以前ここを歩いた時にはなかったカフェだ。両隣を一戸建てに挟まれた小さなアパートの一階部分。外に出されたメニューボードはクリップライトで照らされ、ガラス面の多い店内からも明るい光が漏れていた。私は二段ほどの階段を上り、ドアに手を掛けた。

「いらっしゃいませ」

カウンターで仕切られたキッチンから出てきた笑顔の男性スタッフに目を見張った。

くっきりと刻まれたえくぼ、下がった眉《まゆ》、見覚えのあるこの顔は……。

「柊太《しゅうた》、だよね」

「……かなめ、だよな」

「うそ、久しぶり！」

目の前にいるのは幼馴染《おさななじみ》の西村《にしむら》柊太だった。実家が近所で同い年。中学校まで同じだった。別の高校に進学してからはそれぞれ部活が忙しく、ほとんど顔を合わせることもなくなった。それでも親同士は近所づきあいがあるから、柊太が東京の外れの大学に進学し、一人暮らしをしていることは知っていた。私も就職してからは実家を出てしまったので、親から柊太の話を聞く機会もなくなっていたのだった。

「こんなところで働いているなんて全然知らなかった」

「そりゃそうだよ。ここがオープンしたのは去年の秋だもん」

店内を見回す。確かに真新しい。白い壁と床が天井のライトを反射し、店内は明るく清潔感がある。いくつもの観葉植物が置かれているのも落ち着いた印象だ。

「ここ、柊太のお店なの？」

私たちは今年三十歳。うまくいけば開業にこぎつける人だっているかもしれない。

柊太はさらに眉を下げ、白い歯を見せた。

「残念ながら。オーナーは大学の先輩。先輩は経営者志望なんだ。今は一緒にやっているけど、いずれは経営だけに専念したいんだって。ほら、清澄白河って今はすっかりオシャレエリアになって、次々に新しい店がオープンしているだろ。そこに目をつけたんだ。たまたま俺の地元がこのあたりだと知って、スカウトされたってわけ」

「スカウトされるまでは何をしていたの？」

「日本橋《にほんばし》で料理人」

「えっ、私も飲食業界だよ」

「マジ？　俺さ、ずっと自分の店を持つのが夢だったんだ。それで、大学は経営学部に入って、日本橋の洋食店に就職して、厨房《ちゅうぼう》で働きながら調理師免許も取った。今はだいぶ夢に近づいた気がしている」

「すごい。ちゃんとそういうことを考えて、大学や就職先を選んだの？」

「もちろん。かなめはどこの店？　あ、俺、就職してから実家に戻ったんだ。かなめとは入れ違いだったな」

また柊太が白い歯を見せる。歯並びがいい。そういえば子どもの頃、柊太は歯列矯正をしていた。それを男子にからかわれて、女子と一緒に遊ぶことが多かった。私が誘ったのだ。富岡八幡宮《とみおかはちまんぐう》の境内でかくれんぼをしたことが懐かしい。

なんだか柊太が眩《まぶ》しい。子どもの頃はのんびりとして頼りない男の子だったのに、今は自信に溢《あふ》れて余裕さえ感じられる。

「私はずっと同じ会社だよ。『ファミリーグリル・シリウス』、知っている？　洋食チェーンのお店」

「『シリウス』？　大学の頃よく高尾《たかお》店に通っていたよ。へぇ、『シリウス』か。飲食業、大変だよなぁ。帰りも遅いし、休みも少ないし」

「自分だって飲食業じゃん」

「大変だけど、楽しいんだよな」

「だね。だから辞められない。それにしても、『シリウス』を使ってくれていたとは」

「ハンバーグ、美味《うま》いよね。かなめはどこの店なの？」

この流れであまり言いたくない。でも、柊太と職場が近いのは嬉《うれ》しい。

「今は店舗じゃないんだ。製菓部。清澄公園近くの隅田川沿いに、『シリウス』の製菓工場があるの。そこで働いている」

「すぐ近くだ」

「うん。だから私も驚いている」

柊太はまじまじと私を見ている。くしゃっと笑う。

「よかったじゃん」

「え？」

「製菓工場だよ。かなめ、子どもの頃からお菓子作り好きだったもんな。よく俺にもくれたの、覚えている？」

すっかり忘れていたけど、この言葉で思い出した。姉と作ったクッキーやパウンドケーキを柊太の家にも届けていた。おばさんや柊太が美味《おい》しいと喜んでくれるのが嬉しかった。

おかげで、工場では製造には関わっていないと言えなくなってしまった。

ごまかすようにテーブルに置かれたメニューを手に取った。手作りのフォトブックのようでかわいい。写真はポラロイドカメラで撮影したものを貼り付けたようで味がある。

「みんな美味しそう」

「お勧めはキッシュプレート。カフェメニューっぽく、どれもワンプレートにサラダやスープも盛り合わせているんだ。女性客に人気あるよ」

カフェスイーツの偵察に来たつもりが、勧められるままにキッシュプレートを頼んでいた。デザートメニューも開いてみたが、こちらもカフェっぽく、パンケーキやフレンチトーストなどボリュームのあるものばかりで、とても食後には食べられそうにない。

住宅街のせいか、夜の客の入りは今ひとつだという。今夜もたまに会社帰りのおひとりさまが立ち寄るだけだったので、柊太と色々な話をすることができた。

ずっと会っていなかったというのに、同じ環境で中学まで過ごしたせいか、ポンポンと会話が弾む。テンポが同じで気を遣うこともない。楽しい時間だった。

お客さんが途切れたので、柊太が外まで見送ってくれた。くっきりとオリオン座もシリウスも見えるほどに空気が冷えて澄み切っているのに、心の底まで温かかった。

「まさか、かなめに会えるなんてな。俺、すっげぇ嬉しかった」

屈託なく笑う柊太に、自然とこちらまで笑みがこぼれる。

お互い頑張ろうね、と笑顔で別れてから、ふっと我に返る。

柊太は私とは違う。同じ年でも、中身が全然違う。柊太が未来を見据えてコツコツと積み上げてきたものが私には何もない。オオイヌに就職してからの七年。私の中に経験はあっても実績がない。それって、ほとんど空っぽと同じではないのか。

柊太との再会は楽しかったし、いい刺激になった。でも、成長した姿にショックを受けたことも事実だった。

清澄白河の駅へ向かいながら夜空を見上げる。もう一度オリオン座を探し、シリウスを見つける。私はこの先、何をやろうとしているのだろう。どうなりたいのだろう。

地下鉄に乗った瞬間、スマホが震えた。

さっき交換したばかりのIDにさっそく柊太からのメッセージが届いていた。

『来店ありがとう。かなめに会えて嬉しかった。同業者同士、これからもちょくちょく情報交換ヨロシク』

思わず笑ってしまった。営業活動もバッチリ。でも、幼馴染が同業者で私も嬉しい。

すぐに返事を打つ。

『こちらこそ美味しい夕ごはんをご馳走様《ちそうさま》。また色々お話しようね』

満足して、空いていた席に座る。

それにしても、久しぶりに会った柊太はカッコよかった。

一週間後、私は本社に向かっていた。肩にかけたクーラーボックスが重い。四月から始まるデザートの写真撮影のため、スイーツを運んでいるのだ。

カメラマンの都合で撮影はお昼からとなり、料理の写真を撮り終えてから、デザートというスケジュールだった。

私が指定された時間は午後四時。ちょうど店舗からのデザートの発注がそろう時間だ。牧野部長自ら撮影で使うデザートを仕上げながら、田口さんと紺野さんに集計をやるように言ってくれたおかげで、私はスムーズに工場を出ることができた。

撮影はいつものミーティングルーム。外には機材のケースなどが置かれ、何やら物物しい雰囲気に緊張しながらドアを開けた。クロスがかけられたテーブルの上にはまだ料理の皿が置かれていて、撮影の真っ最中。どうやら予定よりも遅れているらしい。

私に気付いたつぐみさんがスルリと抜け出してきて、ごめんね、と謝った。

「一時間押しって感じ。グランドメニューに追加される料理もあって、撮影点数が多いの。その上、アレが足りない、コレが足りないって始まっちゃって、私、すでに三回も神保町店に借りものに行かされたよ」

つぐみさんが苦笑いを浮かべる。営業部の人も大変だ。

私たちはテストキッチンに異動して、牧野部長が用意してくれたケーキ類を店舗で提供される時と同じように盛り付けた。

デザートの撮影が始まったのはさらに遅れて午後六時だった。どうしてこんなに時間がかかるのだろうと思ったが、始まってすぐに納得した。デザイン会社の林さんがとにかく細かい。ちょっとしたソースの広がり具合や、飾りのミントの角度を細かくチェックしてことごとく直していく。つぐみさんが「ね？」というように私を見た。この調子で全品を並べたイメージカットと、それぞれ単品でのカットを撮影するのだ。気が遠くなる。

「新田さん、パンケーキのベリーソース、もう少し流せませんか。皿の余白が気になります」

「レシピ上ソースは五十グラムです。写真と実物が違ってはクレームになりかねません」

「わかりました」

林さんが引き下がる。カメラマンは「自分は撮影だけが仕事です」と言うように、口出しはしない。林さんが整えたデザートをファインダーに収め、「じゃ、行きまーす」とシャッターを切っていく。

カメラマンだけでなく全員がテーブルのデザートを凝視している。製菓部が作ったオレンジのタルトが、ベリーのパンケーキが、プリンが、イチゴとミルクのムースが、こんなにも大切に扱われ、スポットライトを浴びて一流モデルのように輝いている。初めて立ち会った撮影風景に私の胸は熱くなる。こんな場面を目の当たりにできてよかった。

店舗や工場にいては、知ることのない本社の仕事の一端。でもその一端を知ることで、きっとこれまでとは違う思いでテーブルに置かれたメニューを眺め、店舗に送るスイーツを毎朝仕分けることになるだろう。そんな気持ちになった。

午後九時近くになってようやくすべての撮影が終了した。

林さんとカメラマンは素早く撤収し、私たちはお皿を洗って後片付けをする。

つぐみさんも私も、さっきからグウグウお腹が鳴っていた。撮影中も、シンとしたミーティングルームで誰のものかもわからないお腹の音がたびたび聞こえていた。林さんかもしれないし、カメラマンかもしれない。彼らは昼からずっと撮影を続けていたのだ。その上、目の前には美味しそうな料理がある。においも漂っている。拷問のようだ。

「林さんたち、神保町店で食事をしてから帰るって。ハンバーグを見ていたら食べたくなっちゃったみたい。あ、三上店長にお願いして、社割で対応してもらおうかな」

つぐみさんはさっそくデスクに戻って電話をかける。戻るのを待って私も誘ってみた。

「私たちも食事に行きませんか？」

「ごめん。残念だけど、まだ仕事が残っていて帰れそうもないの」

昼間から撮影に付きっ切りだったのだから仕方がない。とはいえ、つぐみさんに話したいことが色々あったので、すっかり気が抜けてしまった。

このまま帰るのも気持ちが収まらず、ふらりと靖国通りに出る。こうなったら一人で行くしかない。肩に空っぽのクーラーボックスを掛けたまま、私は決心した。

地下鉄に乗って一駅で水道橋に着く。以前はつぐみさんと一緒に上った坂道を、今夜は一人で歩いている。一人でも「常夜灯」なら大丈夫。あそこにはシェフと堤さんがいる。

製菓部に異動してから三年近く単調な毎日が続いていた。それがこの短期間で目まぐるしく変わった。史にフラれ、つぐみさんと出会い、プロジェクトが発足して、おかげで目を逸《そ》らしていた製菓工場のことを改めて考えるようになった。「キッチン常夜灯」を知り、幼馴染《おさななじみ》とも再会した。

柊太からは時々メッセージが届く。新しいメニューを始めたから感想を聞きたいとか、今夜は天気が悪いからお客さんが来ないとか、どれもカフェに関わることばかり。

それだけ柊太が仕事に真剣なのだとわかり、私もやる気が出る。その反面、焦りを感じることも確かだ。つぐみさんが言っていた通り、目の前のことから少し離れて気持ちを整理することが必要かもしれない。史がいない今、息抜きは自分でしなくてはいけないのだ。

「いらっしゃいませ。あら、かなめちゃん」

堤さんが今夜も満面の笑みで迎えてくれた。彼女は一度訪れたお客さんのことを絶対に忘れないに違いない。そういえば、私も豊洲店で常連さんの顔を覚えるのが得意だった。

「今夜は一人？」

「さっきまで仕事でつぐみさんと一緒だったんです。誘ったんですがフラれちゃいました。まだ帰れないそうです」

「相変わらず忙しいのね」

時刻は午後十時になろうとしている。テーブル席は空いていたが、カウンター席は半分ほど埋まっていた。みんなおひとりさまのようで、席はひとつ置きに空いている。

「こちらはいかが？」

堤さんに勧められ、高齢の男性客とつぐみさんくらいの年齢の女性客の間に座った。カウンターとはいえ、席はゆったりとしているので隣に人がいても窮屈な感じはしない。堤さんがおしぼりを持ってきてくれ、その温かさにホッと息をつく。

「いらっしゃいませ」

シェフは隣の女性客の前にスープボウルを置いてから私に微笑みかけた。バターとブイヨンの濃厚な香りがふわりと流れてきて、空っぽの胃袋に沁《し》みる。

「今夜も冷えますね。お仕事帰りですか」

「さっきまでつぐみちゃんと仕事していたんですって」

飲みものの注文を取りにきた堤さんが代わりに答える。

「つぐみちゃん？」

反応したのは隣の女性だった。知り合いだろうか。

「私は熊坂奈々子《くまさかななこ》といいます。つぐみちゃんとは、時々ここでお話をしているの」

彼女から自己紹介をしてくれたので、私も安心して名乗った。

「森久保かなめです。つぐみさんとは同じ会社で働いていて、ここに連れてきてもらったんです。一人で来るのは初めてなので、ちょっと緊張しています」

「緊張することないわ。一人でも二人でも、ここはみんな自分のペースで楽しんでいるの」

奈々子さんの言葉に緊張がほどける。

「注文に迷ったらスープがお勧めよ。今夜はマッシュルームのポタージュ。とても美《お》味《い》しいから」

奈々子さんがスプーンでスープを混ぜながらアドバイスしてくれた。濃厚な香りの正体はマッシュルームだったのだ。それがバターやブイヨンと合わさって、なんとも美味しそうな香りを放っている。

「シェフ、私もスープをお願いします」

「かしこまりました」

シェフが口角を上げる。それを見て奈々子さんはふふっと笑った。

「今夜のシェフ、いつにも増してご機嫌だと思わない？　何かいいことでもあったのかしら」

「えっ」

私の来店は今夜で二度目。シェフの変化などわからない。ちょっと控えめで穏やかな人、そんな印象だった。

奈々子さんはスープ以外の注文がまだだったようで、顔を上げて黒板のスペシャリテを眺めた。次に店内を見回し、「そういうことかな」と一人納得したように頷《うなず》いた。

私にはさっぱりわからない。そこで、唐突につぐみさんの言葉を思い出した。シェフの料理の美味しさの秘密は「大切な人」だと。

私も奈々子さんのように店内を見回してみた。女性客と男性客の比率は半々くらいだ。

「もしかして、シェフの『大切な人』がいらしているんですか」

声をひそめて言うと、たまりかねたように笑い出したのは奈々子さんとは反対側の隣に座る男性客だった。

「いや、失礼。危うくワインを吹きそうになってしまったよ」

「あらあら、監物《けんもつ》さん。大丈夫ですか」

堤さんが新しいナプキンを持ってきた。

「こちらのお嬢さんが面白いことを言うものだからね」

監物さんと呼ばれた品のあるおじいさんも常連客らしい。どうやら私の予想は外れだったようで、奈々子さんも笑っていた。

「どうかしましたか」

絶妙なタイミングでシェフが私の前にスープボウルを置く。自分が話題になっているとはまったく気づいていない。ちょっとバツの悪い私は、「いただきます」とマッシュルームのポタージュに集中することにした。

白っぽいスープを想像していたが、意外と色が濃くて、スープボウルの中はベージュ色だ。まったりと濃度があり、上に白い泡とパセリ、スライスされたマッシュルームが浮いている。ソーサーにはしっかり焼かれた棒状のバゲットが添えられていた。

「ブラウンマッシュルームにタマネギ、ジャガイモを加えて濃度を出しています。スープがしっかりしているので、トッピングは泡立てたミルクとオーブンで焼いたマッシュルームで軽く仕上げました。お好みでバゲットを砕いて、クルトンのようにスープと一緒にお召し上がりください」

ミルクの泡をスープになじませてからスプーンですくう。口に入れたとたん、濃厚なマッシュルームの風味が鼻に抜けた。キノコには確かに独特の風味があるけれど、マッシュルームにこれほどの香りがあるとは思わなかった。

奈々子さんがかなり豪快にバゲットをスープボウルの中で砕いていた。楽しげな様子に、私もさっそくマネをする。ここではフランス料理だからと肩肘《かたひじ》張らず、好きな料理を好きなように食べることができる。濃厚なスープが粗いバゲットに絡みつく。しっかり焼いてあるのでふやけることはなく、カリッとした食感のまま、香ばしさとスープの味わいが同時に口の中に広がる。この前のカリフラワーのポタージュも美味しかったが、今夜のマッシュルームのポタージュも最高だ。外は凍えるほど寒いのに、額に汗が浮かんでいた。私はスープに本気で向き合っている。美味しいということ以外、何も考えていなかった。

そこでハッと我に返り、顔を上げる。奈々子さんと目が合った。彼女のスープはまだ半分以上残っているのに、私のボウルはからっぽだ。

「お腹がすいていたのね」

さっきの勘違いと相まって、恥ずかしさも倍増する。

「……どうしてシェフはご機嫌なんですか」

「メニューよ」

「メニュー？」

黒板を見るが私にはわからない。今夜も見慣れないメニューがずらりと並んでいる。

「どういうわけか、そういう夜に来てしまうんだよな、私は」

監物さんがカウンターに両腕をついて苦笑した。そのまま「ケイ」とシェフを呼び、慌てて「おい、シェフ」と呼び直す。近しい雰囲気。

「今夜のお前さんのスペシャリテは何だ」

「お好きなものを」

「私へのスペシャリテだよ」

「ブーダンノワールはいかがでしょう」

「いいな。よろしく」

「奈々子さんもかなめさんも、次のお料理はまだでしたね」

「そうね、どうしよう？」

奈々子さんが私の顔を見て首を傾げる。

「私、ワインが飲みたいです」

「ではバイヨンヌの生ハムはいかがですか。先日、原木で入荷したばかりです。切りたては、とろけるような味わいですよ」

「お願いします」と、私と奈々子さんの声が揃った。

「私ももらおうか」

監物さんも言う。シェフは「かしこまりました」とカウンターのすぐ後ろに置かれた、大きな塊に掛けられた白いクロスをめくった。熟成された立派な豚の腿《もも》が現れて、私はハッと息を呑《の》む。木の台にしっかりと固定され、知らなければ何かのオブジェかと思ってしまう。シェフはナイフを取り出し、上の部分から慎重に肉を削《そ》いでいく。真剣だけれど、どこか楽しそう。私たちの目も釘付《くぎづ》けになる。削ぎ口は鮮やかな赤色。肉の色だ。

「豚の足って、ずいぶんたくましいんですね」

その光景を眺めながらうっとりと言うと、同じように見つめていた監物さんが頷いた。

「昔から人間の胃袋を支えてきてくれたからな。ちっこい蹄《ひづめ》でしっかり大地を蹴《け》って、たくましく生きてきたんだ」

「どうぞ」

私たちの前にお皿が置かれる。監物さんのお皿には一人分。私と奈々子さんの二人分。切りたての生ハムは、お店で売られている極薄で大きなものではなく、まさにそぎ落としたという適度な大きさと薄すぎない厚みがあった。深みのある赤色に所々真っ白な脂身が入り、色のコントラストが美しい。思ったよりも色が濃い。透明感さえ感じられる鮮やかな朱色にしばし見惚《みと》れる。

「ルビーみたい」

奈々子さんが言う。ぴったりな表現だ。

口に入れると、熟成された肉の心地よい風味が広がった。脂の部分はとろけ、赤みの部分はやわらかいけれど弾力がある。クセはなく、思ったほど塩けは強くない。インパクトのある見た目よりもずっと優しい味わいだ。

監物さんはすぐにワインを口に含み、「たまらないね」と言った。

私もワインを飲む。本当にたまらない。ふくらんだ味わいが口の中で何倍にもなり、ふわっと体中の力が抜ける。ああ、私は今、解放感に浸っている。

「お客様からリクエストがあったんです。やはり切りたては美味《おい》しいですから」

「いくらでも食べられそうです」

「そのお客様もそうおっしゃっていました。皆様に喜んでいただけますし、削いだかけらや脂身、最後は骨からもいい出汁《だし》が取れますから、私にとっても嬉《うれ》しいことばかりです」

シェフは微笑むと調理に戻っていく。確かに嬉しそうだが、まさか生ハムを原木で仕入れたことがご機嫌な理由ではないだろう。

「そういえば、ブーダンノワールってどんなお料理ですか」

すっかりワインと生ハムで打ち解けて、監物さんに訊《たず》ねた。

「ブラッドソーセージ。つまり豚の血のソーセージだよ」

「血？」

「日本ではなじみがない料理だね。なにせ日本は江戸《えど》時代後半まで肉食の習慣すらなかった島国だ。でも、牧畜が盛んなヨーロッパは違う。古くから肉だけでなく、皮も血も内臓もあますことなく大切にいただいたんだ。クセのあるそれらを保存し、美味しく食べるための工夫も凝らした。生きものの命をすべて自分たちの糧としたんだよ」

「なるほど。『美味しく』食べるために工夫をしたっていうのがいいですね」

「そういうのが料理の原点かもしれないな」

「お待たせいたしました。ブーダンノワールです」

白いお皿の真ん中にこんがり焼いたポテトと一緒に黒いソーセージが一本横たわっていた。太くて黒い。この色は中に詰まった血の色なのだろう。

恐々と見つめる私たちに、監物さんは半分分けてくれた。

「何事も経験だ。食べてごらん」

「いいんですか」

「何年か前に病気をしてね。たくさんは食べられないんだよ」

奈々子さんもブーダンノワールは初めてだったようで、まじまじと見つめている。

「いきますか」

私たちは頷《うなず》き合って、ナイフとフォークを手に取った。

切り口からのぞく断面は普通のソーセージと変わらない。パリッと表面が焼かれていて、肉の脂が焦げた香りが食欲をそそる。口に入れて、そのホロッとした食感に驚いた。それにまったくクセがない。むしろ優しい味わいで、口の中でなめらかにとろけてしまった。

「うまいだろう。横のピュレはリンゴだ。昔からよく合わせて食べられる」

監物さんが笑っている。血のソーセージと聞いて恐る恐る口に入れた私たちの反応を、後ろから堤さんも楽しんでいて、心配そうに見守っていたのはシェフだけだ。

「全然クセがありません。それに、とてもなめらか」

「豚の血だけでなく脂や肉、生クリーム、スパイスやハーブも一緒に、ペースト状にしてから詰めます。お店によっては、ソーセージではなくテリーヌのようにして出しているところも多いですね。それくらいなめらかです」

奈々子さんも「美味しいです」と微笑んだ。

「シェフのお料理は全部丁寧に、丁寧に作ってもらっているんだなって思いますけど、こういうお料理はまさにそれを実感しますね。以前、みもざちゃんといただいたトリップも美味しかったなぁ」

「ああ、もしかしてアンドゥイエットを一緒に食べたお嬢さんかな」

「きっと、そうですよ」

またしても先輩の名前が出てきた。つぐみさんは同期のみもざさんとここに来ていたのだろうか。常連同士が繋《つな》がっているのも楽しみの一つだ。

「内臓料理と聞いて怯《ひる》んでしまうお客様もいらっしゃいますが、勇気を出して食べてみたらその美味しさに気付いていただけることが多いのです。それが私の楽しみでもあります」

シェフの口元にはいつも穏やかな笑みがある。

そうかもしれない。恐れて、怯《おび》えて、避けていては本当の姿に気付けない。私はこれまでずっとそうしてきたかもしれない。

社会に出るまで、いや、豊洲店で働いている時まで、私は何事も順調だった。自分はうまくやっていると思っていた。でも、きっとうまくいくと思うことにしか手を出してこなかった。それなら成功するのが当たり前だ。

だからそうでないことにぶつかると、とたんに途方にくれてしまう。うまくいかない自分にイライラして、すべて周りのせいにする。つぐみさんと仕事をするようになって少しはその殻を破れた気がしたけれど、今も肝心なことから逃げている。牧野部長。カモメ製菓のにおいがプンプン漂う工場。「シリウス」から来た私は、いつもアウェイだと思って恐れていた。ぶつかろうとしなかった。傷つきたくないから。

「シェフは内臓料理が大好きなの。そうですよね、シェフ」

奈々子さんはブーダンノワールを食べ終え、ワインを口に含む。

「……最初は私も好きというわけではありませんでした。とにかく処理が厄介で時間もかかります。でも、あえて挑戦したんですよ。手間のかかることを好んでやる人は多くありません。料理人だって同じです。でも、これを極めれば、また一歩先に進めるかもしれない。若かった私はそう思いました。今では大好きになりました。時間をかけて、じっくり素材と向き合う時間が私は好きなんです」

「そういうことだ」

「え？」

「シェフがご機嫌な理由よ。ほら、スペシャリテもそういうお料理ばかり並んでいるわ」

監物さんがふっと笑い、奈々子さんはグラスを置いて黒板を示した。次に、スペシャリテを味わうお客さんたちの幸せそうな顔を眺める。

「バイヨンヌの生ハムに合わせて、豚の料理を色々と用意してみました。それだけですよ」

「ただの豚料理じゃないだろ。肉以外の部位ばかりだ」

監物さんがわざとらしく顔をしかめてみせると、奈々子さんが笑った。

「シェフの得意な内臓料理ばかりだわ」

「不思議ですね。なぜかそういう日に監物さんがいらっしゃいます」

監物さんはかつてシェフと堤さんが働いていたレストランの総料理長、つまりはシェフの師匠にあたる人だという。肝臓を悪くして入院し、退院後初めて「常夜灯」を訪れた監物さんに、シェフは退院直後とは知らずフォアグラを出したそうだ。薬膳《やくぜん》の同物同治という考えに基づき、監物さんの体を気遣ったというが、病み上がりには重すぎる料理だった。

それ以降もシェフは内臓料理を監物さんに勧めるそうだ。扱いの難しい内臓料理を師匠に認めてほしいという思いもあるに違いない。

「私たちも食べてみようよ。今日は新しい発見の夜にしよう」

奈々子さんが言い、私はさっそく気になっていたスペシャリテを選んだ。

「シェフ、私、豚足がいいです。豚足のガレットをお願いします！」

「じゃあ、私はサラダ。豚耳と根セロリのサラダにします」

豚足のガレットに豚耳のサラダ。まったく想像がつかない。でも、ワクワクする。初めてのものに挑戦するのは、こんなにも楽しい。

奈々子さんと、ワインと生ハムを楽しみながら、色々な話をした。つぐみさんには言えなかったけれど、幼馴染《おさななじみ》と再会してときめいてしまった話なんかもしてしまう。

「豚耳と根セロリのサラダです」

シェフがカウンターにサラダを置くと、私たちは好奇心いっぱいで覗《のぞ》き込んだ。

全体的にクリーミーなソースが絡んでいるが、千切りにされた根セロリと和《あ》えられた半透明のものが豚の耳だろう。薄く細長く、根セロリと同じようにカットされていて、口に入れてみるとセロリのシャキシャキとした歯ごたえに混じってやわらかな弾力がある。クセもなく、根セロリの清涼感とソースの酸味がさわやかで、いくらでも食べられそうだ。

「根セロリってあまり見かけない野菜ですよね。それにこのソースが美味《おい》しい」

「レムラードソースはマヨネーズにマスタードやピクルス、ハーブを加えます。根セロリのサラダには定番ですね」

「マヨネーズも自家製ですか」

「ええ。粒マスタードの食感も楽しいでしょう。酸味はワインビネガーです」

「はい。さっぱり食べられます」

「ここに来てシェフのお料理を食べていると、現実を忘れられるんだよねぇ」

不意に奈々子さんが言った。

「人生ってさ、色々あるでしょ？　私、一番しんどい時期にここで救われたの。一人ぼっちで夜の長さに耐えられない時、シェフが出してくれる日替わりのスープが私を温めてくれた。朝まで安心して過ごせる温かいお布団みたいな場所が私にとっての『常夜灯』なの。かなめちゃんもそういう夜、ない？」

夜は色々と考えてしまう。一人の夜は意外と長い。考えれば考えるほど目が冴《さ》えて、明日の朝も早起きしなくてはならないのに、思考の深みにはまって増大した不安がますます私を心細くする。

「……あります」

「だから来たの？」

「そうかもしれません。考えなきゃいけないことがたくさんあるのに、何だか心がごちゃごちゃしていて、うまく整理ができないんです」

史がいなくなってからだ。あの頃は時々会って、つかの間仕事と離れることで、うまく気持ちをコントロールできていた。不安定な立ち位置のまま工場の仕事をしていても、それなりに長く付き合った史と会うことで、根拠もなくこのままでも大丈夫だと安心できた。結果的に史はそれでは飽き足らず、フラれてしまったのだが。

「恋人ってなんなんですかね」

グラスのワインを飲み干した私は口走っていた。

奈々子さんはフォークを持つ手を止めた。

「年末にフラれたんです。それまで、いるのが当たり前で特に意識していなかったのに、一人になってから、どれだけ心の支えになっていたか気づきました。一人って心細いですね」

「そうなって初めて気付くものよ。最初から一人だったら、たぶん、そんなふうには考えないわ」

「そうでしょうか」

「でも、きっと大丈夫よ。何かを失っても、またそれに代わるものに出会えるから。不思議とそういうものなのよ」

確かにあの後、つぐみさんに出会い、「常夜灯」にもたどり着いた。

「私はそうだったわ。何の不安もない毎日を突然失って、そんな時にここに出会えた。大変な時を支えられて、今もここに座ってシェフのスープを楽しんでいる。それに、ここでは色々な人に出会えるわ」

奈々子さんがふわっと笑う。直感的に、私には経験したことのないようなことを乗り越えたのだなと思う。彼女は穏やかに笑い、私のことを気にかけてくれる。大変なことを乗り越えた強さと優しさが奈々子さんを輝かせている。彼女の言うように、「常夜灯」には色々な出会いがある。それがとても心強い。

ふと、暗闇に浮かぶダウンライトの明かりを思い出した。ひっそりとした清澄白河の住宅街。冬の冷たい夕暮れ時に、どれだけあの明かりが温かそうに見えただろうか。もしかして、史を失ったから、柊太と再会した？

私は戸惑いをごまかすように、堤さんが注ぎ足してくれたワインを喉《のど》に流し込む。厨房《ちゅうぼう》からは香ばしいにおいが漂ってきた。そういえば、さっきからジュワジュワと脂が弾《はじ》けるような小気味のいい音が聞こえている。

「お待たせしました。豚足のガレットです」

カウンターに置かれたのは、こんがりと焼けたコロッケのような料理だ。イメージしていた豚足とはずいぶん違う。お皿にはたっぷりのキャロットラペが添えられていた。

横を見ると、監物さんも同じものを食べていた。

「うまいんだよ、これが」

一人で一皿食べているということは好物なのだろう。シェフはまんざらでもないような顔をしている。

「美味しい！」

一口食べた私は、今夜何度目かもわからない声を上げる。薄くパン粉がつけられた表面はカリッと香ばしく焼けていて、中はトロトロ。熱ですっかりとろけて、まさにコラーゲンという感じがする。粗く刻んだ豚肉も混ぜているのだ。さっぱりとしたお肉の食感もある。でも、それだけではない。ちょっとした酸味のあるソースが、こってりと濃厚なガレットによく合う。クルミとレーズン入りのキャロットラペは、ほのかな甘みと心地よい酸味がちょうどいい具合で、ガレットを飽きさせない。

「豚足って、こんな感じでしたっけ？」

豚足だと言われなければ、何を食べているかわからないかもしれない。

「シェフが手間暇かけているってことだよ。香味野菜と一緒にじっくり茹《ゆ》でた豚足は、熱いうちに小さな骨まですべて取り除く。皮や軟骨、豚足はほとんどがコラーゲンだから、熱々ならトロトロだ。そこに肩肉か何かを混ぜ合わせて形を整える。そうだな、ケイ」

「ええ。豚足は先ほどの豚耳と合わせて、テリーヌにするのも美味しいんですよ。コラーゲンが固まって、煮凝《にこご》りのように仕上がります」

「お肌がプルプルになりそう」

奈々子さんが言うと、私は無意識に堤さんを見てしまった。監物さんとシェフも堤さんを見ていて、とうの本人はキョトンとしている。初めて会った時から思っていた。堤さんの肌はハリがあって、見るからに健康的なのだ。

「堤さんは栄養がいいですから」

シェフの言葉に堤さんはうふふと笑う。またしても二人に癒《いや》される。

終電の時間が近づき、店内がほぼ満席になると、監物さんは帰っていった。明日は休日なので、私はもう少しゆっくりすることにする。奈々子さんも帰る気配がない。

堤さんは監物さんが座っていた席を片付け、新しいお客さんを案内する。それを眺めながら、シェフに訊《たず》ねた。

「監物さんは厳しかったですか」

「厳しいなんてものじゃありません。私は常に顔色を窺《うかが》っていました」

「というと？」

「何も言ってくれませんから。教えてもらうとかそういうレベルではないんです。先輩を見ながら自分で考えなくてはならない。指示が出るのは認められたということなんです。その時は嬉《うれ》しかったですね」

それは厳しい。私が新入社員で「シリウス」豊洲店に配属された時は、オン・ザ・ジョブ・トレーニングが当たり前だった。先輩と同じように動き、仕事を身に付けていった。「シリウス」では社員がホールとキッチンの両方をこなすから、料理の仕上げも同じように指導されて覚えたのだ。

「料理人の世界って厳しいんですね」

「製菓部の部長さんもフランスに行かれたとおっしゃっていましたね」

「パリです。シェフはバスクでしたよね。やっぱり日本と同じように厳しいんですか」

「厳しかったですね。最初は言葉もわかりませんでしたし。でも、厳しさもお店によって違いました。バスク地方を拠点にいくつも店を回ったんです。シェフによって得意とする料理は違いますし、任されるポジションも違う。せっかくフランスに渡ったのだから、何でも吸収したかったんです。勉強になりそうな店を探して、直接頼み込んだり、手紙を書いたり、シェフに紹介してもらったり。あの頃の私はずいぶん積極的でしたね」

それくらい貪欲《どんよく》に学んだのだ。私たちを幸せな気持ちにしてくれるシェフの料理は、その経験の延長線上にある。

「部長さんも同じだと思いますよ。おそらくひとつのパティスリーだけということはないでしょう。パティスリーやショコラトリー、飴《あめ》やコンフィチュールにも専門店がありますから、色々なお店を回って、たくさんの技術を身に付けたのではないでしょうか」

シェフの言葉は料理とお菓子の違いはあれど、似たような道をたどった者への共感を滲《にじ》ませ、その口調には部長への親しみさえ感じられた。

私の知らない牧野部長の姿が頭に浮かぶ。それは目の前の城崎シェフが、若き日に異国の地で必死に研鑽《けんさん》を積む姿にも重なって、やけに具体的にイメージできてしまった。

部長はそれほどの人なのだ。単に頭の固い昔ながらの元・製菓会社社長という私の固定観念が崩れる。

「私は監物さんの下で学んだからこそフランスに渡ることができましたし、この世界の厳しさを知っていたからこそ、くじけずに貪欲になれたのだと思います」

シェフと監物さんの強い絆《きずな》を感じる。それがあるからこそ、今も監物さんはここを訪れ、シェフも心をこめた料理を振舞っている。ふと、思った。

「シェフにとっての『大切な人』って、たくさんいるんでしょうね」

シェフはわずかに口元を緩めた。

「そうかもしれませんね。すぐ近くにもいるし、手の届かないほど遠くにもいるかもしれません。思い浮かべるだけで力を与えてくれる存在は、けっして一人ではありませんから」

視線を上げて遠くを見やるようにしたシェフに、奈々子さんが言った。かなりワインが回っているようで、目はとろんとしている。

「そうですね。私を支えてくれているのも、遠くにいる『大切な人』ですもん。だから、毎日こうやって笑っていられます。……ねぇ、シェフ、そろそろ見せてもらえませんか」

「何のことでしょう」

「写真です」

「写真？」

私は奈々子さんと、その横でにこにこと会話に耳を傾けている堤さんを交互に見る。

「シェフの『大切な人』のことかしら？」

「えっ、私も見たいです」

どうやら奈々子さんは、以前シェフが持っていた「大切な人」の写真を見そびれてしまったらしい。私もすっかりワインが回っていて、ふわふわしたまま「見せてください」と繰り返した。シェフは口元を引きつらせ、明らかに困惑の表情を浮かべている。奥さんなのか、恋人なのか。どんな人なのか勝手に想像が広がっていく。

「……仕方がありません」

厨房の奥に向かったシェフはすぐに戻ってきた。

なぜか口元も目元も緩んでいる。いつも控えめな城崎シェフがニヤニヤしている。

「どうぞ」

私と奈々子さんは、そっと差し出された写真を覗《のぞ》き込んだ。

「か、かわいい……」

私たちの顔も緩む。シェフがニヤニヤするのも無理はない。

写っていたのは草原で戯れる三匹の子豚である。三匹とも体は白っぽいのに頭は黒く、大きな耳が垂れて顔のほうに覆いかぶさっている。中には牛のように背中に黒いブチ模様がある子もいる。かわいすぎるし、何とも癒される写真だ。

「キントア豚とも呼ばれるバスク豚です」

「たまらないわよねぇ。バイヨンヌの生ハムも仕入れたし、豚のお料理ばかりですもの。シェフったらこれを見ながら、今日はずっとニヤニヤしているのよ」

「わかります、わかりますけど……」

大好きな内臓料理とかわいい子豚の写真。このせいでご機嫌だったというのか。

「かわいいですよね。だからこそ大切に料理させてもらうんです。修業中はバスク地方の色々な場所を訪れました。その時の一枚です。フランスでの経験は、私にとってかけがえのない財産となっています」

シェフは愛《いと》おしげに写真を見つめている。

「大切な人」の写真ではなかったが、私も奈々子さんもすっかり子豚に癒されていた。まんまとごまかされた気もするけれど、これはこれで納得である。

私もいつか思えるだろうか。今を振り返って、あの頃の経験はかけがえのないものだったと。そう思えるような仕事をしているのだろうか。シェフと堤さん、そして監物さん。仕事で得られた固い信頼で結ばれ、何年経とうと気に掛け合う同僚が私にできるだろうか。

「最後に甘いものを召し上がりますか」

「それも魅力的ですが、今夜はもう少し飲みたい気分です」

私は赤ワインをお願いした。奈々子さんは堤さんお勧めのソーテルヌの甘いデザートワインを飲んでいる。

しばらくしてお手洗いに立った。すでに深夜を回り、だいぶお客さんが少なくなっている。席に戻ると奈々子さんはカウンターに伏せて、すやすやと眠っていた。堤さんがブランケットを持ってきて、慣れたしぐさで優しく掛ける。

「奈々子さんにとって、ここは安心して眠れる場所なんでしょうね。人の声や気配を感じるのが心地いい時ってあるじゃない?」

「……私もいいですか?」

「もちろん。目が覚めたら、新しい朝がきているわよ」

目が覚めた。賑《にぎ》やかなざわめきに起こされた。私はどこで何をしているんだっけ。

うまく状況を把握できない。

目の前に白いコックコートが見えた。ああ、そうだ。「常夜灯」で眠ってしまったのだ。

顔を上げてギョッとした。シェフの眼鏡が真っ白に曇っている。

何やら美味《おい》しそうなにおいがする。美味しそうだけど、「常夜灯」には似つかわしくないにおい。味噌汁《みそしる》と炊き立てごはんのにおいだ。

「やっとお目覚めだ。昨夜は酔っぱらって帰りそびれたのかい」

横から声を掛けられる。作業着の上からジャケットを羽織ったおじいさんだ。彼の前には大きなお椀《わん》に入った味噌汁とツヤツヤと輝くおにぎりが置かれている。

「かなめちゃん。お味噌汁と塩むすびがシェフの朝のスペシャリテなの」

先に目を覚ましていた奈々子さんが教えてくれた。朝まで営業しているとは聞いていたが、まさかそんなスペシャリテがあったとは。しかも夜とはまるで客層が違う。

賑やかなお客さんたちで満席だ。

「かなめさんもいかがですか」

眼鏡を曇らせたまま、シェフが訊《たず》ねる。

「お願いします」

「今朝の味噌汁は豚汁ですって。いいにおいね」

奈々子さんはすでに注文していたらしい。ふと、可愛らしい子豚の写真を思い出す。

「朝から豚汁なんてご馳走《ちそう》ですね」

「シェフの朝メシは元気が出るんだよ。俺はずっとビル清掃やっているんだ。今日もみんなが出勤してくるまでにピカピカにしてくるよ」

隣のおじいさんが「ごちそうさん」と席を立つ。早い。あっという間に食べ終えてしまった。堤さんが素早く席を片付け、新しいお客さんを案内する。

「ほとんどが早朝のお仕事をされている方々よ。始発で来て、ここで朝ごはんを食べてくださるの。本当にありがたいわ」

「千花ちゃん、ありがたいのはこっちさ。熱々の味噌汁がたまらないんだよ」

「そうそう。おにぎりもね。じゃ、シェフ、千花ちゃん、今日もいってくるよ」

別のお客さんが手を振りながら店を出ていく。

「ありがとうございます。いってらっしゃい」

そんな彼らをシェフと堤さんがにこやかに送り出す。高齢のお客さんが多い。牧野部長や田口さんよりもずっと歳上に見える。みんな元気だ。まだ朝の六時前だというのに。

「……私のいる製菓工場も朝が早いんです。部長もそろそろ働きはじめる時間です」

「早朝は身が引き締まる思いがしますね。この季節はまだ暗いですから、だんだんと街が明るくなっていくのを見るのが好きだとおっしゃる方もいます。みなさんお仕事を楽しんでいるようで、私たちも励まされます」

シェフと堤さんは視線を交わして微笑み合う。美味しい朝食だけでなく、「常夜灯」の優しい雰囲気が、暗い時間から働く彼らを励ましているに違いない。

「……私は午前七時からの勤務ですけど、早朝は隅田川が朝日に光っていて、とてもきれいなんです。夜明けが遅い冬はよけいにそう感じます」

「早起きした人だけが見られるご褒美ですね」

シェフの言葉にハッとする。そうかもしれない。あの煌《きら》めきは、製菓工場に異動するまで知らなかった。

「常夜灯」に来てよかった。心からそう思った。仕事から離れる。誰かと話をする。他愛のない話でいい。それが心の中にすうっと違う風を運んでくれて、やる気を起こさせてくれる。その上、同じ飲食店だからか、ハッとさせられることがたくさんある。自分が置かれた場所のこと、牧野部長のこと、柊太との再会、自分の仕事の捉《とら》え方。一晩でどれだけのことを違う角度から考えたことだろう。

血のソーセージも食べた。豚の耳のサラダも豚足のガレットも美味しくいただいた。一晩で私はたくさんの挑戦をしたのだ。恐れていては何も変わらない。時には勇気を出して挑戦することも必要なのだ。可愛い子豚の足が、あんなにたくましく育つ。その生ハムは私の中で力になる。私もしっかりと自分の足で進んでいきたい。

「美味しいです。豚肉の甘みと色々な野菜の味がお味噌汁にしっかり出ていますね」

豚汁をすすった奈々子さんがほうっと息をつく。どうしてお酒を飲んだ翌朝の味噌汁はこんなに沁《し》みるのだろう。ほどよい塩加減のおむすびも絶品だった。

「元気が出ます」

「一日の始まりですから」

一日の始まり。製菓工場で働く私たちは、ほかの人よりもちょっとだけ一日が早く始まっているのかもしれない。大変なこともある。嫌なこともある。でも、気持ち次第で頑張れる。ここにいるたくさんの同志が、そのことに気付かせてくれた。

「シェフ」

新しいおにぎりをにぎっていたシェフが手を止めて私を見る。

「私、つらくなったら子豚の写真を思い出しますね。心が優しくなれる気がします」

愛らしい子豚の写真を見て好きな料理を作り、シェフは私たちにもわかるほど上機嫌に仕事をしていた。楽しんでいた。そんな簡単なことで、もしかしたらずっと毎日が楽しくなるかもしれない。そんなシェフみたいに私も仕事をしたいのだ。

「ぜひ」

曇った眼鏡のまま、シェフは極上の笑みを浮かべた。

第三話　鯛の塩包み焼き　始まりの春の香り

「だいぶ大きくなったねぇ」

門前仲町の実家のリビングで、ソファに座った姉のお腹に恐る恐る触れる。両親と姉。家族が全員揃ったのは久しぶりだ。

「そんな慎重にしなくても大丈夫だよ。もっとしっかり撫《な》でてあげて」

姉が笑い、私は少しだけ手のひらに力を籠《こ》める。この中に、あと三か月も経たずに生まれてくる姪《めい》っ子《こ》がいる。その時、玄関先でクラクションが鳴った。

「あ、雅人《まさと》くんだ」

ちょうど春のお彼岸。これから姉のダンナさんの運転するワンボックスカーで、家族全員でお墓参りに行く。両親はソファから立ち上がっていそいそと準備を始め、姉は「パパが迎えに来ましたよ～」と歌うように口にしてお腹を撫でている。

お墓は深川《ふかがわ》の寺町と呼ばれるエリアにある。職場のある清澄白河にもわりと近い。

まさに私はこの土地で育った。三年前に亡くなった祖父も同居していて、子どもの頃からお墓参りは欠かせない家族行事だった。姉の出産が近い今回の墓参りは特に重要と両親は考えていて、私も呼ばれたのだ。もちろん私も帰省するつもりだった。

姉夫婦は実家に近いマンションに住んでいる。おかげで私も安心していられるし、おおらかな雅人さんは両親ともすっかり馴染《なじ》んでいて、今も率先して我が家の墓石を磨いてくれている。そんな姿を、私と姉は少し離れて見守っていた。ことさら優しい姉のまなざしに、幸せそうだなと、羨《うらや》ましくなる。

「お姉ちゃん。お姉ちゃんは、しばらくしたらまた仕事を始めるの？」

最初は産休を取るといっていた姉は、悩んだ末に退職をした。姉も私と同じように上昇志向の強い性格だった。だから、退職したと聞いた時は驚いた。

「もしかして、専業主婦になるとでも思った？　雅人くんに稼いでもらおうなんて、そこまで甘い考えしていないよ」

「そういうつもりで聞いたんじゃないよ」

「私、また働くよ。ただ、しばらくはこの子をめいっぱいかわいがりたいから、思い切って会社を辞めた。好きな仕事だし未練はあったけど、自分が納得いくまで子育てしたら、スパッと子離れしてまた仕事する。仕事しながらこの子もかわいがる。それが、二年先か、三年先かはわからない。この子と私の気持ち次第。あとは保育園の状況かな。実家が近いのはありがたいよね」

「それって、また仕事に復帰できるっていう自信がないとなかなかできない決断だよね」

「まぁね。でも、今は働き方も色々あるから。私の職場、契約社員もパートさんもたくさんいたよ。社員と待遇は違うけど、みんなしっかり仕事してた。気持ちの面で言ったら、社員と変わらないくらい」

「勤務先が丸《まる》の内《うち》の大きなビルの中にあれば、たとえパートさんだって気持ちが引き締まるでしょう」

その会社で姉は雅人さんと出会った。つまり社内恋愛。思い切って会社を辞めたのも、それが理由かもしれない。知り合いが多いのがいい場合もあるし、悪い場合もある。

「でもさ、子どもがいても、家庭とは別に自分の居場所は欲しいと思うんだよね。私を私として見てくれる場所。責任ある仕事を任されてバリバリ働いて、家に帰って来てホッと癒《いや》されたい。何だろう、人生のメリハリ？　そういうのは失《な》くしたくないなぁ。と言っても、この子が生まれてみないと何とも言えないんだけどね」

姉はお腹を撫でる。もうそれがクセになっているようにずっとお腹に手を置いている。実際には支えているのかもしれない。それほどの重みを抱えていても、まだ社会の中に身を置きたいと言う姉が、何だかとてもたくましく思える。

「私も応援する」

「私はいいから、かなめは自分のことを心配しなさいよ。どうなのよ」

思わず製菓工場で色々と悩んでいることを漏らしてしまう。相手が姉だから、特にパートさんとの関係を話す。パートさんの気持ちはたぶん牧野部長にはわからない。工場でずっとパートさんを使っていても、たぶん彼女たちの気持ちまでは理解できていない。特に、最近の若いママさんパートの気持ちは。

そこで気づいた。じゃあ、私は彼女たちの気持ちをわかっているのだろうか。姉が今言ったように、パートさんたちが、家とは別に自分の居場所が欲しくて働いている、なんて考えてみたこともない。お金と時間。それしか意識してこなかった。

「何だ、彼氏の悩みかと思ったら、まさかのパートさん。大変だよねぇ、子どもが小さいうちは。でもさ、働いているってことは、みんな何かしら目的があるんだから、それをちゃんと考えてあげなきゃ。お金。やりがい。色々だと思うけど」

「お金だけじゃないの？」

「バカね、パートさんだってやりがいは求めるよ。私がいい例よ。子どもも育てたい。仕事もしたい。でも、子どもが生まれたら、やっぱり今まで通りになんて働けない場合が多いじゃない。それで泣く泣く仕事を辞める。いざまた働こうと思っても、条件が合うのはパート勤務だけ。そしたらさ、それまで持っていた仕事のやりがいはどこにいっちゃうの？　たとえ母親になっても、その人自身は変わらないんだよ。それは男も女も同じでしょ」

その通りだ。彼氏もおらず、これといった趣味もない私は仕事だけに縛られている。大人は働かなければいけないと思い込んでいて、それこそが自分が自分でいるために必要なのだとすら思っている。だから何かの役に立っていると信じたいし、やりがいも欲しい。それはたぶん結婚しても変わらない。自分の人生をあきらめたくないのだ。

その気持ちは、製菓工場のパートさんも同じかもしれない。

「……柊太、覚えている？」

「もちろん」

「清澄白河でカフェやっているよ。雇われ店長だけど」

「えっ、うそ。すぐ近くじゃん。今度雅人くんと行ってみる」

柊太のカフェもSNSをやっているので、店名を伝えると姉はすぐにスマホを取り出した。「へぇ、お店もメニューもオシャレ」とさっそく写真をスクロールしている。

「昔、お姉ちゃんとよくお菓子を作って柊太の家にもおすそわけしたよね。あれ、美味《おい》しかったって言っていたよ」

「ああ、よく作ったねぇ、クッキーとか。私、娘が生まれたら、キッチンで一緒にお菓子を作るのが夢なんだ」

「そうなんだ。確かに楽しかったね。作るのも、食べるのも、誰かに配るのも」

「そうそう。みんな美味しいって喜んでくれたもんね。そういえばさ、アンタは製菓工場だもんね。案外、向いていたんじゃない？」

「えっ」

今さらというか、ここでもやっぱり自分は製造に携わっていないとは言えない雰囲気になる。姉が製菓工場にどんなイメージを持っているか知らないが、家庭のお菓子作りと、一つの製品を大量に製造する工場ではまったく違う。会社の規模的に「シリウス」の製菓工場は機械化された製造ラインがあるわけではなく、ほとんどが手作業だけど、それでもまったく違うのだ。でも、あえて訂正する必要もないだろう。デザートの企画に携わっているのは事実なのだから。

「……そうなのかなぁ。うん、でもそうだといいなぁ」

私は春の明るい空に向かって曖昧《あいまい》に答え、雅人さんが磨き上げてくれたご先祖様のお墓に手を合わせた。

四月になった。オオイヌに入社して八年目。製菓工場に異動して丸三年が経った。

新入社員や新入生でこれまでよりも混雑した朝の地下鉄に乗って、私は神保町の本社に向かっていた。

このところ「シリウス」全店の売上がいい。新年度が始まり、入学や進学のお祝いや買いもので街が賑《にぎ》わっている。繁華街に多い「シリウス」は、それらの影響がてきめんに表れる。オフィス街の神保町店は、新入社員を連れた上司たちでランチタイムはいつも以上に混みあっているという。

好調の理由はもうひとつある。いよいよ新しいフェアメニューが始まったのだ。料理もデザートも秋・冬のフェアから春・初夏のフェアへ変わり、グランドメニューにも新たな料理が加わった。新しいメニューは集客力を高め、明らかに売上に結びついていた。

デザートもそこそこの売上があり、ティータイムの売上には今のところ結びついてはいないが、明らかに食事時の客単価アップには貢献している。

一番人気はこれまでと変わらずプリンだ。わかりやすさと手ごろな値段が出数に結びついている。次はオレンジのタルト。フルーツを大量に使ったデザートはこれまでなかったので、お客さんが興味を示してくれたのだ。写真の効果も大きい。

まだ始まってから日が浅いので、しっかりした検証はもうしばらく後になるけれど、だからと言って立ち止まっているわけにはいかない。予定では七月から夏のデザートをスタートすることになっている。すでに四月だからスケジュールはかなりタイトだ。

今日はつぐみさんとその打ち合わせをすることになっていた。

ミーティングルームにやって来たのはつぐみさん一人だった。新しいデザートがスタートしてからの店舗や工場の様子を確認し合い、パソコンの検索画面に「夏」「デザート」「ケーキ」などと打ち込んで画像検索しながら、夏のデザートを考える。一時間ほど意見を出し合い、いくつか具体的なイメージがまとまったところで、つぐみさんが言った。

「牧野部長って何が得意なんだろうね」

「えっ」

パソコン画面上にずらっと表示された涼しげなデザートを参考に、これなら「シリウス」でもと思うものをピックアップしたのだが、正直なところ、表示されたデザートは様々で、ケーキと呼べるものからゼリー系、ムース系、果てはかき氷など、夏のスイーツは様々で、私たちでは製菓工場がどこまで対応できるのか、サッパリわからないのだった。

「若い頃、製菓会社の二代目として、パリで修業もしたんでしょう？　それってかなり期待されていたってことだよね。例えば『常夜灯』の城崎シェフはバスクで修業して、今はビストロのオーナーシェフじゃない？　牧野部長も個人店だったらパティシエみたいなものだよね」

そこで私は、春デザートの撮影の後に一人で「常夜灯」を訪れた時、城崎シェフから聞いた修業時代の話を伝えた。

「幅広い経験をするため、一か所ではなくていくつもお店を回ったっておっしゃっていました。シェフは、きっと牧野部長も一つのパティスリーではなく、ショコラトリーなども含めて何か所かのお店で様々な技術を身に付けたのではないかって。せっかくフランスまで行ったんですからね」

「へぇ。だったら私たちがここで考えているよりも、よっぽど色んなアイディアを持っているってことだよね」

確かに城崎シェフがバスク地方の料理や内臓料理を得意とするように、牧野部長だって得意な分野があるに違いない。私とつぐみさんの発想では、どうしてもよそのデザートの真似っこになってしまうし、「これならウチでもできそう」という範囲でしか決められない。

デザートの改革を進める今、これまで「シリウス」でやったことのないタイプのデザートを開発したい。でも、私とつぐみさんが先走って企画しても、牧野部長から「こんなものは無理だ」と言われてしまっては元も子もないのだ。つぐみさんが営業部員として、製菓部の力量を見極めたいというのはもっともである。

「今回の春のフェアで、お客さんにも『シリウス』はデザートにも力を入れ始めたなって感じてもらえていると思うんです。いいチャンスです。夏デザートも今までとは違う新しいものを生み出したいですね」

「鍵《かぎ》は牧野部長だね」

つぐみさんは、私がこの三年間、製菓には関わらず、管理業務ばかりしてきたことを知っている。だから私を製菓工場の人間というより、「プロジェクト」の仲間として接してくれていて、それに私は救われている。オオイヌの一部署でありながら、歩み寄ろうとしない製菓部の問題点を私と共有してくれているのだ。

私たちはしばらく無言で考え込んでいた。

「ねぇ、かなめちゃん、私、製菓工場に行ってみようかな」

つぐみさんは勢いよく顔を上げた。目が輝いている。

「牧野部長と一度しっかり話し合ったほうがいいと思うの。それに、私は工場に行ったことがないから、設備も見てみたい。案内してもらえるかな」

「……そうですよね。そもそも営業部と製菓部の合同プロジェクトなのに、製菓部長がまったく絡まないなんておかしいです。正直なところ、私も牧野部長がどういうアイディアを持っているのか知りたいです」

部長はもともと口数が少ないし、工場の業務に関わること以外でお菓子の話題を口にすることはない。そうだ。だから私は物足りなかったのだ。

豊洲店にいた時はスタッフ同士、新しくできたイタリアンに行ったとか、銀座《ぎんざ》のデパ地下の何が美味《おい》しかったとか、そんな話題でよく盛り上がった。みんな外食が好きで飲食業界に就職した人たちだったから、食べものに関わることが共通の話題だった。けれど、田口さんも紺野さんも事務所でスイーツのことを話題にしない。たぶん部長に気を遣っている。

部長は最近の見た目重視のスイーツに批判的だ。古き良き、おそらく「カモメ製菓」時代のスイーツをいまだに「良き」としている。だから、パートさんたちが最近のカフェやスイーツのことを話題にしていても、社員たちは会話に加わらない。

古き良き。そのワードにひっかかった。

「つぐみさん、『シリウス』の洋食は、目新しさよりも昔から受け入れられてきたおなじみの味がコンセプトですよね。ハンバーグとか、ドリアとか。プリンが売れているのも同じ理由ですよね。ちょっと懐かしくて、誰でも知っていて、絶対に美味しいってわかりやすい味だから……」

「うん。プリンをメニューに入れようと決めた時、桃井さんと昔の『シリウス』のメニューを調べたの。プリンは昔から時々登場していたわ。今のレシピと完全に同じかどうかはわからないけどね。『ファミリーグリル・シリウス』の歴史を考えると、子どもの頃からご家族で利用してくれているお客さんもかなりいると思うの。そういう方にとって、プリンは思い出深いデザートかもしれない。そういうの、失《な》くしたくないよね」

「不思議ですよね。今は見栄えのするデザートがたくさんあるのに、プリンは基本的にあの形ですもん。いたってシンプル。でも人気がある」

「たぶん、プリンはそこがいいのよ」

「つぐみさん、部長はそういうお菓子が得意なんじゃないでしょうか」

パリのパティスリーで修業をした牧野部長は、スイーツの本場で学び、当時の日本にとっては最前線のお菓子の技術を持ち帰ったに違いない。でも、カモメ製菓はそれを活《い》かすことができなかった。もしもカモメ製菓がそのまま残っていれば、事業拡大でもして、他社のデザートを製造するだけでなく、自社のオリジナル商品を展開する新部署もできたかもしれない。しかし、不祥事を起こした。経営は破綻《はたん》し、設備は残ったもののかつては取引先だった会社に買収されてしまった。部長の夢は、その時のまま部長の頭の中で固まっている。そんな気がした。

「……なるほど。そうなると、ますます牧野部長と話がしてみたいね」

「行きましょう、工場。でも、期待した結果に繋《つな》がらない可能性もあります。部長は神経質なくらい本社を避けています。腹を割った話ができるかわかりません」

「月イチの業績検討会議だけは出席してくれているけどね。うまく話ができなくても、その時はその時よ。かなめちゃんが働いている場所も見てみたいし」

数日後、つぐみさんは製菓工場を訪れた。

すぐ近くまで来たと連絡が入り、事務所を出て外まで迎えにいく。普段の製菓部の雰囲気を思えば不安のほうが大きかったが、つぐみさんの考えはもっともだし、今さらだけど、私自身も牧野部長をもっと知りたいという思いが強かった。

時刻は午後二時。一階にはまだパートさんたちがいた。全員が足の先から頭のてっぺんまで作業着に身を包み、午前中に焼成したケーキを冷凍するためのパッキング作業をしていた。紺野さんはタルト台にオレンジのコンフィチュールを並べていて、田口さんはその焼成中。一晩冷まして、翌朝、ナパージュを塗って仕上げをし、店舗に配送する。

「お疲れさま。外までオレンジの香りが漂っていたから、すぐ工場の場所がわかったよ。近くにパンの工場もあるんだね。何だか街中いいにおいがする」

初めて訪れた工場に、つぐみさんは楽しそうだ。

「二階が事務所です。一階は作業中なので、そっと覗《のぞ》く程度で大丈夫ですか」

「もちろん」

正面のシャッターはセントラルキッチンの配送車に製品を積み込む時以外は閉じられているので、その横の通用口から中に入る。手前は直売所だが今は無人。お客さんが買い物に来た時だけ、近くで作業をしているパートさんが対応する。直売所は最後に見学することにして、まずは事務所に行くことにした。

通用口から中に入る。靴は来客用スリッパに履き替え、手を洗ってもらう。春の陽光が麗《うら》らかな外から、LEDの照明に白々と照らされたひんやりとした工場内。その明暗差と温度差につぐみさんが一瞬身をこわばらせた。

作業場とはガラス窓のはまった壁で仕切られているが、気配を感じていっせいに作業着姿のパートさんがこちらを向いた。マスクと帽子の間から、いくつもの目がこちらを好奇心むき出しで見つめている。事務所へは作業場を通らなくても上がれるので、私は挨拶《あいさつ》だけでもしておこうと、仕切り壁のドアを開けて声を掛けた。

「お疲れさまです。こちら、本社営業部の新田さんです。今日は工場の視察と牧野部長との打ち合わせにいらっしゃいました」

「お疲れさまです。お仕事の手を止めさせちゃってすみません。どうぞ続けてください」

本社と聞いて、ふいっと全員が作業に戻る。何人かは小声で「お疲れさまです」と返してくれた気がするが、あまりにも素っ気ない対応に私のほうが申し訳なくなる。

さらに奥にいる田口さんや紺野さんは見向きもしない。明らかに声は聞こえているはずなのに。

「お仕事中だから仕方がないよね。うん、挨拶とはいえ、マスクしていても私語は衛生的にもよくないしね。さすが徹底しているなぁ」

明るく振舞うつぐみさんが痛々しい。事務所のドアを開ける。部長には打ち合わせをしたいとちゃんと伝えていて、午前中はコンフィチュールを炊いていたけれど、午後は空けてくれている。

事務所の後方に、パーティションと観葉植物で仕切られ、ソファが向かい合わせで置かれた応接スペースがある。たまに業者さんが来た時に使う他はめったに使うことのない場所だ。そこにつぐみさんを案内して、給湯室で三人分の紅茶を淹《い》れる。もちろん牧野部長の好みを重視した。

「牧野部長、お忙しい中、お時間を割いてくださってどうもありがとうございます」

つぐみさんがバッグからノートパソコンと筆記用具を取り出す。いつものお仕事スタイル。こうなるとつぐみさんはグイグイ行く。それに私は期待する。

打ち合わせに慣れていない部長は、チラチラとつぐみさんを観察している。業績検討会議で何度も会っているから、今さら自己紹介などしない。とはいえ、つぐみさんとはメールでのやりとりばかりで、実際に言葉を交わしたことはほとんどないはずだ。

「プロジェクトの趣旨は以前お伝えした通りですが、これまでとは違った印象をお客様に持っていただくために、デザートも既存のものにこだわらず、牧野部長のアイディアで新しいものにチャレンジしていただければと考えています。そこで早速なのですが、七月からの夏デザートの提案をしていただければ」

「企画はそちらの仕事ではないのですか」

ピシリと言われ、私とつぐみさんは固まった。

「こちらは、これまでも出された提案通りの品をお出ししてきた。それが工場の仕事です」

「部長。昔はあくまでも外注先でしたから、それでよかったかもしれないですけど、今は自分のアイディアでお菓子を作ることができるんですよ。それを『シリウス』のお客さんが喜んでくれるんです。そんな元も子もないことを言っていたら……」

「言っていたらどうだというんだ。そもそも『昔』のことなんてわかるのか」

来た。これが来ると、私は条件反射のように何も言えなくなってしまう。

「……牧野部長、『昔』のことは私も知りません。私が入社した時にはもう『今』の製菓部になっていましたから『今』しか知らないんです。私は今日初めて工場に来ました。セントラルキッチンと比べて、製菓工場の存在は若手社員にはほとんど知られていません。森久保さんも辞令が出るまで知らなかったんだもんね」

つぐみさんに言われ、気まずいながらも「はい」と頷《うなず》く。

「もったいないじゃないですか。前回から人気のプリンも、スタートしてまだ日が浅いオレンジのタルトも好評です。毎日店舗からの発注数を見ている部長もよくご存じですよね。ウチの会社は自社でこれだけのものを作れる。それをもっと誇るべきだと思うんです。だから私はこのプロジェクトを機に、お客様だけでなく社員にももっと製菓部のことを知ってほしいと思っています。社内全体が、『シリウス』のデザートを誇りに思えるように。そのために牧野部長にもっと前面に出ていただきたいんです」

つぐみさんは息もつかずに言い切った。さすが本社スタッフ。私にはこんなふうに言えない。思っていてもうまく言葉にできない。

つぐみさんを正面から見据えていた部長は、言葉が終わると同時に顔を伏せた。

「さすが本社だ。口がうまい」

部長まで同じことを考えていたからギョッとした。でも、ニュアンスはまったく違った。

「毎月の会議でも営業部長は調子のいいことばかり言う。相手をする神保町の店長もそうだ。表に出てくる奴はみんな口がうまい。俺みたいな職人は、コツコツと地味に自分の仕事をするだけだよ。それでいいんだ」

もしかして怖いのだろうか。自分で考案したデザートが売れなかったら。そうなれば、本社から何を言われるかわからないとでも恐れているのか。

「……今日、ここに来た本当の目的は何ですか」

急に改まった声で部長は訊《たず》ねた。窺《うかが》うようにつぐみさんを見ている。

「えっ」

「これまで本社から誰かが訪ねてくることなんてなかった。来るとしたら、機材の故障や入れ替えに立ち会う設備部の人くらいだ。前任の桃井さんとだって間に森久保を立たせて、それだけで事足りていた」

「ですから、プロジェクトの件で」

「それなら、これまで通り提案に対して試作品を作ります。去年は日向夏《ひゅうがなつ》のゼリーとレアチーズケーキでしたね。アイディアさえいただければ、ご要望通りにお作りします」

取り付く島もなく、私とつぐみさんは事務所を出た。

「最後のあれ、どういう意味だったんだろう」

「本社が偵察に来たと思っているんですよ」

「偵察？」

「わかりませんけど、部長が本社を避けているのは確かです。私のことだって最初は本社のお目付け役とかスパイみたいに言っていたんですから。どちらにせよ部長の被害妄想なんですけど、根本的な原因は買収されたことなんじゃないかと思います」

「なるほどね。それにしてもビジネスライクというか、とても同じ社内の人とは思えない。かなめちゃんの気持ちがわかったよ」

階段を下りながら、さすがのつぐみさんもため息を漏らす。私にとっては慣れたものでも、初めての人には衝撃的だろう。自分が熱くなっていればなっているほど、冷え切った部長との温度差に虚《むな》しくなるのだ。

「今でも無性に店舗に戻りたいって思う時がありますよ。お客さんのことだけ考えていればよかったですから」

「こっちは色んなところに気を遣って大変ってことか。前はやりがいが欲しいから店舗に戻りたいなんて言っていたのに」

「やめてくださいよ。こっちでのやりがいに気付かせてくれたのはつぐみさんじゃないですか。今日はせっかく来てくれたのに申し訳ないです」

「全然。状況がわかったから」

お互いにため息をつくと、私はつぐみさんを一階の直売所に案内した。ショーケースにはオレンジのタルトとプリン、チョコレートケーキとチーズケーキがこぢんまりと並んでいる。お客さんが少ないので、毎日用意するのはホールケーキ一台をカットした分のみ。場合によっては追加するけれど、そんなことはめったにない。

「見慣れたケーキが並んでいるね。こうして見ると、ちゃんと『シリウス』のデザートがケーキ屋さんのケーキに見える」

ようやくつぐみさんに笑顔が戻り、私はホッとした。

「そうですね。店舗では納品したデザートは箱ごとバックヤードの冷蔵庫ですもんね。あ」

「どうしたの？」

「店舗にもショーケースが置けたらいいですね。店頭にも写真入りのメニューは出しましたけど、ショーケースの中で照明を浴びているケーキって美味《おい》しそうに見えますから」

「なるほど。集客にも一役買ってくれそうね」

「でもお金がかかることですから、まずはデザートで実績を作らないと無理ですね」

「うん。でもその発想はいいね。なんかさ、最近感じるんだよ。『シリウス』の良さってわかりやすさにあるんじゃないかなって。あ、わかりやすさは、伝わりやすさと同じ意味ね」

「でも、それって大事です。ウチみたいなイマドキっぽくないお店には」

「それ、いいのか悪いのかわからない。だから何を目指したらいいのか、ますますわからなくなる」

つぐみさんは笑いながら、壁に沿って置かれた商品棚に向かった。クッキーやパウンドケーキなどの焼き菓子が並んでいる。

「これね、前にかなめちゃんが言っていたパウンドケーキ」

「そうです。焼いているのは牧野部長です。パートさんの中には、直売所は部長の趣味の部屋だなんていう人もいます」

「売れているの？」

「ケーキを買いに来た人がついでに買っていくパターンが多いですね。たまにまとめて買って行く人もいますけど」

「おやつなのかな。贈答用なのかな」

「さぁ。ここじゃ、特にラッピングもしていないので。でも、美味しいですよ」

「じゃあ、本社にお土産に買って行こう。総務の涌井さん、甘いものが大好きだし」

つぐみさんは置かれていた小さな籐《とう》製の籠《かご》に端から一つずつ入れていった。「ありがとうございます」と私がレジを打つ。お土産と言いつつ、直売所の売上に貢献してくれたのだろうか。

帰りは直売所の入口から外に出た。つぐみさんは外側から直売所の古びた扉を眺めていた。看板もなく、ドアのガラス面に直接「直売所」とカッティングシートで張られていて、洒落《しゃれ》っ気《け》も何もない。

「製菓工場の雰囲気も部長の考えもよくわかった。時間もないし、夏のデザートはこれまで通り私たちから提案するしかないね」

「私も考えてみます。でも、ちょっとまずいですよね。だって、上からは営業部と製菓部のプロジェクトって言われているんですもん。これまでと代わり映えのないデザートばかりでは、そのうち何か言われちゃうんじゃないですか」

「私たちで新しいアイディアを出して、そこから牧野部長のアイディアをさらに引きずり出す」

「オレンジのタルトみたいに？」

「そうそう」

つぐみさんと話していると少し気分が前向きになってくる。このまままもっと話をしたかったが、夕方には店舗からの発注のとりまとめがある。工場を離れられない自分がもどかしい。

「かなめちゃん、次の休みはいつ？」

「明後日《あさって》です」

「ホント？　私も明後日休みなの。予定がなかったら会わない？」

「会いたいです。私に休日の予定なんてありません！」

まさか思いが通じたかと、飛び上がらんばかりに喜んだ私につぐみさんは笑った。

「よかった。じゃあ、また連絡するね」

明後日、つぐみさんが指定した待ち合わせ場所は浅草の雷門《かみなりもん》前だった。

以前からティータイムの集客の参考に、賑《にぎ》わっているカフェを視察したい、という話はしていた。できれば、お昼過ぎから夕方までのティータイムの時間帯に。

しかし、仕事の日は難しかった。せいぜい打ち合わせの後、神保町界隈《かいわい》の喫茶店やカフェに行くので精いっぱいだ。お互い他にも仕事がある。私は夕方には工場で発注の集計作業をしなくてはならないし、つぐみさんはもっと多くの仕事を抱えている。それに、カフェ巡りなどといえば、たとえプロジェクトのためとはいえ牧野部長が何を言うかわからない。ならば、休日のほうが気兼ねなく動けるというのがお互いの考えだった。

それに、「シリウス」のメニューが新しくなり、その反応も実際に店舗で確かめたかった。それならば、営業部員としてつぐみさんが担当する店舗だろうと予想していたのだ。

時刻は少しお昼には早い時間。天気は快晴で、久しぶりに訪れた浅草は観光客でごったがえしていた。仲見世《なかみせ》通りも雷門通りに沿ったアーケード下の商店街も、そぞろ歩く人々で大渋滞だ。でも、観光地特有の賑わいと熱気があって、通勤時間帯のターミナル駅の大混雑のようなストレスは感じない。

「『シリウス』浅草雷門通り店ってすごい場所にありますね」

「そうだよね。みもざがいつも言っている。『今日もお客さんがずっと途切れなかった』って。本社にしてみれば嬉《うれ》しい悲鳴だけど、働いている人は大変だよね。店の規模がもう少し大きければ、神保町の売上を超えると思う」

私がいた豊洲店の比ではない。

開店直後の「シリウス」はさすがにまだ半分も席が埋まっていなかった。確かに店舗面積で言えば神保町店の半分程度しかない。だからこそいつまでも満席が続くのだ。

「いらっしゃいませ。えっ、つぐみだ」

「みもざ、お疲れ。抜き打ちの店舗巡回だよ。なんてね。どう？　新メニューの調子は」

「いいよ。ウチは一見《いちげん》の観光客が多いから、目立つメニューにパッと飛びついてくれる」

「なるほどなるほど」

つぐみさんと同期のみもざさんは、ポンポン会話を交わしながら奥のゆったりとしたテーブルに案内してくれた。

「こちらは製菓部の森久保さん。今、一緒にデザートのプロジェクトやっているの」

「森久保かなめです。南雲店長はここに来る前、豊洲にいたんですよね。私も豊洲から製菓部に異動したんです」

「豊洲、懐かしいな。藤崎店長と一緒だった？　私が異動してから彼女が来たんだよね」

「その年に私も入社しました」

豊洲の話題で盛り上がる。タワマンの常連ママさんのこと、よく近隣の会社員がランチに使ってくれていたこと。常連ママさんたちは午後の時間をゆっくり「シリウス」で過ごし、デザートが人気だったこと。時期は違っても、私がいた頃と変わらなくて懐かしい。

「それにしても、甘いものを食べなかったつぐみがデザートの開発とはねぇ」

みもざさんが苦笑する。

「だからかなめちゃんを頼りにしているの。それに、知らないことに興味を持つのは楽しいでしょ。そういう喜びを『常夜灯』のシェフに教えてもらった」

「あ、私も前に、内臓料理を色々教えてもらいました。最初は怖かったんですけど、びっくりするくらい美味しかったんです」

「森久保さんも『常夜灯』知っているの？　シェフ、内臓料理が大好きだもんねぇ。私、シェフが真剣に調理する時の横顔が好き」

つぐみさんに「キッチン常夜灯」を教えたのはみもざさんだったらしい。まだ店内には余裕があるから、みもざさんともこうして話していられる。それを見越して、つぐみさんも開店直後の時間を選んだのだ。もうしばらくしたら、さきほど雷門あたりにいた観光客がどっと押し寄せてくるに違いない。

私たちは春のフェアのハンバーグやドリア、新しくグランドメニューに加わったスープとオレンジのタルト、イチゴとミルクのムースを注文した。この後、いくつかカフェを巡る予定だけど、休日とはいえ浅草店に来たのは仕事の一環。新しいメニューを食べないわけにはいかない。

いつしか店内は満席になり、外にはウェイティングの列もでき始めていた。客層は驚くほど多国籍。日本人のお客さんのほうが少ないのではないか。

「ここのお店で働くのは大変そう……」

みもざさんが店内を行ったり来たりするのを眺めながら、私とつぐみさんはスープをすすった。「あ、これ、美味《おい》しいですね。色々な野菜がたくさん入っている」

「角切りベーコンの味もしっかり効いているね」

店内の喧騒《けんそう》、みもざさんやスタッフの「ありがとうございました」「いらっしゃいませ」の声を聞きながら、私たちはスープを堪能《たんのう》する。

「このスープ、みもざが提案したんだよ」

「えっ、店舗の人が提案なんてできるんですか」

「普通はあまりないね。でも、要望があれば本社は動く。みもざは、店長会議の時に手を挙げたの。しんとした会議室で、ピンッってまっすぐに手を挙げた。重い洋食だけでは、幅広い年代のお客さんの好みに合わないって。賛同したのは神保町の三上店長。そしたら他の店長たちも頷《うなず》いた。きっとみんな心の中では同じように思っていたんだろうね。でも、なかなか言い出せなかった。勇気がいるもの。それで桃井さんとセントラルキッチンの工場長が開発したの」

「……そうだったんですか。そんなことができるんですね……」

私は店の入口で外国からの家族連れを案内するみもざさんに視線を送った。家族旅行だろうか。かなり高齢のおばあさんおじいさんと、小さいお子さんもいる。確かにそれぞれ食べものの好みが違いそう。「ファミリーグリル」という店名がふっと頭に浮かぶ。ぴったりだ。「シリウス」はそういうお店なのだ。

「三上店長の場合は、ランチタイムの女性客をターゲットにスープが欲しいと思ったみたい。お店によって客層も違うから、店長の考えも違う。本社では気づかないことを店長たちは色々と教えてくれる。そういうのって大事だよね」

「……今さらなんですけど、店舗はウチの会社の支店ですもんね。私、もっと軽い気持ちで店長を目指していましたけど、支店長と言うとグッと重みが増す気がします」

「重く考えすぎると、ますます店長をやりたいって人いなくなっちゃうよ。だから、かなめちゃんみたいに店長を目指してくれる若手がいるのって、会社にとって希望だと思うんだ」

「……今は製菓部ですけどね」

「製菓部を知っておくことも、いずれきっと何かに結びつく」

「そう思うしかないですね。……でも、やっぱり時々考えますよ、人事に相談して異動願いを出そうかな、とか」

「うん」

「これまでも何度もそう思ってきたのに、やっぱりいざとなると躊躇《ちゅうちょ》しちゃうんです。私はそんなに根性がなかったのかとか、異動願いを出したなんて牧野部長が知ったら、がっかりするんだろうなとか」

「そう思ううちは、今のままでいいんじゃない？」

「はい。三年もいると、嫌な職場でも情が湧いちゃうというか。良くも悪くも、ですけど」

「そんなかなめちゃんが好き」

つぐみさんがにっこり笑う。私たちは混みあった浅草店でそんな会話を交わしながら、みもざさんが提案したスープを飲み、ハンバーグとドリアをハフハフしながら食べた。

すぐ横ではみもざさんたちが奔走している。隣のテーブルはすでに本日三組目のお客さんだ。観光客はゆっくり食事を楽しむ人も、スケジュールが過密なのか慌ただしく済ませる人も、テーブルによって様々だ。みもざさんは店内をよく見てお客さんの雰囲気を感じ取り、他のスタッフに何か伝えている。たぶん、「あのテーブルは急いでいるようだから気にしてあげて」とか、「もうすぐ何卓が帰りそうだからすぐ片付けて次の何名様を案内して」とか、そういうことだ。満席の店内。忙しそうなスタッフ。どうしても血が騒ぐ。私もやっぱりお店に立ちたいと思ってしまう。

「お待たせしました。オレンジのタルトとイチゴとミルクのムースです」

みもざさんが私たちのテーブルにデザートを運んできた。

相手が私たちだから気を遣ったのか、メニュー写真と寸分違《たが》わずきれいに盛り付けられている。タルトはワンカットずつ皿に置き、ミントを飾る。イチゴとミルクのムースは、上からベリーソースを流し、紙ナプキンを敷いたお皿にカップを置く。透明なカップを通して見えているベリーソース、イチゴムース、真ん中のわずかなベリーソース、ミルクムース、それぞれの層の色の違いが美しい。

「食後はプリンやイチゴとミルクのムース。ランチタイムとディナータイムの間はオレンジのタルトやパンケーキがよく出るよ。今回のデザートは見栄えもするし、店舗での仕上げがほとんどないからラクでいい。あ、この言い方まずいか。お客さんをお待たせせずにスムーズに提供できるのがいいと思います」

みもざさんの言葉に私たちは笑った。試作品も食べているけれど、お店でお客さん用に盛り付けられたデザートは、試作品とは味も見た目も印象が違う。そこで気づく。活気ある店内。けれどテーブルだけはそれぞれプライベートな空間で、気の合う相手と一緒だから、もともと美味しいスイーツがさらに美味しく感じられる。

同じオレンジのタルトでも、直売所のショーケースの中にお行儀よく収まったタルトとは全然違う。ここではタルトが生きている。一つ一つの出来よりも、それを取り巻く雰囲気がいっそう美味しく感じさせる。いや、美味しさだけではない。ここでこれを食べたという経験として心に刻まれる。きっと浅草雷門通り店では、お客さんにとって旅の思い出として「シリウス」の料理やデザートが記憶に残るに違いない。

「つぐみさん、美味しいですね。今日は最高の一日です」

「えっ、急にどうしたの?」

「何でもないです」

私はタルトを口に入れる。オレンジのコンフィチュールの甘く、さわやかな苦みがバターたっぷりのタルト台によく合う。自然と頬が緩む。笑顔になる。

牧野部長のケーキは美味しい。

「今日は一日中食べ歩いたってこと?」

堤さんは笑いながら私たちにおしぼりを手渡した。

「そうなんですよ。みもざのお店に行って、浅草、蔵前《くらまえ》、日本橋、丸の内あたりを散策して、気になるカフェに立ち寄って。ああ、楽しかった」

午後九時の水道橋、「キッチン常夜灯」のカウンター席につぐみさんと並んで座っていた。開店直後の店内にはまだ私たちしか客はいない。開店直後というより、開店を待ちわびるようにドアの前で待っていて、看板を出すために出てきた堤さんをすっかり驚かせてしまった。でも、堤さんは大歓迎してくれた。

「それで最後にここに来てくれたの?」

「食べ歩いただけじゃありません。浅草店を出た後は、隅田川沿いを散歩しました。桜はすっかり散っていて残念でしたけど、新緑に癒《いや》されました」

そういえば、温かいおしぼりからかすかに桜の香りを感じる。季節のさりげないおもてなしだ。

「カフェはスイーツが目的ではなくて、雰囲気を感じるために行ったんですもん。それに、みもざが『常夜灯』に行きたい～って言ったんです。ずっと忙しかったみたいだから、色々溜《た》まっているのかもしれません。後で合流します」

私たちがそれぞれ弁解すると、カウンターの中から忍び笑いが聞こえた。シェフだ。

「お仕事のヒントは見つかったんですか」

「う〜ん、どうなんでしょう。スイーツ目的のお客さんで賑《にぎ》わっているカフェを見ても、ピンとこなかったっていうのが正直な感想で……」

最初に頼んだビールに口をつけながらつぐみさんが言う。私もまったく同じ感想で、ここに来る間も二人で同じことを話し合ってきた。

例えば、神保町のつぐみさん行きつけの喫茶店もそうだが、お昼時を過ぎてから混み始める。ランチメニューとしてサンドイッチもあるが、やはりお客さんの目的はコーヒーだ。

今日訪れたのもパフェやパンケーキ、フルーツタルトが人気と話題になっている店を選んだが、お客さんたちは「それが食べたい」「語らいの場所が欲しい」という目的が明確で、いずれも店員さんにさりげなく訊《き》いたら、ランチタイムが穴場です、という答えが返ってきた。つまりお昼時はそれほど混雑しているわけではないということだ。お客さんは食事と喫茶をしっかり使い分けている。

「『シリウス』の場合は、まずは食事に来てくれたお客さんに、デザートも美味《おい》しいって思っていただくことが大事なのかもしれません。ティータイムの客数アップをいきなり狙うのは難しいのかなってショックを受けました」

「千里の道も一歩からってことを思い知らされたんです」

私とつぐみさんはビールを飲みながら大きなため息をついた。

「なかなか手ごわそうですね。いずれにせよ、魅力的なデザートを開発することに変わりはないのでしょう? デザートだけでも食べに来たいと、食事のお客様に思っていただければいいのですから」

「そうなんですけどね」

私たちは再び顔を見合わせて重いため息をつく。牧野部長の煮え切らない態度を思い出すと、自分たちで何とかしなくてはならないのだと、大きなプレッシャーに襲われてしまう。すかさず堤さんが会話に加わり、重い空気を振り払ってくれた。

「みもざちゃんも来るんでしょ? 今夜は美味しい食事を楽しんで気分転換しましょうよ」

「気分転換なら、昼間いろんなお店を回って思う存分したんですけどね」

私はスペシャリテの黒板を見上げた。今日はみもざさんの浅草店から始まって、色々なカフェを見て回った。カフェ巡りは久しぶりだし、つぐみさんが一緒ということもあって楽しかった。お腹はいっぱいなはずなのに、あれもこれもと気になって仕方がなかった。

こんな気分は久しぶりだ。昔から姉や友達とよく食べ歩いた。お客さんを楽しませる飲食店が大好きだから私はオオイヌに就職したのだ。その気持ちを思い出した。

春の陽気のもと、歩き回って重くなった体に冷えたビールが心地よい。お酒を飲みながらメニューをゆっくりと選ぶ。ビストロに慣れていない私には知らないお料理も多く、想像力を働かせながら眺めるメニューはまるで物語を読んでいるようだ。こんな時間も至福のひと時だと「常夜灯」が教えてくれた。

「かなめちゃん、次はワインにしようか」

「はい。ボトルでいいですよね」

「もちろんボトルで」

つぐみさんは、期待感高まる食前の喜びをとっくに知っているようだった。

ふと思った。つぐみさんに会えたのは、私が製菓部にいたからだ。店舗のままだったら、店長になるまで本社の人と関わることなどなかっただろう。

この前は女性店長の憧《あこが》れの的だという三上店長に会うこともできたし、今日は豊洲店の大先輩であるみもざさんにも会えた。その上、これから一緒に食事をする。

製菓部に異動して三年間、心を開ける相手がいなかった反動か、今は気持ちを分かち合える先輩たちに会い、話を聞くのが楽しくて仕方がない。私の世界が広がっていく。広がった世界はさらに新しい刺激を求めて際限なく広がりつづける。こんな気持ちは、史と付き合っていた時ですら感じたことはなかった。

今、ようやく気付く。単に一緒にいて癒される相手では足りない。私はもっと刺激が欲しい。先の世界を見たい。刺激も先の世界も、私にとっては結婚とか出産とかそういうことではなく、自分の可能性をどこまで高められるかなのだ。

「あら、かなめちゃん。何だか楽しそう。いいアイディアでも浮かんだの？」

堤さんは目ざとい。仕事ではなく、自分についての気づきを得たなんて、このタイミングでは言い出せない。いや、つぐみさんと堤さんたちの前なら言えないこともないけど、やっぱりバツが悪い。だから、ごまかす。

「シェフ、この前のバイヨンヌの生ハム、もうないんですか？」

「残念ながら」

「えっ、バイヨンヌの生ハム？」

「シェフが目の前で削《そ》いでくれたんですよ。口の中でとろけて、ワインが進む、進む」

「しかも原木だったの？　うわぁ、食べ逃した」

つぐみさんはあからさまに肩を落とした。

「残念だったわね、つぐみちゃん。ホント、あの期間はワインが飛ぶように売れたわ」

「堤さんまで！　生ハムとワイン、楽しみたかったなぁ」

「切りたての生ハムはありませんが、シャルキュトリー盛り合わせをご用意しましょうか」

「ぜひ！　みもざが来るまでしばらくかかりますから、おつまみとワインをゆっくり楽しみます」

「かしこまりました」

シェフはさっそく準備に取り掛かる。私はつぐみさんにこっそり「シャルキュトリーって何ですか」と訊《たず》ねた。

「お肉の加工品よ。ハムやベーコン、シェフのリエットやパテドカンパーニュも美味しいのよ。ホントにワインがいくらでもいけちゃうから」

しばらく待つと、シェフが大きなお皿を持ってきた。溢《あふ》れんばかりに盛られた肉類とピクルスやオリーブ、別皿の薄切りのバゲットに目を見張る。

「今夜の生ハムはスペインのイベリコ豚です。ジャンボンブラン、スモークした鴨肉、リエットとレバーパテです」

「シェフ、ホワイトアスパラも食べたいです」

黒板を見ながら注文する。春といえばホワイトアスパラだ。せっかくだから季節感のある料理を食べたい。

ワインを飲み、少しずつシャルキュトリーを食べる。冷えた白ワインに生ハムの塩分がたまらない。口の中でとろけるけれど、やっぱりこの前の切りたての生ハムにはかなわない。そう言いたいけれど、食べ損ねたつぐみさんがかわいそうなので、「美味しい」と感激するにとどめておく。だって、これも十分に美味しい。肉っぽさ満点のリエットも、なめらかなレバーパテもたまらない。ワインが無限に進んでしまいそうで怖くなる。

「お待たせしました。ホワイトアスパラガスの温かいサラダです」

楕円形《だえんけい》のお皿に四本のホワイトアスパラが優雅に横たわり、上からお布団のように薄黄色のソースがかけられていた。ボイルされたホワイトアスパラはダウンライトを浴びてツヤツヤと輝いている。全体的に淡い色合いを引き締めているのは、周りに飾られた鮮やかなグリーンのスナップエンドウだ。鞘《さや》は開かれ、中に並んだ豆が可愛らしい。

「春だね」

つぐみさんが言い、私も「春ですね」と頷《うなず》く。皿に取り分け、二人同時にナイフを入れる。やわらかさの中に心地よい歯ごたえがあり、甘みのなかにアスパラ独特のわずかな苦みがある。つまりは新鮮ということだ。ボイルしているのに、しっかりとみずみずしさが伝わってくる。少し酸味のあるまったりとしたソースが、それだけでは淡白なホワイトアスパラの美味しさを何十倍にも膨らませている。

「ホワイトアスパラにはオランデーズソースがよく合います。バターと卵黄、レモンを使った濃厚でさわやかな味わいのソースです」

私とつぐみさんはあっという間に食べ終えた。野菜だからか、すんなりと食べられてしまった。いや、野菜だからというよりも美味しいからだ。そこでつぐみさんと目が合った。自然と声が揃う。

「シェフ、おかわりください」

堤さんが笑い、いつの間にか来店していた他のお客さんからも笑い声が聞こえる。

「よろしければホワイトアスパラでもう一品いかがですか。私も大好きな料理です」

「えっ、気になります」

「じゃあ、それをお願いします」

またしてもほとんど同時に答える。

「私も大好きよ」

ワインを注ぎ足してくれながら、堤さんまで同意する。ますます期待が高まってしまう。

早い時間帯の「常夜灯」は、まだお客さんが少なくてシェフや堤さんとたくさんお話しできるのがいい。もっとも満席でも、二人はお客さんを気にかけていて、けっして放っておくことはない。だから一人でも居心地がいい。だって、夜に一人で食事をしているお客さんは、一人になりたくないからここを訪れているに決まっている。

カウンター越しに料理の仕上げをするシェフを眺める。完成した皿を持ってやってきたシェフに期待のまなざしを送る。たとえ一人でも、ここにいれば飽きることはないだろう。

「ホワイトアスパラのビスマルク風です」

「ビスマルク風?」

今回も楕円形のお皿にホワイトアスパラが横たわっている。しかし、ボイルではなくソテーされている。わずかに焦げ色のついた穂先や茎も美味《おい》しそうだが、何よりも目を引くのは、上にふわりと被《かぶ》せられた薄い生ハムと半熟玉子だ。さらに削ったチーズとブラックペッパーが散らされている。

「うわ、美味しそう……」

「目玉焼きを載せた料理をビスマルク風と言います。イタリアでは半熟玉子とハムが載ったピザがよく知られていますよね。ドイツの宰相、ビスマルクは目玉焼きを載せたステーキが好物だったからだと言われています」

「国境を越えていますね」

「先ほどのオランデーズソースもオランダ風という意味ですしね。どうぞ温かいうちに黄身をくずして、アスパラに絡めてお召し上がりください」

シェフに言われた通り、先にお皿の上で半熟玉子を割った。とろりと流れ出した黄身をたっぷりのチーズと一緒にホワイトアスパラに絡める。生ハムも半分こしてつぐみさんと分け合った。玉子の黄身と削られたチーズがほどよく絡んだアスパラを、生ハムと一緒に口の中に入れる。焼いたアスパラはボイルよりも中身がやわらかくて甘い気がした。さらにとろりと絡む半熟玉子。チーズと生ハムの塩けが程よく、アスパラと半熟玉子で温められた生ハムは口の中でとろけてしまう。

「これ、本当に美味しいですね」

「ホワイトアスパラをボイルとソテー、二種類の料理で味わえるなんて幸せ！」

私とつぐみさんはうっとりとホワイトアスパラを噛《か》みしめる。

「あっという間に、ホワイトアスパラを二品食べちゃった」

「ホント。どこに消えちゃったんだって思いますよね」

ご満悦な私たちを見て、シェフも面映《おもは》ゆいような顔をしている。

「ついつい美味しくておかわりしちゃったね。ああ、満足。そういえば、この前、製菓工場の直売所で買って帰った焼き菓子、あれも美味しくて、次から次へと食べちゃった」

「つぐみさんが？」

「うん。涌井さんにもあげたけど、後は営業部のデスクにいた桃井さんと営業部長と三人で。確かにパウンドケーキが美味しかった。マドレーヌやフィナンシェ、サブレ類も全部好評だったよ」

「そうなんですよ。隠れた名品なんです」

いつの間にか店内は混み始めていて、さりげなくスマホを見ると午後十一時を過ぎていた。「常夜灯」には時計がない。だからますます時間を忘れてくつろいでしまう。

「いらっしゃいませ」

堤さんの声に振り返ると、とうとうお待ちかねのみもざさんが息を切らせて入ってくるところだった。

「お疲れ、みもざ」

「つぐみ、森久保さん、お待たせ。ああ、仕事の後なのにダッシュしちゃった」

つぐみさんの隣に座ったみもざさんは、スパークリングワインを頼み、三人でもう一度乾杯をする。

「何を食べたの？」

「シャルキュトリーとホワイトアスパラ。スープとメインは、みもざが来てからにしようと思って、まだ注文していないよ」

「ホワイトアスパラか、いいね。シェフ、私もお願いします」

「どちらにしますか？」

シェフの言葉で私たちが二皿食べたことがバレてしまう。つぐみさんが説明し、みもざさんは当然というように二種類の料理をお願いした。その前にリエットだけを注文し、バゲットに載せてスパークリングと交互に味わっている。思う存分働いた後の食欲は旺盛《おうせい》で、見ている私も気持ちがいい。

今夜のスープはエンドウ豆のポタージュと聞き、迷うことなく三人分注文した。ワインは次も白をボトルで追加し、みもざさんの分もグラスをもらう。

「シェフ、『シリウス』でもこの春から新しいスープメニューが登場したんですよ」

「どんなスープにしたんですか」

シェフは私たちの前にスープボウルを置く。鮮やかな若草色のスープだ。新鮮なエンドウ豆のわずかな青くささが、まるで春の草原の風のようで気持ちが高まる。

私たちはシェフの質問に答えるよりも先に全員がスープにスプーンを入れていた。とても待ち切れない。鼻に抜けるほど清々《すがすが》しい豆の香り。香りそのままの力強い豆の味。それだけでは野性的になってしまいそうな味わいをバターやクリーム、タマネギの甘みがやわらげている。飾りに三粒散らされたエンドウ豆を食べると、口の中でプチッと弾《はじ》けて瑞々《みずみず》しい甘みが広がった。

「なんかもう言葉が出ません」

「エンドウ豆とスナップエンドウを半々にして、直前に鞘から外しました」

「一粒一粒？　うわぁ、根気がいる仕事ですね」

シェフはただ微笑んでいる。

『シリウス』のスープは、以前ここでいただいたトマトの入らないミネストローネを参考にしたんです。角切りベーコンで旨《うま》みを出して、野菜たっぷりだけどしっかり満足感もあるスープです。でも、やっぱりシェフのスープには敵《かな》わないな」

敵ったら困るだろうな、と思ったけれど、シェフも堤さんも相変わらず穏やかな表情で私たちの会話に耳を傾けている。

「それにしても、今日はいかにも春というメニューばかりですね」

「春はいい時期ですから。日本では区切りの季節であり、進学したり、就職したりと期待が高まります。それにいっせいに花が咲く。暖かくなって野菜も美味しくなる。料理人にとってもやりがいがあり、ますますお客様を喜ばせたくなります」

シェフの言葉に心がざわついた。牧野部長がこんなふうに思ってくれる人ならよかったのに。料理と同じように、お菓子でだって十分に季節感を出せるはずなのだ。果物や色合い、食感や温度。バターたっぷりにするか、さっぱり仕上げるか。城崎シェフが季節の料理を楽しむように、牧野部長にも楽しんでほしい。同じ職人なら、楽しくないはずはない。

清々しいほど春を感じる緑のスープをゆったりと混ぜながら私は思う。

「『シリウス』の新しいスープやデザートの調子はどうですか」

シェフも興味があるらしい。これにはみもざさんが答えた。

「スープは、常連さんが興味を持ってくれました。特に女性客ですね。観光客の方はいろんな料理を注文する中の一品として当たり前のように選んでくれています。そういう意味では客単価アップにも繫《つな》がっていますね。デザートはプリンが多いかな。浅草は観光地ですから、デザートやお茶は別のお店に行ってしまうんです」

「それが観光の楽しみですもんね」

「そうそう、今日、つぐみたちが帰った後、オレンジのタルトを食べたお客さんから『苦い』って言われたよ。食べていたのはお子さんで、ご意見はお母さん。大人にはあのほろ苦さが美味《おい》しいんだけど、確かに子ども向きではないのかもしれないね」

今回のデザートは年齢層を意識したわけではなかった。逆に、イチゴとミルクのムースは大人からの注文は少なく、お子さんに人気があるらしい。

「なかなか万人に受け入れられるお料理というのは難しいものです」

カウンターのシェフも神妙な面持ちで頷《うなず》く。

「あ、この前の内臓料理もそうですよね。美味しかったけど、シェフや監物さんの説明がなかったら怖くて食べられなかったと思います」

そこでブラッドソーセージや豚の耳、豚足の料理を食べたことを先輩たちに説明した。二人は「食べ逃した！」と残念がっていたけれど、それは彼女たちが美味しいものに貪欲《どんよく》でシェフの料理に絶対の信頼を寄せているからだろう。

「今夜のメインは私にまかせていただいてもよろしいですか」

「もちろんお願いします」

「わぁ、何だろう。楽しみ」

私もすっかり城崎シェフを信頼している。

「つぐみさん」

「どうしたの、かなめちゃん」

「前につぐみさんも言っていましたけど、やっぱり牧野部長をアピールしませんか。だって、私たちが知らないだけで部長は色々と持っているはずですもん」

今の部長からはイメージしづらいが、パリで修業したパティシエなのは間違いない。

カモメ製菓が続いていたら、部長は腕を活《い》かしてもっと活躍していたかもしれない。若い頃の彼は、単なるデザートの外注先の会社というイメージを脱却したくて、様々な可能性を思い描いていたのではないだろうか。そう、それは部長の夢だ。

しかし、思いがけない事故が起きた。起こしてしまった。結果として会社を失い、夢の行き場も失った。

オオイヌとカモメ製菓は、創業者である先代同士が友人という繋がりがあり、設備やスタッフすべてを引き継ぐ形で買収され、牧野部長は完全にすべてを失ったわけではなかったが、夢を潰《つぶ》された彼はオオイヌに対して恩義だけでなく、それに反する思いを持っていることは普段の彼を見ていれば明らかだ。製菓工場に異動した時の私以上に、今も牧野部長は自分の立ち位置を見つけあぐねているのではないだろうか。

そこへきて、デザート改革のプロジェクトの発足。本社が製菓工場に口出ししようと、さらに距離を詰めてきているように誤解されてしまっているのかもしれない。

そうではない。私たちは部長に期待しているのだ。その誤解さえ解くことができれば、部長は伸び伸びと、自分のイメージ通りのお菓子を作ってくれるに違いない。

「部長には活躍できる場所が必要なんです。それがあるのに、部長自身がそれを拒んでいる。だから、無理やりでも動かす方法を考えるんですよ。表に出すなりして、動かざるを得ないような……」

「なになに？　製菓部の部長さんって、そんなに厄介なの？」

みもざさんがホワイトアスパラガスに半熟玉子を絡めながら会話に加わった。やはり店舗スタッフにとって製菓部の印象は薄い。製菓工場の存在を知っていたとしても、部長がどんな人かまではわからない。たとえ、月に一度会議に一緒に出席していても。

つぐみさんがこれまでのことや先日工場を訪れた時のことを説明すると、みもざさんは眉《まゆ》をひそめた。特に「シリウス」の業績に無関心なことがひっかかったらしい。

「ああ、いるいる、自分は関係ないって思っている人。お店のスタッフにもいるよ。じゃあ、いったいどこからお給料が出ているんだって話だよね。さすがに本人の前でそれは言わないけどね。私だって別に会社の犬ってわけじゃなくて、自分が好きでやっている仕事だけど、そういう人が一緒だと、周りまでやる気が削《そ》がれちゃうよね」

「お店ではどうしているんですか」

私も豊洲店にいた時はアルバイトにさんざん注意をした。注意というか、指示を出して無理やり動かした。みんな一緒にとにかく動く。それが当たり前になれば、本人も自分だけ何もしないわけにはいかなくなる。

でも、今はその時とは違う。相手は上司。おまけに何もしていないわけではない。納品に遅れはなく、品物を欠品させることもない。衛生にも気を遣って、本社から文句を言われることは何もない。でも、それだけなのだ。

店舗で新入社員やアルバイトを指導する時は、コレができたら次はコレを目指そう、とアドバイスする。技術的なことだけではない。ミスなくできたら、次は笑顔でやってみよう。さらに次はお客さんの気持ちを考えてみようと、目指すものには終わりがない。でも、製菓工場は問題なく仕事をこなすというだけで終わってしまっている。

みもざさんの答えは、私が豊洲でしていたこととほぼ同じだった。現役店長と同じことを私もやっていたのかと思うと、少しくすぐったいような気持ちになる。そして、私の居場所はやっぱり店舗ではないのかと思ってしまう。製菓部と店舗。その間で私の気持ちは何度も何度も揺れている。

「つまりね、店長の私がしっかりしないといけないの。それは店長をやって気づけたこと。店長が毅然《きぜん》としていないから結局スタッフに舐《な》められる。だって、店舗のトップは店長だもんね。トップが率先して動けば、やっぱりみんなついてくるよ。ねぇ、つぐみ。会社の組織図、どうなっていたっけ」

「組織図？」

つぐみさんは意表をつかれたように、持っていたグラスを置いた。

「そう。店舗を管轄しているのは営業部。だから店舗は営業部の指示に従うわけでしょ。業績検討会議を運営しているのも営業部だしね。セントラルキッチンと製菓工場も、営業部の管轄だったよね」

「うん、そうね」

オオイヌの組織図は単純だ。社長と取締役の下に経理部、総務部、設備部、購買部、営業部が並立し、営業部の下に各店舗、セントラルキッチン、製菓工場が同列に並んでいる。

「つまり、営業部長を動かせってことか」

「うん。だってプロジェクトは営業部と製菓部合同で、オオイヌにとってはセントラルキッチンも製菓工場も、店舗と同列の扱いってことだもん。利益を生み出す場所ってこと。それを管轄しているのが営業部長」

考えたこともなかった。会社によって事情は違うだろうけど、オオイヌは営業部の下にセントラルキッチンと製菓工場が入っている。料理もデザートも、営業部が企画した製品を製造しているからだろうか。どういう仕組みでこうなったかは知らないが、確かにそうなっていた。

「だからさ、つぐみや森久保さんでどうしようもなくなったら、営業部長を動かす手もある。上が熱意を示せば、意外と心を動かされるかもしれないよ。つまり、放っておかれるのが一番まずいってこと。問題を起こさなければ、ついほったらかしにしちゃうでしょ。それって意外と寂しいものだよ。だから私はスタッフ全員に声をかけるようにしている」

「……これまで、ずっと放っておかれていたんですよ。製菓部は」

私の言葉につぐみさんも頷いた。

「そうだね。問題がないから営業部も製菓部に口出しすることはなかった。もと外注先だから、ベテランたちは気を遣っていたっていうのもあるかもしれない。これまでデザートを企画していた桃井さんだって、自分の考案したデザートを牧野部長が迅速かつ忠実に試作してくれるから、あっさりメニューを決定して、密なやりとりをしてきたわけじゃない。何だかいろんな誤解がある気がしてきた。でも、それをほぐせばいいんだね」

「はい！」

「お待たせしました」

シェフがオーブンから取り出した料理を大皿に載せて私たちの前に運んできた。

私たちはぽかんとする。大皿の上は白くて大きな塊が一つ。ちょこんとタイムが添えられている。白い塊は所々オーブンでついた焦げ目があるが、とても美味しそうとは思えないし、そもそも料理には見えない。

「何ですか、これ」

「あっ、もしかして、塩包み焼きですか」

「ああ、塩包み！」

たぶんこの反応をシェフも堤さんも期待したのだろう。二人は楽しそうだ。私たちも笑い出し、他のお客さんまで「なんだ、なんだ」と、身を乗り出してこちらを眺めている。

「メインは鯛《たい》の塩包み焼きをご用意させていただきました」

シェフは私たちに見せた大皿をカウンターの裏の調理台に下げると、サービス用のナイフとフォークで表面の塩を割って取りのぞいていく。こう分厚い塩に包まれていては、どうりで何の香りもしないわけだ。すぐに割れ目からは濃い桜色の鯛が顔をのぞかせた。

「何だかいい香り」

「これ、桜ですか」

「鯛のお腹の中に塩漬けの桜の葉を詰め、表面にも桜の葉をのせてから塩で包みました。蒸し焼きのような状態になりますから、塩を割ると春の香りが溢《あふ》れ出します」

「素敵です。美味《おい》しそう！」

その後は堤さんが引き継いで、鯛の身を三人分にサーブしてくれた。骨や皮をはずし、ふっくらとした身の部分だけを素早くそれぞれの皿に取り分けていく。鮮やかな堤さんの手の動きに私たちはすっかり見惚《みと》れた。

食べやすく分けられ、レモンを添えられたお皿が配られると、ついため息がもれた。真っ白な身からはまだほこほこと熱が伝わってきて、私たちはほんのりとした桜の香りに包まれている。美しくさえ思える白身を口に入れると、ふっくらしっとりとやわらかく、こちらにもしっかりと桜の風味が閉じ込められていた。海塩のまろやかな塩けが淡白な白身の味を引き立たせ、少しレモンを絞ってみても美味しかった。

「春、ですね」

鯛の上品な味わいに私たちは陶然となった。

「割ってみるまで何が出てくるかわからないのも楽しいです」

「でも、確かに黒板には鮮魚の塩包み焼きと書いてありますね」

「今日はイサキと真鯛が手に入ったんです。サイズも色々ですから、お客様の人数によってちょうどいい大きさのものを調理しています」

「シェフ、私たちには一番大きい鯛を選んだんじゃないですか」

「さぁ、どうでしょう」

控えめな笑みを浮かべてかわすシェフには敵《かな》わない。ますます白ワインが進んでしまう。

赤ワインも飲みたいからお肉も追加しようということになり、少しずつ仔羊《こひつじ》肉も焼いてもらう。こういうわがままを言えるのもいい。鮮やかなロゼ色の仔羊を味わいながら、私たちはすっかりいい気分になっていた。

「最後に甘いものはいかがですか」

散々デザート開発の話をしておいて、ここで断れるはずもない。もちろんシェフがどんなデザートを用意してくれるのかも楽しみだ。

しばらくして出てきたのはデザートというより焼き菓子だった。ケーキのように丸い型で焼かれ、八等分にカットされているが、まるで大きなクッキーのよう。濃厚なバターの香りに混じって、ふわっとラム酒が香っている。

「これは？」

「ガトーバスク。バスク地方の焼き菓子です」

フォークを入れる。ザクッとしたクッキー生地に覆われた内側はしっとりとしていた。口に入れると香ばしい外側の層と、内側の濃くねっとりとしたカスタードが舌に絡みつく。最後にふわっとさわやかな香りが広がった。

「単純な焼き菓子かと思ったけど、複雑な美味しさですね」

「アーモンドたっぷりのサブレ生地でスリーズ・ノワール、つまりダークチェリーを入れて焼いたお菓子が本来のものとされていますが、今回はカスタードクリームを詰めました。オレンジの香りをつけてみたのですが、お口に合いましたか」

「サックサクで美味しいです。焼いたカスタードも濃厚でサブレ生地との相性が最高ですね。バターもたっぷりで贅沢《ぜいたく》な味です」

「大きく焼いて切り分けましたが、食べやすく小さい型で焼いたものもパティスリーでは見かけますね」

「そうか、ガレット・ブルトンヌと同じような感じですね」

「ブルターニュのバターたっぷりのクッキーですね。ガトーバスクはもう少し大きくなりますが、確かに似ていますね。フランスは各地に郷土菓子がたくさんあるので面白いですよ。どれも素朴ながらとても味わい深いんです」

「そういえば、製菓工場の直売所にもあったよね。ガレット・ブルトンヌ」

つぐみさんがハッとしたように顔を向けた。

「あります！　牧野部長、今も直売所の焼き菓子を自分一人で焼きつづけているのは、そうやって過去の自分を守りつづけているのかも……」

「やっぱりまだ可能性はあるね。あとは、どうやってその気になってもらうかだけ」

「はい。その気にさえなってもらえれば、絶対に楽しくなると思うんです。あの部長でも」

私たちは思わず手を取り合った。

みもざさんはのんびりとガトーバスクを頬張りながら、興奮した私たちを眺めている。

「そんな人が製菓部長だったんだねぇ。私も見てみたいな、これまでとは違う『シリウス』のデザート」

「きっと部長なら、『シリウス』にぴったりのデザートを提案してくれると思うんです。いい意味の古き良きデザートです」

「確かにぴったりかも。私も、最近よく見かけるキレイなデザートは、店で作る側としてはあまりやりたくないなぁ。シンプルだけど美味しいのがいい。シンプルって、つまりはわかりやすさなのよ。結局お客さんが『シリウス』で注文するのはそういう料理だから」

さすが、みもざさんの意見は参考になる。『シリウス』は都心の高級店でもオシャレなレストランでもない。家族で気兼ねなく楽しめるお店なのだ。

そこでほぼ食べ終えたガトーバスクに視線を移した。

牧野部長が直売所に今も並べつづけているのは、飾り気のない素朴な焼き菓子ばかり。ケーキのデコレーションは流行に左右されるけれど、シェフが用意してくれたガトーバスクのように伝統的な地方菓子は多少アレンジされても、大きく姿を変えることはない。それは、つまり牧野部長の姿勢をそのまま表しているのではないだろうか。

なんだか、急に牧野部長と話がしたくなった。いや、今の状態では、相手にされないのはわかっている。

ああ。またいつもの後悔に襲われる。私は牧野部長のお菓子を食べて、本人の前で心から「美味しいです」なんて言ったことがあっただろうか。

工場に異動した時も、私自身が「作る側」にならなければいけないという意識が強すぎた。私の性格上仕方がないけれど、製菓のことなど何も知らないのだから、素直に「シリウス」で人気のデザートやお客さんの反応、私は何が好きか、そんな話をもっと部長とすればよかった。そうしておけば、お互いに心を開くことができたかもしれないのに。

私はやっぱりお菓子が好きだ。きっと直売所に並んでいる焼き菓子は、部長のレシピのほんの一部。彼のお菓子を私はもっと見てみたい。

「この前、シェフからフランスでの修業時代のお話を聞かせていただきましたよね。何もかも吸収しようと貪欲《どんよく》だったって。牧野部長も絶対そうだと思うんです。そして、期待を胸に日本に帰ってきたと思うんです」

それが変わってしまった。変わらざるをえない状況に置かれてしまった。でも、そんなことはない。本人はそう思っているとしても、私たちも会社も部長に期待している。部長こそが「シリウス」の業績回復のきっかけを作ってくれるのではないかと願っている。

シェフは私たちの皿を下げながら言った。

「これまでの自分の経験が、そのまま今の私の料理に活《い》かされている気がします」

「私たち、シェフの人生を食べているみたいですね」

「すごく美味《おい》しいです」

シェフはまた面映《おもは》ゆそうに笑っている。そんなシェフを見るのが好きだ。そして、つぐみさんやみもざさん、心を許せる相手がそれぞれに勝手なことを言いながら、同じものを食べて「美味しい」と声を揃えるこの空間が好きだ。いや、私たちだけではない。「美味しい」その共通の思いで「常夜灯」は今夜もひとつにまとまっている。

「……つぐみさん。今日、浅草に行った目的は、新メニューの反応を確かめるためだけではありませんよね」

「え？」

「つぐみさんは製菓工場を見て、私が今も店舗への異動に心が揺れていることを実感したんじゃないですか。それで、今日は忙しい浅草店で頑張っているみもざさんの姿を見せて、私の心を確かめさせようとしたんじゃないですか」

つぐみさんは照れ隠しのように笑った。

「人事の辞令ってあくまでも一方的なものだからね。本人がどうしても嫌なら、異動願いを出すのもアリっていうのは私の考え。店長を目指したいなんて、ウチにとっても貴重な人材だから、その気持ちも尊重したかった。結局、決めるのは自分。でも、そのためにはたくさん迷ったり考えたりしたほうがいい。それだけは先輩からのアドバイス」

「はい」

「でもね、かなめちゃんとお出かけしたかったっていうのが正直なところ。ああ、今日は本当に楽しかった！　仕事がらみとはいえ、あんなにカフェを回ったのは初めてだもん」

つぐみさんの笑顔につられて私も笑う。

「ありがとうございました。私、製菓部で頑張ります。牧野部長をもっと理解して、つぐみさんとデザートで『シリウス』を変えます。第一、アウェイのまま異動するなんて、私のプライドが許しません。『シリウス』の店長を目指すのは、ちゃんと製菓工場を『自分の居場所』だと思えるようにしてからです」

そうだ。やっぱり私は何もかもあきらめたくない。

「そうやって自分の居場所をどんどん増やしていけばいいんじゃない？　居心地のいい場所っていうのは自分で見つけていくものなのよ」

堤さんが言う。堤さんの言葉は、いつも私たちをふんわりと包み込んでくれるブランケットのように温かい。

「堤さん、『常夜灯』は私たちが見つけた最高に居心地のいい場所ですよ。普段頑張っているから思う存分お酒を飲んで、シェフのお料理を楽しめる。楽しむために仕事も頑張れる。何というか、大人の楽しみですね」

つぐみさんの言葉がしっくり心に沁《し》みる。今日がこんなに素敵な日だと思えるのは、仕事を頑張ってきたからなのだ。嫌々でも、迷いながらでも、たとえ前に進んだ気がしなくても、日々、製菓工場で私が頑張っていることに変わりはない。

堤さんに見送られて真夜中の街に出た。

明日は休みだというみもざさんは「常夜灯」に残り、私とつぐみさんは白山《はくさん》通りでタクシーを拾った。同じ方向に帰る相手がいるのが心強い。

エンジンの振動に身を委《ゆだ》ねるうち、私はいつしかつぐみさんに凭《もた》れてウトウトとしていた。ほどよく酔いが残っていて、お腹もいっぱい。何だかとても心地よい。

「きっとうまく行きますから……」

寝ぼけながら、何の根拠もなく夢見心地の私は呟《つぶや》いた。

根拠はなくても大丈夫。私は絶対にあきらめない。

最後はもう言葉にはならなかった。

第四話　満ち足りた夜に　パテ・アンクルート

六号サイズのデコレーションケーキ用の箱を開けた。つぐみさんが私の手元を凝視している。ゆっくりと台紙を引き出す。出てきた真っ白なケーキに、私たちは「ああ」と感激とも失望ともとれる声を漏らした。

「まだです。まだわかりませんよ。中に何かサプライズが隠されているかもしれません」

「この前のシェフの塩包み焼きみたいに？」

「そうそう、きっとすごいものが中に……」

私は白くなめらかなホールケーキにナイフを入れた。縦一文字にカットし、断面が見えるようにゆっくりと切り口を開いていく。再び「ああ」と私たちは声を漏らす。

ビスケット生地の台の上は二色の美しい層。紫色と真っ白な二つの層が均一に重なっている。

「きれいだよ。きれいだけどさ、可もなし、不可もなし。っていうか、私たちが書いたイラストの通りじゃん」

目の前にあるのは、夏のデザート、ブルーベリーのレアチーズケーキの試作品である。製菓部の牧野部長にやる気になってもらおうと決意したものの、七月から始まる夏のフェアに間に合わせるためには時間が足りなかった。そもそも先日、つぐみさんが話し合いに工場を訪れ、提案をお願いしてもあっさりと拒否されたばかりである。私たちは解決策も見いだせないまま、二人で頭を絞って考えたアイディアを牧野部長に提出し、試作品を用意してもらったのである。

「イメージを伝えるためにイラストを付けたのは逆効果だったんじゃないですか。相手は牧野部長ですもん。絶対にイラストを忠実に再現しますって」

「そうかな。素人の安易なアイディアに反抗して、ちょっとオリジナリティを加えてくるかと思ったんだけど」

「オレンジのタルトの最初の試作品みたいに？　無理ですよ。あの人、一度した失敗は絶対に繰り返しません。まだまだつぐみさんは牧野部長が見えていませんね」

「かなめちゃん、厳しい……」

つぐみさんがしょんぼり肩を落とす。でも、それもポーズ。私たちは楽しんでいる。

そもそも、夏のデザートは物珍しさよりも世間ですでに定番になっているものを選んだ。その中で、「シリウス」のは他より美味しいね、とお客さんに感じてもらえればいい。

だから、ブルーベリーのレアチーズケーキも特にオリジナリティを出さなくてもいいのだ。もちろん部長に少しは期待したけれど、これも想定通り。レモン風味の白いレアチーズとブルーベリーペーストを練り込んだ淡い紫色のレアチーズ、二つのチーズケーキの層を重ねて断面を美しく見せる。上にはブルーベリーたっぷりのソースを流してミントを添える。それだけで見た目もずいぶん華やかだ。

「次、行きますよ」

私がクーラーボックスから取り出したのは、マンゴーとココナッツのプリン。前回のイチゴとミルクのムースと同じ透明なカップを使い、ココナッツミルクとマンゴー、二種類のプリンを重ねている。上に飾るのは冷凍マンゴーとミントだ。

「うん、見た目バッチリだね。これも私のイラスト通りだけど」

「他にやりようがありませんからね」

試作してもらったのはこの二品。あとは定番のパンケーキのトッピングを変えて、「南国フルーツのパンケーキ」にする。南国フルーツといっても、使うのはいずれも冷凍のマンゴー、バナナ、パイナップル。バナナくらい店舗でカットすればいいと思うかもしれないが、パンケーキ一食分に使うバナナは一本の三分の一程度。すぐに変色してしまうバナナは冷凍品を使ったほうが効率がいい。季節的にも冷たいほうがお客さんも喜んでくれると踏んで、あらかじめ解凍しておくのではなく、オーダーが入ってから冷凍庫から必要な個数をスタンバイ。温かいパンケーキに載せれば、半解凍状態のトロリとした食感が楽しめるという想定だ。これは後でテストキッチンを使って試してみる必要がある。今回はホイップクリームを使わず、上に添えるアイスをマンゴーアイス、ココナッツアイスから選べるようにした。オーダー時にお客さんが決めてくれればスタッフに負担もかからない。

以上、メインとなるデザートはこの三品。すでに定番化しているプリンのほか、夏ということでパンケーキにも使う二種類のアイスを季節のアイスクリームとして追加したので、品数としては問題ないだろう。

「そつがないんだよね、牧野部長って」

ブルーベリーのレアチーズを試食しながらつぐみさんが言った。率直に言って美味《おい》しい。かなりチーズが濃厚。レアチーズケーキは軽いものもあるけれど、牧野部長の試作品はまったりした口当たりだ。レモンやブルーベリーのさわやかな風味のおかげでくどさはない。

「私たちが求めたものをその通りに出してくる。ありがたいんだけど、部長の個性って何なのかが全然わからない。ちゃんとあるはずなのに少しも見せてくれない。でもさ、文句なく美味しいんだよ。それにこの濃厚さ。全体的に固めに仕上げているから、店舗でも扱いやすいと思う」

「よく考えられていると思います。部長、誰にも相談せず、自分だけで作っちゃうんです。あの人、工場でも孤高の人って感じなんですよね。あ、マンゴープリンも美味しいです。とってもなめらか」

「素材だけでずいぶん季節感出るよね。いかにも夏って感じだよ。全部南国フルーツにする手もあったけど、苦手な人もいるからあえてのブルーベリー。そこは統一しない。『シリウス』のデザートは、どんな好みの人でも食べたいものが見つかる！　で行こうよ」

「それ、私たちだけのコンセプトにしましょう」

試作品の完成度が高かったため、夏のデザートはあっさりと決まってしまった。仕事としては順調だ。でも、私とつぐみさんは素直に喜べない。結局、よそのデザートを参考に考えたものばかりだ。そこに製菓一筋でやってきた牧野部長のアイディアが加わってほしかった。

まだ私は部長との距離を縮められない。というよりも、つぐみさんが製菓工場を訪れたことで、いっそう部長の警戒心が強まってしまった気がする。

「営業部長のほうはどうなんですか。動いてくれそうですか」

「ウチの部長、セントラルキッチンには何でも言えるんだけど、製菓工場には遠慮があるみたいなんだよね。たぶん自分にはわからない仕事をしているからだと思う。横から口を出して煙たがられるのも嫌なんじゃないかな。年齢も牧野部長と同じくらいだし。それに、今は総務の涌井さんと店舗の立て直しのほうにかかりきりになっていて、このプロジェクトを立ち上げても、実際は桃井さんと私に丸投げだもん。春のフェアが始まって全店、売上も好調だから、放っておかれている感じ」

「どこの部長さんも色々大変ですね。工場に帰ったら、さっそく今回の試作品は一発OKでどれも素晴らしかったとみんなが言っていたと伝えておきます」

「みんなって誰よ」

つぐみさんが苦笑する。

「今日は私たちしか見ていませんけど、もし営業部の人が試作会に参加したとしても、全員が絶賛しますよ。そもそも、部長、工場でも試作会や試食会なんてしないんですから」

「えっ、一度は工場でも全員で試食して、意見をもらっているのかと思っていた」

「私が知る限り一度もありません。部長のお菓子って、なんというか、お客さんというより本社に向けて作っているって感じですよ」

言いながら腹が立ってきた。いったい何のためにお菓子を作っているのだ。私は乱暴に帰り支度を始める。そろそろ帰らないと発注の集計が遅れてしまう。ああ、本当に窮屈だ。

「残った試作品、本社のみんなに配っていいよね。感想を聞いてみる」

「もちろんです。お願いします」

みんな美味しいと言うに決まっている。だって本当に美味しいから。だから悔しいのだ。

四月も半ばを過ぎ、売上を見る限り、「シリウス」各店の賑《にぎ》わいもだいぶ落ち着いてしまった。おかげで工場の作業量も少ない。ゴールデンウィークに突入するまでは、店舗も工場もこんな感じなのだろう。

モンブランからオレンジのタルトに変わったおかげで早朝の作業が減った分、社員たちにも余裕があり、なおかつ冷凍庫内のストック用のケーキもだいぶ数に余裕がある。ゴールデンウィークの忙しさを見越しても足りなくなることはなさそうだ。

今日もパートさんの半分は午後二時で帰ってもらい、残りの作業はベテランの本庄さんを含めた三人で終わらせることになっていた。私も手が空いたので一階の直売所に向かった。店番も兼ねて、ディスプレイの配置換えや普段できない部分の掃除をしようと思っていた。

ロッカー室でコックコートに着替え、作業場に顔を出す。私が直売所にいれば、お客さんが来てもパートさんたちが飛んでいく必要がない。だから声を掛けておこうと思ったのだ。

「みなさん、お疲れさまです」

私の声に、パートさんたちはハッとしたように顔を上げた。

「かなめちゃん、こっちは大丈夫よ」

本庄さんが背中で作業台を隠すように振り返る。しまったと思った。コックコート姿の私を見て、また仕事を横取りされるのではないかと警戒したに違いない。

「はい、そのままお願いします。私は直売所にいますね」

「そうなの、よろしくね」

本庄さんはホッとしたように目元をやわらげた。

仕事が減ったせいでパートさんたちは疑《うたぐ》り深くなっている。特に今日みたいに残る人、先に帰る人がいる場合は空気が悪い。そうなることがわかっているから、誰が早く帰るかは彼女たちに相談して決めてもらったが、お互いの心にわだかまりが残るかもしれない。

そんなふうに思うのは、私の考え過ぎだろうか。そうだといいな、と思いながら、直売所をぐるりと見回す。

オレンジのタルトとチョコレートケーキ、チーズケーキだけが並ぶガラガラのショーケース。空間が目立つ焼き菓子の棚。明らかに魅力がない。お菓子の魅力云々《うんぬん》ではなく、寂しすぎる。たとえ「シリウス」のケーキが多少安く買えると言っても、これでは来店の楽しみがない。街のお菓子屋さんとは違うけれど、選ぶ楽しみだけはあってほしい。

焼き菓子が種類ごとに入った籠《かご》をすべてどかし、棚の上を拭《ふ》き上げてから籠を戻す。これまでのように棚のスペース全体を使ってゆったりと籠を並べるのではなく、ぎゅっと寄せるようにした。品数自体は変わらなくても、散漫な印象にならないほうがいい。そうだ、数日おきに籠の配置を変えるのはどうだろう。来るたびに印象が変わると、お客さんも楽しいかもしれない。といっても、それほど頻繁に訪れるお客さんはいないけれど。

自分なりの結論を出し、少し満足したところで、入口の人影に気付いた。なかなか入って来ないのは、入りづらいからだろうか。私はドアを開けにいく。

「いらっしゃいませ」

「あ、かなめ」

驚いた。外にいたのは幼馴染《おさななじみ》の西村柊太だった。

「どうしたの？　お店は？」

「毎週月曜日は定休日。かなめの働いている工場、ここかなって。まぁ、散歩がてらだな」

ドアの横にはクロスバイクが停められている。

「仕事も自転車で通っているの？」

「うん。近いし。休みの日はコレでこのあたりを走り回る。浅草や押上《おしあげ》まで行ったり、人形町《にんぎようちよう》まで行ったり、月島《つきしま》や晴海《はるみ》にも行く。道ってどこまでも繋《つな》がっているから行けちゃうんだよ。それで、気になったカフェにも寄る。いい気分転換になるんだ」


柊太が相好を崩す。くっきりとえくぼが浮かび、楽しくてたまらないんだろうな、と私まで心が和む。

「せっかくだから、見て行ってよ」

「もちろん。見たくて来たんだよ」


柊太を直売所に導くが、自信を持って「見て！」と言えるものがないのが心苦しい。

「これ、このオレンジのタルトが私も企画に関わったケーキ。『シリウス』の春フェアのデザート」

「かなめも企画なんてしているんだ。すごいじゃん」


柊太は中腰になり、まじまじとショーケースを覗《のぞ》き込む。三種類しかケーキが並んでいないショーケースを見られて恥ずかしい。棚の焼き菓子も少なくて、やる気のないお店みたいだ。今日のお客さんは朝からまだ五人程度で、オレンジのタルトは二カット売れただけ。それでも表面のオレンジのコンフィチュールはナパージュのおかげで今もツヤツヤと輝いている。

「チョコレートケーキとチーズケーキは、ここで焼いてから冷凍して店舗に送っているけど、オレンジのタルトだけは焼きたてだよ。焼きたてっていっても、冷ましてからお店に送るけどね」

「おっ、『シリウス』豆知識」

「ってほどでもないでしょ」

くだらないことで笑う。柊太とはそれができるから楽しい。

ショーケースを覗き込んでいた柊太が体を起こす。

「実はさ、俺のカフェもデザートをもっと増やしたいんだ。かなめもメニュー見ただろ」

「パンケーキとフレンチトーストがあったよね」

「うん。二種類じゃ寂しいから増やしたいんだけど、俺、日本橋でも調理専門だったからイマイチ苦手でさ。だから、最近、カフェやケーキ屋を巡って、情報収集しているんだ」

「私もこの前、先輩とカフェ巡りしたよ。でも『シリウス』で何ができるのかよくわからなくて参っちゃっている」

「工場にいるのに？　まぁ、競合店もたくさんあるし、難しいよな。でもさ、スイーツが魅力的な店って、結局人気があるんだよなぁ」

「そうそう。ごめん、ここじゃ全然参考にならないでしょ」

「そんなことない。ないけど、ウチとはちょっと違うな」

私に気を遣いながら、苦し紛れに柊太が笑う。

「ああ、いいよ。私もそう思っているもん。私もどうやったらお客さんにとって魅力的なデザートが作れるのかなって日々悩んでいるし」

「そうなんだ」

「柊太はどういうデザートをやりたいの？」

「まずはケーキ系かな。派手じゃなくていいんだ。素朴でも美味《おい》しくて、お客さんが喜んでくれるのがいい」

柊太のカフェを思い出した。シンプルだけど緑が多くて居心地のいい空間だった。

あそこならば……。

「シフォンケーキなんていいんじゃない？　慣れれば簡単だし、見た目はインパクトあるけど軽いから食後でも食べられる。アレンジすれば色んな味にできるし、デコレーションしてもかわいい。カフェ向きのデザートだと思うよ」

柊太はすぐにスマホを取り出した。さすがにシフォンケーキを知らないとは思わなかったが、バリエーションを検索しているのかもしれない。

「確かに色々な色のがある。ピンクがかわいい」

「イチゴかな。抹茶を入れて緑もいいけど、カフェだからまずはコーヒーとか紅茶味にしたら？　具材があると上手《うま》く膨らまないから、それは慣れてからがいいよ」

「これなら、一台焼けば何人分でもカットできそうだな。うん、いいかも」

柊太の表情が明るくなり、「ありがとう」と、ギュッと両手を握られる。

「大袈裟《おおげさ》だなぁ。子どもの時に作ったことを思い出しただけ。あ〜あ、こういうことならすぐ思いつくのに、どうして仕事となるとダメなんだろ」

「そんなことないだろ」

「ダメダメ。子どもの頃のお菓子作りと、ファミレスとはいえお店のデザートじゃ違うよ。今ね、上からはデザートで売上アップに繋げろって言われているの。柊太が羨《うらや》ましいよ。お客さんを喜ばせるためにデザートを作るんだもん。こっちは売上。チェーン店のデザートを作っているんだからしょうがないけどさ」

「いや、同じだろ」

「え？」

「売上アップはお客さんが喜んでくれた結果だろ？　俺のカフェと同じだよ。お客さんが喜んでくれるデザートを作らなきゃ意味がない」

柊太の言う通りだ。お客さんの顔が見えていない、と牧野部長に腹を立てていたけれど、いつの間にか私もスケジュールに追われながら、これなら美味しそうだし製菓工場でも製造可能という基準でデザートを決めていた。とっておきのアイディアを考え、牧野部長に何が何でも作ってもらおうという意気込みを忘れかけていた。

「……柊太、私もお客さんを喜ばせたい。見た目は素朴でも、美味しさがにじみ出ているようなお菓子がいい。それって、安心感にも繋がるよね。ここの工場長、フランスで修業したことがあるんだ。それも活《い》かしたい。今ね、プリンが人気なの。『シリウス』なら、誰もが知っているようなお菓子がいいと思わない？　季節のパイとか、タルトとか……」

「昔ながらの洋食店ってイメージがあるもんな。おばあちゃんの手作り風タルトみたいなのは？　フランスにも色々ありそう。パターンを決めて、季節ごとにアレンジするのはどうかな。俺、もうすっかりシフォンケーキはそうする予定」

いつの間にか、二人とも夢中になって話していた。

「うんうん、ウチ、パンケーキはすでにそのパターンだよ。今はベリーソース」

「パンケーキか、根強い人気だよな」

三十分くらい話し、オレンジのタルトと焼き菓子をいくつか買ってくれた柊太と一緒に外に出る。

「今日はどうもありがとう」

「俺が礼を言う立場だろ。シフォンはさっそくやってみる」

「よかったらまた来てよ」

「かなめも」

遠ざかっていく柊太を見送る。店内に戻り、ショーケースを眺めた。やっぱり寂しい。せめて、プリンくらい常時並べてもいいのではないだろうか。「シリウス」の人気商品だし、いざとなればすぐ後ろの工場で追加製造することだってできる。

私は溢《あふ》れてくるアイディアを胸の中に大切に抱え込む。こういうのはタイミングだ。今切り出してみても、部長もプリン担当の田口さんもきっと私のアイディアなど聞き入れない。そもそもお客さんが少ないのだから、無理やり作ってもらったプリンが余ったら元も子もない。

アイディアはどんどん膨らませて、しかるべきタイミングで切り出そう。きっと何かが動き出すタイミングが必ずくる。根拠はないけれど、それを信じよう。

不思議だ。柊太と話していると、私の中からアイディアが湧いてくる。自然と幼い頃の自分と柊太の記憶が浮かび、懐かしい思い出とともに、私の奥深くに眠っている発想の源泉みたいなものが刺激されるのだろうか。

シフォンケーキは我ながらいいアイディアだと思ったけれど、アメリカ発祥のケーキだから、牧野部長にはちょっと提案しづらい。これも胸の中で温めておくことにして、私は午後四時の閉店時間まで直売所で過ごした。

見慣れた直売所がいつもより明るく見える。ちょっと前の柊太とのやりとりを思い出すと自然と頬が緩んでいる。何なんだろう、この気持ちは。

四月後半、世の中はゴールデンウィークに入り、工場は急に忙しくなった。つまり「シリウス」全店が賑《にぎ》わっている。満席状態が続けばお客さんの食事時間もずれ込み、「じゃあ、デザートも」となったりする。連休の客層は普段とは違い、家族連れやめったに会えない人との会合、新学期が始まって打ち解けた学生たちなど様々だ。いつもよりも食事にかける予算も高めのようで、デザートも売れるらしい。店舗から発注される量を見れば明らかで、おまけに時間もいつもより遅くなっている。店舗も忙しくて発注どころではないのだ。

「まだかよ」

業を煮やした田口さんが、一階の作業場から内線電話をかけてきた。とはいえ、私もまだ事務所に戻ったばかり。コックコートのまま自分のデスクに座っている。午前中からずっとパートさんと一緒に冷凍ケーキにフィルムを巻く作業をしていた。

「まだですよ。ついさっきまで横で作業していたの、見ていましたよね。これからです」

「急げよ。量が半端ないんだよ。明日のプリンの準備だって大変なんだからな」

そんなことは知っている。でも、まだ全店から発注データは届いていない。そもそも田口さんだって今はオレンジのタルトを焼成中で、すぐに作業に取り掛かれる状態ではない。

事務所には私の他に誰もいない。一度大きく伸びをして立ち上がると、雑然とした事務所を片付ける。全員のデスク横のごみ箱のごみを回収してひとつにまとめ、給湯室も掃除した。いつもはそれぞれが自分でごみを処理しているが、最近はそれができていない。社員もみんな疲れている。

「シリウス」がゴールデンウィークなどの連休に忙しいことは、牧野部長も当然知っていて、毎年それを見越して一か月前くらいから冷凍ケーキを多めにストックしている。

今回もそうしてきたが、それ以上に各店舗からの発注数が多かった。

プロジェクト発足によりメニューツールも一新され、これまでよりも多くデザートが出るだろうと予測していたが、それを大きく上回ったのだ。プロジェクトの一員としては喜ばしいことだが、製造が追いつかない。

人気商品のプリンやオレンジのタルトが売り切れてしまった店舗では、チョコレートケーキやチーズケーキに注文が集中した。冷凍ケーキは店舗でも多少ストックしているものの、営業が終わる頃にはそれすらもなくなってしまうという。

そのため、どの店舗も売れ筋商品をこれまで以上に発注してくるようになり、さらに自店でストックしておこうと、冷凍ケーキも以前の倍くらいの量を要求してくる。おかげで工場の巨大な冷凍庫の中もすっかり品薄で、日々製造しなくては追いつかない状況だ。

その上、ゴールデンウィークはパートさんも休みが多く、今日出勤しているのはベテランの本庄さん、四十代の浪越さんと伊賀《いが》さんの三人のみ。しかも伊賀さんは先月入ったばかりで、できる仕事も限られている。

本庄さんと浪越さんはもう長いので、朝から社員の指示に従ってチョコレートケーキやチーズケーキの仕込みを分担して行っていた。焼成はすべて社員の仕事で田口さんか紺野さんが行う。

ここ数日、私は伊賀さんと一緒にそれ以外の仕事を任されていた。簡単な作業とはいえ、製菓工場らしい仕事である。去年までは本庄さんと同じくらいベテランのパートさんがもう一人いて、連休や土日も出勤してくれていた。そのため、私がここでの作業に加わることはなく、ずっと蚊帳《かや》の外だった。今年は私も丸三年経ち、ようやく製菓部のメンバーとして認めてもらえた、というよりは、製造量が増えて純粋に人手が必要なのだ。いずれにせよ今の状況は、私がずっと求めていたここでの働き方だった。

「……いつもこんな感じなんですか」

作業中、横に並んだ私に伊賀さんがポツリと言ったことを思い出した。

入ったばかりの職場でこき使われ、早々に嫌になってしまったのかもしれない。

「ゴールデンウィークですからお店も忙しいんです。連休が終われば落ち着きますよ」

「お店……」

ああ、そうか。伊賀さんは「シリウス」を知らないのかもしれない。「シリウス」のことならいくらでも話したかったけれど、作業中におしゃべりはできない。ただでさえベテラン社員たちは忙しさでピリピリしているのだ。だから、伊賀さんとの会話は中途半端に終わってしまった。

連休中に出勤してくれる伊賀さんは、新人とはいえ工場にとって貴重な戦力である。忙しさに嫌気がさして辞めてしまわないでと祈るしかない。

浪越さんと伊賀さんは規定通り午後三時に帰したが、本庄さんの「まだ残れますよ」の言葉に甘え、牧野部長は五時まで働いてもらった。たぶん、これまで早帰りが続いていたので、本庄さんもその分を取り戻したかったのだろう。これで帳尻《ちょうじり》が合えばと、私も少し安心していた。

本庄さんが帰り、明日出荷分の準備を終えた後も、社員たちはチーズケーキの仕込みと焼成、オレンジタルトの生地の仕込みを行った。とにかく欠品させるわけにはいかない。そうなれば店舗に迷惑がかかり、売上にも繋《つな》がらず、何よりもお客さんをがっかりさせてしまう。

店頭のパネルやメニューPOPで商品をアピールすることは、それだけ責任も重大なのだと今になって気がついた。プロジェクトに関わる営業部の顔を潰《つぶ》すわけにもいかないし、欠品となれば何よりも牧野部長のプライドが許さない。部長の性格を知っているから、長年一緒に働いてきた田口さんと紺野さんも何も言わない。いや、彼らだってさすがに欠品がもたらす様々な弊害を理解しているに違いない。

午後九時。一階の作業場の清掃を終え、ようやく私はコックコートを脱いだ。明日の早番の紺野さんは一時間前に帰宅している。春のデザートがスタートしてからは、早朝に仕込むデザートはプリンだけになり、ここ数日の忙しさもあって、早朝出勤を部長と田口さん、紺野さんの三人の交替制にしたのだ。

早番以外は私と同じ七時に出勤するが、その分連日残業しているので彼らの疲労もピークだ。ゴールデンウィークはこれからが後半戦だし、毎年母の日が終わるまでは油断できない。母の日は外食需要が高まる日としてこの業界では知られている。

「去年はゴールデンウィークだからといって、ここまでデザートの発注なかったよな。つまり、プロジェクトの効果ってことか」

先に着替え終えた田口さんが給湯室でタバコを吸いながら言った。流れてくる煙から顔を逸《そ》らすようにして、デスクに置きっぱなしだったマグカップを洗っていると、田口さんは「あ、悪い」と換気扇の真下に移動した。意外と優しい。部長もカップを持って来たので、受け取って自分の分と一緒に洗う。

「メニューの見せ方ひとつでここまでデザートが売れるなら、これまでやらなかった本社の手落ちだな」

部長らしい物言いに、腹が立つよりも笑いが漏れた。

「オレンジのタルトはこれまでにないインパクトがあるじゃないですか。ああいうお菓子、きっとお客さんが求めていたんですよ。プリンもリピーターが多いそうですし、ウチのデザートが美味《おい》しいってことじゃないですか?」

部長も田口さんも口にはしないけれど、まんざらでもないような顔をしている。

私たちは三人揃って外に出た。もうすっかり夜だ。住宅街の家々には明かりが灯《とも》り、路地を街灯が照らしている。部長は徒歩、田口さんは自転車、駅に向かうのは私だけだ。

「しっかり帰って、ゆっくり休んでおけよ」

部長が言い、私と田口さんの「お疲れさまでした」の声が重なった。

両国まで戻った私は、疲れが妙な高揚感となっていて、そのままJRに乗り換えて水道橋に向かった。明日も仕事だけれど、家に帰っても眠れそうにない。朝から働いて体は疲れているけれど妙な充実感がある。こんな気持ちは久しぶりで、このまま「今日」を終わらせたくなかった。

不思議だ。「キッチン常夜灯」は疲れた時や不安な時、一人で寂しい時に行きたくなると思っていたのに、こんな夜も訪れたくなるのだ。

この時間でも水道橋は賑《にぎ》わっていた。東京ドームのほうから押し寄せてくる人波に抗《あらが》いながら、何とか白山通りを渡る。ああ、そうか。世間は連休。ドームでコンサートでもあったのかもしれない。若い女の子が多いからアイドル系だろうか。いいな、みんなオシャレをして楽しそう。

でも、楽しそうなこの子たちも、この日のために仕事や学校を頑張っているのだろう。そう思うと私まで頬が緩んだ。私も今日は頑張ってきたよ。だからこれから自分にご褒美をあげるの。私も楽しんでくるよ、などと心の中で呟《つぶや》く。心が逸《はや》り、いつの間にか足も速まっている。ああ、きっとこんな夜はビールが美味しいだろうと喉《のど》が鳴る。

人の楽しみはそれぞれ。人気グループのチケットを取るような大きなことでなくても、私は思い付きで好きな場所に行き、美味しい食事をする。そんなことで十分満たされる。いや、思い付きで行ける「場所」があることがありがたいのだ。

ドアを開ける。濃厚な料理の香りに包まれる。なんという幸せ。このために働いたとすら思ってしまう。思いっきり深呼吸すると、それに応《こた》えるようにお腹が鳴った。

「かなめちゃん。いらっしゃい」

堤さんの笑顔。これだけで歓迎されていると思える。私もまたお店に異動したら、こんなふうにお客さんをお迎えしようなんて、ここに来るたびに考える。

堤さんはいかにも仕事を楽しんでいる。その気配が私にまで伝わるから、ここに来てよかったと思える。それにしても今夜は特に浮かれていないだろうか。前を歩く堤さんの足はまるでスキップをしているように軽やかだ。

「いらっしゃいませ」

シェフは調理の手を休め、いつも通りの控えめな笑顔を向けてくれる。

連休中だからか店内は満席に近かった。私は空いていたカウンター席に座り、すぐにビールを注文する。

何気なく横を見ると、男性客がキッシュを食べていた。美味しそうだ。これまでキッシュがメニューにあるのを見たことがなかったので、私の目は釘付《くぎづ》けになった。

「……美味しいですよ」

どうやら視線に気づかれてしまったらしい。視線を上げると、彼は朗らかな笑みを浮かべていた。思わず「すみません」と謝る。

「シェフ、こちらのお客さんもキッシュをご注文ですって」

彼は、カウンターの端に座った夫婦に料理を出して戻ってきたシェフを呼び止めた。

「もう、先生ったらまた勝手に」

堤さんが慌てて飛んでくる。

「いいんです。私も食べたいって思っていましたから」

「ほらね、千花ちゃん。そうだ、今夜は空豆と海老《えび》のキッシュですよ」

「先生」と呼ばれた男性客は、また私のほうを向いてにっこりと微笑む。人懐っこい。

「今夜はシェフに特別コースを頼んでいるんです。ゴールデンウィークの特別コース」

「そんなのあるんですか？」

「ありません」

目の前のシェフは即答した。「珍しくゴールデンウィーク中にいらっしゃると伺っていたので、お好みのものを用意しておいただけです」

まさかの特別対応？　隣のお客さんはかなりの常連客なのだろうか。豊洲店にもそういうお客さんはいた。いつもご夫婦で来店し、ワインや料理をこれでもかというくらい注文して客単価は他のお客さんの倍以上。私たちはこっそりVIPと呼んでいた。「シリウス」は予約できないから、どんなに混んでいる時もちゃんとウェイティングしていた。近所のタワマンの住人で、ありがたいことによほど「シリウス」を気に入ってくれていたらしい。

シェフがキッシュを用意してくれている間、私は先生に訊《き》いてみた。

「どんなお料理を用意してもらったんですか」

「それは秘密です。できてからのお楽しみ。ワクワクしながら待つのって楽しいじゃないですか」

先生はカウンターに頰杖《ほおづえ》をついて目を細める。とてもおおらか。彼が飲んでいるのはガス入りの水で、グラスの中にはレモンが浮いていた。

「お待たせしました。空豆と海老のキッシュです」

シェフが私のキッシュを目の前に置く。香ばしいチーズとちょっぴり甘い玉子とミルクの香り。そういえば、柊太のカフェでもキッシュプレートを食べた。黄色のアパレイユには薄緑色の空豆と白とピンクの海老がたっぷりと入っている。色合いからして春だ。

とてもきれい。この組み合わせを柊太にも後で教えてあげよう、などと考えながら、ナイフを入れる。この頃はお互いに、美味しいお料理や参考になりそうなお菓子を見つけるたびにメッセージで送り合っている。それが楽しみでもある。

ふんわりとしたアパレイユの中にプリッとした海老があり、ホクホクとした空豆がある。口に残るのは甘い空豆の風味で、最後にタルト台のさっくりとした食感とバターが香る。白ワインがほしくなり、グラスに残っていたビールを飲み干す。

「美味しいです。空豆のキッシュは初めてでした」

「空豆は豆の中でも大ぶりなので、火が入ってほっこりした食感が美味しいですよね」

「本当に。そうだ、今夜のスープは何ですか」

「今夜は春キャベツとアサリのナージュをご用意しています」

「ナージュ？」

「香味野菜と白ワイン、魚介類の旨《うま》みがたっぷり出たスープで煮込んだ料理です」

「美味しそう。それもお願いします」

「かしこまりました」

シェフはにこりと口角を上げて調理台に戻る。私はワインを飲みながらキッシュを頬張った。横目でチラチラと先生を窺《うかが》う。特別コースの次の料理が気になる。

先に先生の料理が出てきた。それを見た途端、先生が「やった」と声をあげた。

お皿の上はどう見てもソバ粉を使ったガレットだ。メニューにあっただろうか。

「ガレット・コンプレです」

「シェフ、よく僕の食べたいものがわかりましたね」

「いつも催促されますから」

「もしかして、先生も次に何が出てくるか知らなかったんですか？　さっきは秘密だって教えてくれなかったのに」

「実は知りませんでした。シェフに任せたほうが僕もワクワクしますから」

先生は心から嬉《うれ》しそうにナイフとフォークを握る。子どもみたいだ。初対面で、明らかに先生のほうが年上なのに、私はすっかり以前からの友人のような気持ちになっている。これも「常夜灯」の不思議なところだ。「美味《おい》しい」の一言で、お客さん同士がいともたやすく繋《つな》がってしまう。

「ところで、ガレット・コンプレってよく聞きますけど、どういう意味なんですか」

「コンプレットは『完成した』という意味で、チーズ、卵、ハムを使い、『完成した美味しさ』といったところでしょうか。ガレットは様々なアレンジがありますが、王道のコンプレも根強い人気がありますね」

「僕はこれが一番ですね。グリュイエールチーズがたまらないんです」

ソバ粉の香ばしい香りが漂ってきて、私も食べようか迷ってしまう。ああ、でもガレットがあるなら、最後にデザートにアレンジしてもらうのもいいかもしれない。

昔、姉とガレットのお店にも行ったことがある。クレープのように色々な種類があって、迷った末にミルクアイスとハチミツ、レモンのコンフィチュールを包んだものを食べた。そんなことをぼんやりと思い出していた時だった。

「乾杯！」

後ろのテーブル席から女性客の声がした。

「仕事復帰おめでとう、美沙子《みさこ》！」

「ありがとう。やっとだよ。娘が小学生になったら私も職場復帰するって、パパとずっと約束していたの」

「でも、お姑《しゅうとめ》さんは反対していたんでしょ？」

「パパが説得して折れてくれた。だって、私の人生だもの。パパには感謝だよ」

「愛されているねぇ。今夜だって、娘ちゃんの面倒みてくれているんでしょ？」

「たまには夜遊びしてこいって」

「つくづくいいダンナ」

「とても素敵なご主人よねぇ。ここにもよくご一緒にいらしてくださったわよね」

彼女たちはスパークリングワインをボトルで注文していたらしく、堤さんが注ぎ足しながら会話に加わる。

「子どもが生まれる前の話ですよ。仕事の後、ここで待ち合わせるのが楽しかったな」

「あれだけバリバリ働いていた美沙子が、すっかり家に籠《こ》もっちゃったんだもんね」

「ホント、結婚って大きな転機だよね。でも、私はまた働こうって思っていたし、仕事から離れていた間は育児もしっかり頑張って楽しんだって思っているよ」

「いいね、そのスタンス」

「でしょ。パパと栞《しおり》みたいな友人のおかげ。仕事があるっていいよ。家庭と仕事、どっちも大事だって、復帰してからより実感したかも。久しぶりに働いて、子育てで遠ざかっていた間の変化に打ちのめされて、やっぱりダメかもって思ったけど、子どもがさ、学校であったことを色々報告してくれるのよ。ああ、この子も今、新しい環境で知らないことをたくさん全身で感じ取っているんだなって思ったら感動しちゃって、私もまだまだ頑張るぞ、一緒に成長するぞって思ったんだよね。ホント、子どもから教えられることが多い。でさ、家事と仕事でバタバタしている愚痴をこうやって栞が聞いてくれるじゃない？　もうありがたいったら。だから、どっちも大切って思えるの」

ああ、この人の考え方、素敵だなとワインを飲みながら思った。私の姉もいつかはまた働き始めて、こんなふうに思うのだろうか。そして私はどうなるんだろう。

製菓工場のパートさんたちも、こんなふうに頑張っているのだろうか。だとしたら、今の仕事は楽しめているのだろうか。

「みんな自分の人生を生きていますねぇ」

先生も聞いていたのだろう。小声でしみじみと言う。

私の前には春キャベツとアサリのナージュが置かれ、シェフは堤さんにテーブルの女性客の料理を渡している。チラリと見えたその料理があまりにも美味しそうだった。

戻ってきた堤さんに「今のお料理は何ですか」と訊く。

「パテ・アンクルートよ。テリーヌのパイ包み焼きね」

テリーヌだけでも美味しいのに、さらにパイ包み？　どうやらお菓子好きの私は、甘いもの以外でもタルトやパイに目がないらしい。

「先生、聞きました？　美味しそうですね」

しかし、先生は「僕はこれで十分です」とふいっと目の前のガレットに視線を移してしまった。それを見ていたシェフが私に微笑みかける。

「かなめさんにもご用意しましょうか。鴨肉やレバー、フォアグラ入りのテリーヌをパイで包んでいます」

「美味しそう。それを今夜のメインにしようかな」

「かしこまりました。先生は、次はデザートでいいですか」

「はい。僕はそれで十分です」

「先生は小食なんですね」

春キャベツとアサリのナージュにスプーンを入れる。スープというよりキャベツとアサリが主役といった感じだ。まずはうっすらと白く濁ったスープをすする。野菜の甘みとアサリの風味がびっくりするほど凝縮されている。クタクタに煮込まれたキャベツは春キャベツ特有のやわらかさと甘みがあり、美味しいスープをたっぷりと含んでとろけるようだ。塩分は薄いくらいなのに、野菜とアサリのお出汁《だし》がくっきりと感じられて何とも言えない満足感がある。これを滋味深い味わいと言うのだろうか。

「美味しいでしょ。味覚の秋ってよく言うけれど、春も美味しいものがたくさんあるわよねぇ。先生もナージュをいただいたら？　今夜も玉子ばかりじゃないの」

「千花ちゃんのお勧めならいただこうかな」

私のパテの誘いにはそっけなかったくせに、堤さんには従順だ。何だか面白くないと思っていたら、先生はさらに暴挙に出た。

「ねぇ、千花ちゃん。朝までここにいるから、一緒にシェフのお味噌汁《みそしる》飲んで帰ろうよ」

「ちょっと、そういうの、よくないんじゃないですか」

思わず言った。牧野部長の前では何も言えないけれど、本当はこういう性格だ。ただ、頭で考えるよりも先に口が動いてしまうから、後で後悔ばかりするし、牧野部長みたいに相手にやり込められると、次からは何も言えなくなってしまう。

先生も堤さんもキョトンとしている。シェフが小声で私に教えてくれた。

「先生は堤さんのご主人です」

「えっ」

シェフは澄ました顔で料理の仕上げに戻っている。私は先生と堤さんをまじまじと見つめてしまった。次に謝る。しかし二人はこの状況を楽しんでコロコロと笑っている。

「驚きました？」

「驚くわよねぇ。でも先生、待っていなくていいから、早く帰ってたまには家のベッドでゆっくり眠りなさいよ」

「たまにだから、一緒に帰りたいんだけどなぁ」

なんだかお互いを気遣いあっている雰囲気が優しくていい。ああ、この人が堤さんの「大切な人」か、と妙にしっくり納得がいく。こんな会話をいつまでも聞いていたい。

けれど、もうひとつ聞いてみたいことがあった。「お話から察するに先生もお忙しそうですけど、何をされているんですか。というか、何の先生ですか」

「御茶《お》《ちゃ》ノ水《みず》の病院で働いています」

お医者さんときた。またしても驚く。こんな飄々《ひょうひょう》とした先生もいるのだ。いや、仕事になるとたんに真面目になるタイプだろうか。でも、優しそうな雰囲気は小児科なんかぴったりだな、と勝手なことを考える。だから訊《き》く。

「何科にいらっしゃるんですか」

「救命救急センターです」

そうきたか。ドラマやドキュメンタリーでしか知らないけれど、過酷な仕事に違いない。「常夜灯」には本当に色んなお客さんがいる。しかも堤さんのご主人だ。

「私、時々ストレスで胃が痛くなるんです。運ばれた時はよろしくお願いします」

「それだけ食欲があれば大丈夫ですよ」

先生と堤さんがまたコロコロと笑う。まさにその通りだ。私もコロコロと笑い、そういえば、最近、以前ほど胃が痛くなることもなくなったなと思った。

「パテ・アンクルートです」

「わぁ、きれい」

思わず声が出た。お皿の上のパテは、程よい厚みにカットされた断面を上に向けている。周囲はこんがり焼けたパイで包まれ、その中のテリーヌは色とりどり。先ほどのシェフの説明を思い出せば、赤みが強いのは鴨肉だろうか。それよりも色が薄い部分はレバーパテで、真ん中はフォアグラ？　所々、ピスタチオの緑も埋め込まれ、まるでモザイク画を見ているようだ。

「テリーヌ型にパイ生地を敷き、中に肉類やナッツ、パテなどを詰めていきます。それが楽しいんです。ちなみに先生は肉類や内臓類が苦手なので、こういう料理は召し上がりません」

さすがシェフ。同志の伴侶《はんりょ》の好みまで熟知している。

どこにナイフを入れようか迷う。それを見透かしたシェフが言う。

「お好きなところからどうぞ。作る時は型の下から詰めていきます。切った時の見え方も考えながらバランスよく詰めるんです。今日のパテはいい顔をしています」

シェフが目を細める。何だかパテ・アンクルートが金太郎飴《きんたろうあめ》のように思えてきた。いい顔と言われては、頭から行くのも気が引けて、下のほうにナイフを入れる。サクッとパイ生地を割り、その中へナイフを進める。やわらかな部分はレバーパテ、弾力のある赤い部分は鴨肉。答え合わせをするようにじっくりと味わう。食感と味の違いに脳が痺《しび》れそうになり、ピスタチオの歯ごたえでハッと我に返る。これ、すごく美《お》味《い》しい。

つぐみさんは食べたことがあるだろうか。なければ食べさせてあげたい。この前から、切りたての生ハムなど美味しいものを独り占めしている気がする。一人もいいけど、私はもしかしたら美味しいものを誰かと共有したいタイプかもしれない。

後ろのテーブルの女性客も、「シェフ、美味しかったです」とご満悦の声を上げている。

「次のお料理、何がお勧めですか。彼女、仕事も家庭も両方頑張っているんです。今夜は久しぶりの『常夜灯』ですから、とびきり美味しい料理をお願いします」

二人ともワインも進んでいるようで楽しそうだ。

「今夜は仔牛《こうし》のカツレツもご用意できますよ。それとも牛の赤身でも焼きましょうか」

「どっちも好き。シェフ、よく私たちの好きなもの覚えていましたね」

「両方食べちゃおう。お肉で体力つけなきゃ！」

彼女たちはどちらも注文した。「頼もしいなぁ」と卵料理ばかり食べている先生が小さく笑った。でも、あのパワーが必要なのだ。この社会で生きぬくために。私は彼女たちの強さに心を打たれる。

「そういえば、堤さんもご結婚されていても、しっかりお仕事を続けていらっしゃるんですね」

「楽しいからね。これが私だし、たぶん、先生もこういう私だから好きになってくれたのだと思うのよ」

「そうなんですか」

「そうですね。楽しそうに働いている千花ちゃんを見ると元気が出ます」

「でも、先生もお忙しいでしょう。堤さんも夜はずっとこちらですし、すれ違いばかりじゃないんですか」

「だから僕がここに来るんですよ。かなめちゃんも『常夜灯』が好きでしょう？」

「好きです。好きだから今夜も来ました。だけど……」

困惑する。私がここを好きなのと、先生と堤さんのことはそもそも論点が違う気がする。

「かなめちゃん。先生も私も、それぞれ自分の仕事が好き。その上で、お互いのことも大切に思っている。私にとってはケイも先生も同じように同志なのよ。もちろん、同じ同志でも意味合いは少し違うわよ。でも、私にとってはどちらも大切。先生も同じ考えだから、これが私たちにとってはベストな形なの」

その言葉で納得できる。仕事に対する情熱と、誰かに対する愛情。同じような熱量はあるけれど、方向がちょっと違う。史といる時、私はこれ以上関係が進んだら、どちらかを手放さなくてはならないのではないかと思った。思ってしまった。でも、理解してもらえばよかった。理解してくれる相手こそが、堤さんの言う同志になりえるパートナーなのだ。

「先生も、それで？」

「僕は僕。でも、千花ちゃんが幸せならそれでいい気がします」

「愛されているんです、堤さんは」

シェフがくすぐったそうに笑いながら、先生の前にデザートを置いた。

「あ、スフレだ」

「はい。先生のお好きなスフレです」

ほんわりと優しい香りが私のほうまで漂ってくる。白いココット型からはみ出すようにきめ細かな生地が盛り上がっている。いい膨らみ具合だ。

「先生、早く食べないとしぼんじゃいますよ」

「ではいただきます」

先生はなぜか姿勢を正してスプーンを差し込む。しゅわっと、見ているだけで感触が伝わる気がした。

「あっ、レモンのスフレですか」

「スフレ・オ・シトロンです」

「うう、まだ温かくて、舌の上でとろけるこの感じがたまらない」

先生が唸《うな》り、私も食後に焼きたてのスフレを注文してしまった。いかにもビストロらしいデザートだ。それにしても、デザートまで玉子。シェフも先生の貴重なタンパク源で攻めてくる。でも、サラダとナージュも食べていたし、バランスも考えているのだろう。

「今日、ここに来て、すぐに堤さんがいつもよりも楽しそうだなって思ったんですけど、先生がご来店していたからだったんですね」

「バレちゃったかしら。でも、かなめちゃんも今夜はいつもよりも楽しそうよ？」

どうやら私もバレていたらしい。仕事の充実感がいつまでも続いてほしくて、ここに来てしまったこと。それに、サポートとはいえ、ようやく製造にも関わっている。嬉《うれ》しくなってそんなことも話してしまう。

「ひたむきに仕事をしていればおのずと信頼されます。きっと部長さんはかなめさんをよく見ていたのではないでしょうか。部長さんは自分から提案をする代わりに、かなめさんに自分たちの仕事を近くで見せることで、プロジェクトの役に立てると思ったのかもしれませんよ」

「ええっ。私が部長たちの仕事ぶりを見て、ここまでの技術ならいける！　なんて判断できるわけがないじゃないですか。単に人手不足だからですよ」

「初めての渡仏の時、私は言葉すらロクに理解できませんでした。だから見様見真似で食らいつきました。態度で示そうとしたんです。受け入れてくれた店も、私がどこまで仕事ができるのか、どれほどの覚悟があるか見定めようとしていたのだと思います。シェフも同僚たちも私をよく見ていてくれました。おかげで、言葉よりも先に心が通じるようになったように思います」

「やだなぁ、シェフ。私も部長も日本人ですよ。話そうと思えばいくらだって……」

「ええ。でも、部長さんも私と同じような気持ちをかつて味わったのではないかと思ったんです。それに、言葉で伝えるのが苦手な人もいますから。特に職人の世界には」

まさに牧野部長だ。思わずまじまじとシェフの顔を見てしまう。

「そうやって得られた信頼感は強いものですよ。私もその時のシェフや同僚たちとは、いまだにやり取りを続けています」

今の私が信頼されているかはわからない。でも、製菓部で三年間一緒に働いてきたことに変わりはない。たまたま異動先で出会った人たち。三年前、私はこの不本意な異動を何か自分にとって意味のあるものにしたいと思っていた。でも、思うようにいかずあきらめかけていた。けれど、プロジェクトをきっかけに私は変わった。自分も、工場も何とかしなきゃと動くようになった。社員たちとも距離が少しずつ縮まったように感じるのは気のせいだろうか。いや、気のせいではない。人手不足とはいえ製造にも加わっているのだ。

明日もまた早起きだ。何時に帰れるかもわからない。でも、不思議と嫌な気持ちはない。頑張ろうと思える。

「シェフ、私のスフレもそろそろ焼いていただけますか」

「かなめちゃん、明日もお仕事なの？」

「はい。今回のデザートがヒットして、工場も想定外の忙しさなんです」

「あら、頑張ったかいがあったわね」

くすぐったい。いくつになっても褒められれば嬉しいのだ。

焼きたてのふわふわしゅわしゅわのスフレを食べ、終電の一本前の電車で両国に帰った。興奮して眠れないかもしれないと思ったけれど、歯を磨いた後、充電が切れたかのようにぐっすりと眠った。頑張った。自分で思うのと、人から言われるのは、また違う喜びがあると満足感に浸りながら。


ゴールデンウィーク最終日。普段はパートさんがいる平日に交替で休みを取る社員も、連休中は全員が休みなしで働いた。最終日の朝の出荷分はさすがにどこの店舗もこれまでよりもずっと減り、おかげで工場の冷凍ストックもようやく余裕を感じられるようになってきた。母の日が終わるまではまだ気が抜けないが、働き通しで厳しかった社員たちの目元も今朝は心なしか緩んでいる。

今日のパートさんは連休中ほとんど出勤してくれた本庄さんと、浪越さん、伊賀さんというすっかりおなじみのメンバーだ。

いつも通り社員だけで配送車を見送り、シャッターを下ろして事務所へ戻る。連休最終日だというのに、今日は朝から土砂降りだ。これではいくら休日でも「シリウス」の売上は昨日ほど見込めないだろう。発注量が少なかったので、店舗で欠品しないかと心配だったが、この天気なら問題なさそうだ。

給湯室でそれぞれ自分のお茶を淹《い》れる。田口さんが外を見ながら「雨、すげぇな」と呟《つぶや》いた。横にいた紺野さんが、緑茶のお湯を冷ましながら部長に言う。

「本庄さんたちには感謝ですね。社員だけではとても乗り越えられませんでしたよ」

「そうだな。今日の帰り、一台ずつケーキを持たせてやるか。連休に出勤したからと言って、こっちの一存で時給を上げたり、手当をつけたりしてやれないからな」

「さすが部長。絶対に喜んでくれますよ」

私まで嬉しくなる。他のパートさんには申し訳ないが、それでも連休返上で工場に協力してくれた本庄さんたちにはお礼をしたくなってしまう。

事務所に戻り、それぞれのデスクで一服する。本庄さんたちが出勤してくるまでまだ三十分近く時間があった。今日のスケジュールを確認するが、昨日までよりもだいぶ製造量が減っている。パートさんたちは全員時間通り、私たちも暗くなる前に帰れそうだ。

その時、電話が鳴った。午前八時前の工場に電話がかかってくることなどめったにないから、みんな驚いた顔で電話を見つめている。

こういう場合、出るのは事務を任されている私だ。頭の中でとっさに色々なことを考える。本社も店舗もまだ誰も出勤していないはず。だとしたら配送中のドライバー？　事故？　そういう場合、どうするのだろう。部長も、田口さんと紺野さんも心配そうに私の顔を見ている。

思い切って受話器を取る。心配に反して電話の相手はパートの日下部《くさかべ》さんだった。

今日はもともと休みのはずだが、どうしたというのだろう。

日下部さんの話を聞いた私は、保留ボタンを押して部長に訊《たず》ねた。

「電話、日下部さんからです。天気が悪くて家族と出かける予定が中止になったので、働かせてもらえないかって」

「今日はもう足りている」

部長は即答した。緊張していたからか、気が抜けたような返事だった。田口さんの「都合のいいこと言っているんじゃねぇよ」という呟きを聞きながら、私は日下部さんに部長の返事を伝える。もちろん、ずっと丁寧な言葉で。しかし、日下部さんは食い下がった。

『本庄さんから聞いたのよ。連休中はずっと忙しいんでしょう。本庄さんも残業続きだったって。ちょっと部長に代わってもらえる？』

相手が私だからか日下部さんも強引だ。向かいの席で紺野さんがため息をついた。

「そう言えば、日下部さんも四月は早上がりが多かったですもんね」

ああ、そういうことか。カットされた分の時給を取り戻したいのだろう。

「連休も最終日で今日の作業量は昨日までよりもかなり少ない。人手は足りているから大丈夫だよ。気遣いありがとう」

部長も穏便に断ろうとしている。それで済むかと思ったが、日下部さんも頑固らしい。

同じようなやりとりが続き、部長がだんだんと不機嫌になっていくのがわかった。製菓工場はパートさんがいなくては回らない。工場長でもある部長は誰よりもそれを実感しているのだ。だから普段、彼なりにパートさんにはかなり気を遣っている。注意する時も静かに、けれどしつこいくらいめったなことでは文句を言わないし、若いパートさんには嫌味っぽい人だと思われている。そのせいで、若いパートさんには嫌味っぽい人だと思われている。単に不器用なだけなのに。

「だから、大丈夫だよ。せっかく休みを取ったんだ。予定がキャンセルでも、家族と過ごせばいいでしょう。そして明日からまた頑張ってほしい」

久しぶりに聞いた部長の押し殺した低い声。

「申し訳ないけれどこちらは本当に手が足りている。え？　だから、本庄さんたちは自分からシフトに入ってくれているんだ。だいたい自分で連休を申請しておいて、予定がキャンセルになったから働きたいなんて、ちょっと都合が良すぎやしないか。悪いが、もう切るよ。これからミーティングなんだ」

部長の言うことはいつも正論だ。抑えがきかなくなった時、それがほとばしってしまう。何度も言い負かされてきた私はそのこともよく知っていた。けれど、相手はパートの日下部さんだ。大丈夫だろうかと、私もベテラン社員も受話器を置いた部長をじっと見つめている。

長い通話が終わり、静まり返った事務所でちらっと紺野さんと視線を交わす。田口さんは窓のほうを眺めている。気まずい空気。部長はどかっと椅子に座り、紅茶をすすった。せっかく穏やかな連休最終日だと思ったのに、何やら不穏な雰囲気に急変してしまった。

こういう時、私は耐えられなくなる。何とか場を和ませようとしてしまう。そういや、子どもの頃、両親の些細《ささい》なケンカの仲裁役はいつも私だった。

「仕方ないですよね。実際、手は足りていますし。さ、こんな天気ですし、テキパキやって今日こそ早く帰りましょう！」

ああ、気まずい。私は淹れたばかりのコーヒーもそこそこに先に一階の作業場に下りた。

雨が激しい。風も出てきたのか、シャッターに雨水の跳ね返る音、風がぶつかる音がして、広い空間に響き渡る。

そろそろ本庄さんたちが出勤してくる時間だ。社員たちの微妙な空気感を感じ取らなければいいがと願う。そのためにはやっぱり私が場を取り持つしかない。必死に話題を考える。連休最終日。これだ。世間は遊んでいるのに私たちは働きづめでしたね、でも、今日は部長からお土産あるんですよ。うん、こんな感じだ。頭の中で何度もシミュレートする。

あれ？

壁にかかった時計を見た。いつもなら着替えた本庄さんが「おはよう」とやってくる。でも、来ない。彼女たちはみんな自転車通勤。雨だから遅れているのだろうか。ソワソワと待ってみても、本庄さんだけでなく浪越さんも伊賀さんも現れない。部長たちが作業場に入ってきた。私しかおらず、外の雨音だけが大きく響いている。

「……森久保だけか？」

「どなたも出勤していません。事務所に連絡入っていないですよね？」

電話が入れば一階の作業場からでも出ることができる。連絡などないことは明らかなのに、訊かずにはいられなかった。「入っていませんね」紺野さんが生真面目に答えてくれた。

「森久保、お前、電話してこい」

田口さんが顎《あご》で階段を示す。「はいっ」と返事をして、私は今日出勤予定のパートさんと連絡を取るべく、事務所に向かった。チラリと階段の窓から外を見る。隅田川の上は真っ黒な雲。対岸の日本橋浜町《はまちょう》あたりのビルも今は水墨画のように空の色と一緒くたになって滲《にじ》んで見える。嫌な感じだ。

三人の連絡先を調べて、順番に電話を掛ける。誰も出ない。呼び出し音が鳴るばかりで、三度ずつかけても繋《つな》がらない。移動中だから？　全員が揃って遅刻？　いくらこの天気でもさすがにそれはないだろう。いい大人が連絡してこないのもおかしい。数分の遅刻ではなく、もう通常の勤務開始時間を二十分も過ぎている。ということは無断欠勤だ。

念のためシフト表も確認する。三人とも出勤予定で、シフトが変更された形跡もない。

日下部さんからの電話を思い出した。これは示し合わせた上での無断欠勤なのだろうか。つまりボイコット。さぁっと頭から血の気が引いていく。

理由がわからない。部長が断ったのは日下部さんだ。本庄さんたちは自ら連休も出勤可能と申し出ていて、昨日までしっかり働いてくれていた。

でも、日頃からパートさんたちは仲がいい。それぞれの家庭の事情で勤務状況は様々だが、社員たちがそっけない分、パートはパートで結束している。そこにはベテランの本庄さんの存在が大きくて、しっかりとまとめてくれている。社員たちが彼女に甘えているのも事実だった。

「つまり、放っておかれるのが一番まずいってこと」

いつか聞いたみもざさんの言葉が、なぜか唐突に頭に浮かんだ。

彼女たちが普段からずっと心の中に不満を抱え込んでいたとしたら？

社員の私ですら、牧野部長や閉鎖的な工場の体制にずっと苛立《いらだ》ちを感じてきたのだ。短時間とはいえ、毎日社員たちの近くで働いてきた彼女たちが、私と同じような気持ちになっていてもおかしくはない。

絶望的な気持ちで作業場に戻る。

「どうでした？」

すでに自分たちの仕事を始めていた紺野さんに訊かれ、「誰とも繋がりませんでした」と答える。答えてから唇をかむ。牧野部長は自分の作業台でコンフィチュール用のオレンジをスライスしようとしていた。数日前に丸ごと煮て、水に浸《つ》けて苦みを抜いていたものだ。予定ではスライスはパートさんに任せた後、部長が鍋《なべ》に砂糖と一緒に敷きつめて煮込むことになっていた。

どうやらすでに部長は状況を察していたらしい。コンフィチュールは完成するまでに時間がかかるため、先のことも見越して作っておかなければならない。昨日までより今日の作業内容が少ないといっても、絶対にやっておかねばならない仕事ばかりだ。毎年、ゴールデンウィークが終わっても、母の日という国民的イベントが控えている。

「シリウス」は賑《にぎ》わい、デザートの注文も多いのだ。クリスマスのように直売所にも近所のお客さんがケーキを買いにくる。

「部長、どうしますか」

「連絡がつかないなら仕方がない。社員だけで今日の工程を終わらせる」

マイナス三人。本庄さんと浪越さんは社員と同じくらい様々な作業ができるため、かなりの痛手だ。でも、やるしかない。繋がらない電話を掛けつづけるより、作業を始めたほうがいい。

「部長、オレンジは私が切ります。その間に他の作業を進めてください」

「わかった。じゃあ、任せる。その前に直売所を開けてこい。商品はもう並べておいた」

「はい」

直売所の照明を点《つ》け、ドアを開錠して作業場に戻った。

目の前には大量のオレンジがある。キッチンペーパーで水分を拭《ふ》きとり、部長がスライスしたものをお手本にナイフを入れる。最近ではすっかり自分で料理をしていないため、均一に薄くするのが難しい。慎重になれば時間がかかり過ぎる。でも、お客さんに出すものだし、タルトの表面に並べるオレンジはいわばケーキの顔だ。「常夜灯」の城崎シェフがパテ・アンクルートを見ながら言っていたではないか。「今日のパテはいい顔をしています」と。無心にナイフを動かす。集中する。夢中になる。シェフもこんなふうに「常夜灯」の料理を作っているのだろうか。確かに楽しい。そこでハッと気づく。

いいや、城崎シェフじゃない。牧野部長も、田口さんも紺野さんも、そしてパートさんたちも、こんな気持ちで毎日仕事をしているのかもしれない。今の私の気持ちは、店舗で忙しく動き回って感じる楽しさと同じだった。それはまぎれもなく仕事の喜びだ。

何事も夢中になるのは楽しい。だとしたら牧野部長はどうして夢中になった「結果」をお客さんに示そうとしないのだろう。本社が企画したデザートだけでなく、自分で作りたいデザートを作り、お客さんにも喜んでもらえるというのに。

オレンジに集中しているのに、完全に無心ではなかった。心の中がやけにクリアになっていて、一部分で私は色々なことを考えていた。自分のこと、工場のこと、プロジェクトのこと、「常夜灯」のこと。すべて自分が経験して、自分で考えてきたことが繋がりあって、また別の思考へと変わっていく。でも、私はしっかりと目の前のオレンジを見つめていて、均一にスライスすることに意識を集中させている。不思議な感覚だった。

とはいえ、そう思ったのもオレンジのスライスのみ。次々と部長から指示を出され、材料の計量をしたり、大量の洗いものをしたりしているうちに時間の感覚はなくなり、時計を見ることすら忘れていた。

田口さんと紺野さんは今日もオレンジのタルトを焼き、牧野部長はイチゴとミルクのムースを仕込む。本庄さんがやるはずだったチョコレートケーキの仕込みは、田口さんにオレンジのタルトを任せた紺野さんが取り掛かる。社員が一丸となっている。

私がここまで作業場で彼らに交じって仕事をしたのは、この三年間で今日が初めてではないのか。工場に異動してきた時は、こんな毎日が私の日常になると思っていたのに、全然違った。今日は非常事態とはいえ、そのことがなぜか嬉《うれ》しかった。

部長は、「森久保も意外と戦力になる」なんて思ってくれるだろうか。いや、この状況でそんなことを考えている場合ではない。

顔を上げる。部長も、田口さんも、紺野さんもみんな真剣だ。自分の仕事を黙々とこなし、それ以上の仕事も引き受けて、品物が欠品しないように「シリウス」のデザートを作っている。普段、仕事に誇りも責任もさして持ち合わせていないように見えた彼らが、同じ目線に立って一緒に体を動かしてみると、ベテランの風格に満ち溢《あふ》れている。

「田口さん、これ、どこに片付ければいいですか」

「次も使うから、よく拭いてそこの台に置け」

「部長、終わりました。次の指示をお願いします」

「そろそろ最初に焼成したタルトが冷めている。箱詰めを頼む」

「紺野さん、箱詰めが終わりましたが、どこの冷蔵庫に運べばいいですか」

「手前の冷蔵庫の右側にお願いします、あ、直売所にお客さんです」

「はい！　行ってきます」

私は私のできることをやる。欲張らない。背伸びをしない。異動してきたばかりの頃は何でもできると見栄《みえ》を張ろうとしたから失敗をした。見ていないようでも、部長は見ている。私の性格や実力を見極めて、できる仕事を振ってくる。きっと本社に行かせたのは、私なら本社の社員とうまく関係を築くことができると思ったからだ。

最後はカットしたチョコレートケーキに全員でフィルムを巻いた。一つの作業台を社員みんなが囲んでいる。いつもはパートさんや私がやっている仕事だからやけに新鮮だ。

「俺、フィルムなんて巻いたの、十年ぶりくらいだわ」

田口さんが笑い、紺野さんも言う。

「結局、昨日までと変わらない時間ですね」

「今日の予定が無事に終わってよかったです。冷凍庫のストックも最近はカツカツでしたからね」

「……森久保、仕事が終わったら、ちょっといいか」

部長が作業の手を止めずに言う。きっとパートさんのことだ。部長は今朝の日下部さんとのやりとりを気にしているのだろう。シフトを作った私も色々と思うところがある。

午後七時。予定していたすべての製造工程が終了した。もっと時間がかかるかと思ったが、さすがベテラン社員たちだ。本来なら夕方には帰れたはずだが、そのことに関しては誰も口にしない。

作業場の清掃は田口さんと紺野さんがしてくれると言うので、私と部長は事務所に戻った。もう一度電話をしてみろと言われ、まずは本庄さんの携帯の番号を押す。しばらく呼び出し音が続き、出た。本庄さんは製菓工場からの着信だとわかって出てくれたのだ。

『……かなめちゃん。今日はごめんなさいね。今、仕事終わったの？』

本庄さんの声は落ち着いていた。部長に代わってほしいと言われ、電話を回す。話はしばらく続いた。部長の口調は朝の電話よりもずっと穏やかだった。時折、「うん」「そうか」と言葉を挟み、私に背を向けて窓の外を眺めながら本庄さんの電話に対応している。

そういえば、無断欠勤のことも咎《とが》めてはいない。部長も心当たりがあるということだ。今日、私が作業に没頭しながら、心の片隅で色々なことを考えたように、部長も来なかったパートさんたちのこと、工場のこと、自分のことを、私と同じように考えていたのかもしれない。そして、何かしら答えを見つけたのかもしれない。

窓の外はもう真っ暗だ。けれど、作業場に籠《こ》もっている間に雨はすっかり上がり、今は月まで見えている。

田口さんと紺野さんが戻ってきて、電話をしている部長を気にしながら、着替えて帰っていった。私も先に着替えてしまおうと、給湯室の横の狭いロッカー室でコックコートを脱ぐ。事務所に戻ると、電話を終えた部長が椅子に座ってぼんやりと窓の外の月を見上げていた。

「……本庄さん、なんて？」

「……明日、パートさんたちの話を聞いてほしいそうだ。それぞれ色々と言い分があるんだろう。森久保も一緒にと言っている。いいか？」

「もちろんです」

シフトに関する不満ならきっと私にだってあるだろう。もちろん部長にもチェックしてもらっているが、パートさんたちにそんなことは関係ない。

「私も歩みよりが足りなかったと、今日のことで色々考えました。女性同士ですし、年齢も近い方も多いから、もっと話をしていればよかった」

「今日は森久保に助けられたな」

「何を言っているんですか。私だって製菓部の社員ですよ」

私の言葉に、部長は口元で笑った。いつもの皮肉な笑いとは違っていた。


翌朝、私は少し緊張しながら出勤した。パートさんが来るのは午前八時。それまでに早朝の仕事を終わらせ、私と牧野部長は事務所で待ち受けた。

今日出勤のパートさんも、そうでない人もいた。つまり昨日の出来事は全員が知っているということだ。製菓工場のパートさんたちはしっかり連携している。その中で本庄さんの存在は大きい。今回はこういう形になってしまったけれど、その逆になれば大きな力になってくれる可能性があるということだ。

「昨日は申し訳ありませんでした」

本庄さんが頭を下げる。

「いや、こちらに落ち度があったから、このようなことが起きたんだ。今日は腹を割って話をしましょう。遠慮はいらない。それぞれ思うところを正直に打ち明けてほしい」

部長が全員の顔を見回して言う。パートさんも色々だ。毅然《きぜん》と顔を上げている人、俯《うつむ》いて視線を逸《そ》らす人。たとえどんな態度であろうと、自分の職場に何も感じていないはずはない。それを今日は全員から聞かなくてはならない。

でも、みんな黙っている。発端となった日下部さんも俯いている。たぶん軽く考えていたのだろう。本庄さんから毎日忙しいと聞いていたから、頼めば簡単に働かせてくれると思った。けれど、思い通りにならなかったから腹が立ったのだ。早く帰らせる時は一方的に言うくせに、と。それに家族との予定が中止になり、イライラしていたのかもしれないし、急に一日空いてしまって時間を持て余してしまったのかもしれない。

「じゃあ、私から言わせてもらうわね」

最初に口を開いたのは、やっぱり本庄さんだった。昨日牧野部長から聞いたが、本庄さんは先代の頃から働いてくれていて、部長とも同世代。長い付き合いなのだという。ベテランだからこそパート仲間から頼りにされるが、製菓工場の事情もベテラン社員の性格も知っているから、間に立たされて苦労もしているのではないかと。

でも、それを知りながら放っておいたのは社員たちだ。私もパートさんを管理する立場にありながら、受け皿になってくれている本庄さんにすっかり甘えてしまっていた。

「私たちパートが一番不満に感じているのは、労働時間のことよ。私はね、もういい年だし、ここに長いから、ある程度工場の事情もわかるの。いつも一定の仕事があるわけではない。忙しくて残業する日もあれば、仕事がなくて早く帰ってくれと頼まれる日もある。でもね、それもバランスだと思うのよ。最近は極端だったわよね。特にこのゴールデンウィークは、出勤している人に負担がかかり過ぎた。入ったばかりの伊賀ちゃんなんて、休日も働けるって言ったばかりにずっと出勤になっちゃって、最後は『もう無理です』なんて言っていたわ」

「……ごめんなさい。私がシフトを作りました。出勤可能な人がいて、他の人が出勤できないなら、出勤可能な人に出てもらうよりないので……」

私に落ち度があったのだろうか。でも、シフトができた段階で「こんなに連勤は無理です」と言ってくれればよかったのに、などと考えるのは言い訳だろうか。

「まさかみなさんがこんなにゴールデンウィークに休むなんて思わなかったんです。でも、決まったシフトに口を出していいのかわからなくて……」

「説明もコミュニケーションも足りていませんでした。ごめんなさい。そういう時は言ってください」

「かなめちゃんを責めているわけではないのよ。でも、社員とパートでコミュニケーションが足りないのは確かよね。理解し合えていれば、ここまで私たちだって不満に感じたりしないわ」

「そうそう、それぞれ事情があるのよ。ウチなんかは多少時間を削られたっていいけど、栗《くり》ちゃんは困るのよ。ほら、こういう時に言いなさい」

控えめに後ろにいた栗林《くりばやし》さんを、本庄さんが前に押し出す。栗林さんは四十代前半。穏やかで仕事も真面目。私が異動してきた時にはもう働いていて、たいていの仕事はできるし、文句も言わないので社員から見れば扱いやすいパートさんだ。

「……個人的な事情ですけど、ウチ、主人が病気で入院中なんです。息子と娘もまだ学生ですし、先のことも考えると私がしっかり働いておきたいと思っていて……」

ご主人が入院中とは知らなかった。どの程度の病気なのだろう。深刻な状況ならさすがに部長に伝えるだろうけど、ご主人のこと、収入のこと、どれだけ不安を抱えて毎日働いていたのだろうか。

事情も知らない私は、ほとんど出勤可能として希望を出してくる栗林さんを、他のパートさんとのバランスを取るために週四回程度しかシフトに組み込んでいなかった。そんな栗林さんがゴールデンウィークに休みを希望したのは、ご主人が一時退院で自宅に戻っていたからだという。

自らの事情を明かした栗林さんは、ホッとしたのかうっすらと涙ぐんでいる。その肩を抱きながら本庄さんが言う。

「栗ちゃんは頑張っているのよ。私たちパートはみんな自分の都合で働いているの。それぞれ家庭の事情があるんだもの、当然でしょ？　だからね、栗ちゃんもそういうことはしっかり伝えなきゃダメ。嫌な言い方だけど、伝えないと損をするのよ。栗ちゃんはただでさえ大変なんだから、もっと自分を表に出していいのよ」

本庄さんに肩を抱かれた栗林さんも、涙をぬぐいながら頷《うなず》いている。

社員には何も話さなかった彼女も、きっと本庄さんやパート仲間には話を聞いてもらっていたのだろう。たまたま工場に集まったパート仲間なのに、彼女たちは支えあっている。

自分の勤務時間を減らしてもいいと申し出たのは、私と同い年の堀口《ほりぐち》さんだった。

「私、娘が保育園にいる間、週四で働いているんですけど、週三でいいです。その分栗林さんを増やしてください。もっと早くに言えばよかったんですけど、栗林さんの事情を私から伝えるのも変だし、そのままにしていました」

「そうよね、堀ぐっちゃんは、収入っていうより、昼間、お姑《しゅうとめ》さんと二人になるのが嫌なんだもんね」

本庄さんの次に長い浪越さんが突っ込みを入れた。

「ちなみに、私はしっかり働きたいタイプ。子どもはもう大きいしね。何というか、働いていると楽しいのよ。パートだけど、世の中に必要とされているって嬉《うれ》しいじゃない？　だから、ゴールデンウィーク中はやりがいがあったわ」

そうか、そういう理由もあるのか。本当にそれぞれだ。それぞれの事情があるから、一概にシフトなんて決められない。よその職場ではどうか知らないけれど、私はもっともっと彼女たちの事情を知りたい。

仕事が楽しくて仕方がないという浪越さんも、昨日のボイコットに加わったのは、シフトの件以外にも工場への不満があったからだ。

「……でもね、シフトだけじゃないのよ」

本庄さんが言い、黙って彼女たちの話を聞いていた牧野部長に向き直る。

「工場長、あなた、最近どうしちゃったの？」

普段は敬語を使う本庄さんの口調が変わっていた。

「昔はもっとやる気に溢《あふ》れていたじゃない。もちろん仕事は真面目にしているわ。それは知っている。昔気質《むかしかたぎ》の人ですもの、手は抜けないわよね。それだけは立派よ。でも、昔はもっと楽しそうにお菓子を作っていたじゃない。依頼された商品ばかり作っていても、その傍らでオリジナルのお菓子を作って、工場のみんなに食べさせて意見を聞いていたじゃない」

部長はじっと本庄さんを見つめていた。けれど、途中から視線を外して下を向く。

「直売所だけは自分の城だって、色んなお菓子を並べていたわよね。私も直売所を眺めるのが好きだったわ。ここでしか買えないケーキがあって、その時々で見慣れない焼き菓子が並んでいる。牧野さん、言っていたわよね。フランスでたくさんのお菓子を覚えてきた、それをみんなに見せてやるって。楽しかったわ。直売所も今よりもたくさんお客さんが来たわよね。私も子どもを連れてきたわ。目を輝かせて喜んでいた。今の若いパートさんたちで、子どもを連れて直売所に来る人なんている？　誰もいないでしょ。それは魅力がないからよ」

　ズバリと言う。ショーケースに並んでいるのは「シリウス」のケーキだから、私もショックを受ける。でも、同じオレンジのタルトでも、店舗で皿に盛りつけられて出てくるものと、さびれた直売所の古めかしいショーケースに並ぶものでは確かに印象が違う。

「それって、パートさんたちが、自分たちの作っている商品に魅力を感じていないってことじゃない？　そういう雰囲気にしたのは、牧野さん、あなたよ」

　ビシリと言われ、部長の体が一瞬、ビクッと硬直した。

「経営が変わったのはそりゃショックでしょう。自信を失《な》くすのもわかる。でも、どうしてやる気まで失くしてしまうの？　そういう時こそ残った仲間を励まして頑張ろうってどうして思えなかったの？　本社の顔色を窺《うかが》ってばかりで、すっかり牙《きば》を抜かれた虎じゃない。牧野さん、あなた、あれから何回直売所に出た？　自分でちゃんと見ている？　見るのが怖いんじゃないの？」

　確かに部長は直売所に入らない。昨日はパートさんがいないから自分でケーキを並べに行ったが、焼き菓子を焼いてもパートさんか私に託すだけだ。クリスマスケーキの販売期間ですら私に任せきりで、どれくらい売れているのか途中で確認にも来なかった。本当は気になっているくせに。

それに本社とも距離を置いている。さすが付き合いが長いだけあって、本庄さんはしっかりと見ている。そして、私が思っていても言えないことをズバズバ言ってくれる。

「目を逸らすんじゃないわよ。私たちはね、家のこともやりながらここでも働いているの。それは目を逸らせない現実があるからよ。育児、介護、家事、つまり生活よ。何もかも目を逸らせる問題じゃない。あなた、昔と立場は変わってもここの長でしょう？　しっかり現実を見て、このままじゃダメだって思いなさいよ」

いや、本庄さんもずっと言えずにいたことを、今だからこそぶちまけているのだ。それは部長に変わってほしいからだ。そうすれば、自分たちも働きやすくなると信じている。過去を知っているからこそ、あの頃のように働きたいと思っている。

ああ、美味《おい》しいケーキが食べたい。急にそう思った。

ここにいる若いパートさんたちは、部長のお菓子の本当の美味しさを知らない。「常夜灯」で城崎シェフが用意してくれたタルトタタンやガトーバスク、スフレはどれもフランスの伝統的なお菓子だ。牧野部長ならもっと美味しく作れるだろうとシェフは言っていた。

もちろん「シリウス」のデザートとは路線が違うことはわかっている。でも、本場で修業に励んだ部長なら、もっと美味しいお菓子を作ることができるはずなのだ。

本庄さんの後を継いだのはやはりベテランの浪越さんだった。

「……この前、かなめちゃんが直売所でお客さんと話しているのを聞いたんです。工場長のお菓子でお客さんを喜ばせたいって。私たちもそう思います。ここで『シリウス』のデザートを作っていることは知っているけど、このあたりに『シリウス』はない。私たちが実際にお客さんの喜ぶ顔を見ることはないんですよ。あるとすれば直売所ですけど、とても知り合いを呼びたいとも思いません。私たちだって、パート先ならどこでもいいと思ってここで働いているわけではないんです。お菓子の工場なら楽しそうとか、やりがいがありそうとか、たくさんのパート先からここを選んで来ているんです」

先日、柊太が直売所に来た時の会話を浪越さんにすっかり聞かれていたらしい。

浪越さんはかつて保険会社の外交員をしていたと初めて知る。どうりでやりがいや成果を求めるわけだ。きっと知り合いも多いはずで、自信を持って勤務先の商品を紹介できないことをもどかしく思っていたに違いない。

「あ、私もです」

大人しい伊賀さんも手を挙げる。「ゴールデンウィークもあれだけ働いて、いったいどんなケーキを作っているんだって夫に訊《き》かれました。『シリウス』、どこが一番近いんですか」

「そうよね、自分たちが作っているケーキ、家族やママ友たちにも自慢したいわよねぇ」

次々に声が上がる。

私だけではない。パートさんたちも、ずっとここで仕事でのやりがいや、自分たちが作るお菓子への誇りを持って働きたかったのだ。

部長は黙ったままだ。仕方なく私が一歩前に出る。パートさんたちに本社の考えは何も伝わっていない。そもそも、部長はこれまでそうしてこなかった。だから、私が言う。

「……貴重なご意見、ありがとうございます。社員として反省することばかりです。でも、こうしてみなさんの率直なお話を伺い、日頃からいかにコミュニケーションが不足していたかを実感しました。そして、ここがパートさんたちにとって単なる働く場所ではなく、それ以上のものを求めて来てくださっていることに驚き、とてもありがたく感じました」

普段は私のことを「社員のくせに何もできない」と見下している人がいることも知

っている。でも、今の私は純粋に彼女たちの言葉に感動していた。心を動かされていた。工場において、彼女たちは私の同志に近い。

「私は今年から本社であるプロジェクトに関わっています。そのために工場を離れることも多くなって、ご迷惑をおかけしていることも知っています。今さらで申し訳ないのですが、プロジェクトの内容をみなさんに説明させてください」

パートさんたちは真剣な表情で私を見つめていた。

「『シリウス』の売上は近年下降傾向です。そのせいで、工場で製造するデザートも以前より激減し、みなさんの仕事が減ってしまっていたんです。現在本社では、業績を回復させようと必死になっています。その一つがデザートの魅力をアップして、客単価を上げ、喫茶利用のお客さんを増やすというものです。第一弾として四月から始まったデザートは、パネルやテーブルPOPの効果もあり、これまでよりもデザート部門の売上が伸びています。まだティータイムの時間帯の客数増には繋《つな》がっていませんが、ゴールデンウィークでたくさんのお客さんがデザートを食べてくれていますから、今後、少しずつ結果が出ることを期待しています」

「ここのお菓子で会社の業績を回復させるの？」

「そうです」

「すごいじゃない」

「すごいことです。本社は製菓工場を頼りにしているんですよ」

「牧野さん、頑張りどころじゃないの」

本庄さんが突っ立ったままの部長の背中をバシッと叩《たた》く。昭和のお母さんの風格ある本庄さんは容赦がない。

牧野部長も、まさかパートさんたちにまでこんなふうに思われているとは考えもしなかっただろう。ここしかないと思い、私も言う。

「部長、本社は部長のアイディアを求めているんです。部長が企画したケーキで、『シリウス』を復活させてください」

「……復活か」

下を向いたまま、部長が呟《つぶや》いた。私が使った言葉の何が部長の心に響いたのだろう。しかし、部長は「復活」という言葉を小さく繰り返した。声音に少し笑いを含んでいた。

「……みんな、申し訳なかった。今まで文句も言わず工場を支えてくれてどうもありがとう。そして、これからもよろしくお願いします。上手《うま》くいくかわからないが、できることから改善していく。これからも力を貸してください」

なぜか拍手が起こる。みんな悪い人たちではない。工場を自分の職場として大切に思ってくれているのだ。そこにはきっと社員もパートもない。私たちは同じ場所で働く仲間だ。勤務形態の違いはあれど、彼女たちだって自分の生き方の中で、ここで働くことを選んでくれた。生活のためにやむを得なく働いているのは私も同じ。でも働くからにはやりがいがほしい。それも私と同じだ。

「文句も言わなかった代わりに、こういうことしちゃったんだけどねぇ」と明るく笑ったのは、今日は休みのはずだった浪越さんだ。彼女は「帰ろ、帰ろ」と伊賀さんの背中を押して事務所を出ていき、他のパートさんもそれに続く。今日出勤の人たちはそのまま更衣室に向かった。

その背中を見送り、私は「お疲れさまでした」と部長に声を掛けた。

穏便に済んでよかった。昨夜の本庄さんからの電話の声を聞いて、みんな揃って辞めてしまうのでは、という心配はしていなかったが、ここまで穏便に済むとは思っていなかった。いや、そう思うのは私だけで、部長の心にはこたえたかもしれない。

何というか、愛のあるボイコットだった。パートさんたちは部長を変えたかったのだ。そうすれば職場がもっと楽しくなるから。気の合う仲間とやりがいをもって働く喜びは、私も「シリウス」で十分に実感している。

「森久保、付き合わせて悪かったな」

部長は疲れ果てたかのように応接セットのソファに腰を下ろした。

「いいえ。私もパートさんたちの結束の強さは知っていましたから、あえて中に入ろうとしなかったのが悪かったんです。これからはもっと話を聞くようにします」

「それだけじゃない」

「本庄さん、よく見ていますね」

「工場長なのに、人も品物もマネジメントができていなかったな。嫌な仕事は森久保に押し付けてばかりだった。それ以上に、本来の仕事を見失っていた」

「何言っているんですか。絶対に欠品させないし、提案通りのデザートを試作するし、昨日だってあんなに頑張ったじゃないですか」

しおらしくされると弱い。そこが私の弱さであることもよくわかっている。

「こたえたな。本庄さんの言う通りだ。森久保がプロジェクトだ何だと騒いでいても俺はくだらないとしか思わなかった。業績が悪くなると、会社は何かしらアクションを取りたがる。取引先にも対策を打ったという姿を見せないといけないからな」

それは過去の実体験だろうか。結果として、カモメ製菓は買収された。

「……でもな、春からのフェアは明らかに手ごたえがあった。提案通りに試作したとはいえ、俺たちのケーキがここまで売れるとは驚いた。本社も販促にずいぶん金をかけたんだろう。それが結果として出た。これは本気だと思ったよ。久しぶりにやりがいを感じたのも事実だ。それで少し安心した。製菓工場は会社のお荷物だと思ってきたからな」

「お荷物って……」

「業績が悪化すれば、会社はどこかを切るだろう。『シリウス』だってこれまで何店舗閉店したと思っている。オオイヌにとって大切なのは、料理を仕込み、物流拠点でもあるセントラルキッチンだ。デザートなんて外注してもいいし、二か所も工場を抱えるより、ここを閉鎖してセントラルキッチンに統合すれば効率もいい」

「……そんなこと、考えていたんですか」

そうやって、ずっと本社を疑ってきたのだろうか。だから距離を置いた。

「部長、本社はまったく逆のことを考えていますよ。経営陣はせっかくある製菓工場を活《い》かそうとしています。それと業績回復のための施策がうまく結びついたんです。私はこの調子で工場が忙しくなれば、パートさんを早帰りさせることもなく、やりがいを感じてもらえると思ったんです。……間に合わなかったですけど」

「……そうか」

「そうですよ。勝手な臆測《おくそく》で本社を恐れないでください。昔のことを知らない社員だってたくさんいます。今の店長なんて『女性活躍』でここ最近昇格した人たちばかりなんです。本社のスタッフだってそうですよ。製菓工場もセントラルキッチンも店舗も、みんな同じオオイヌなんです」

部長の顔がくしゃっと歪《ゆが》んだ。泣きそうでもあり、笑っているようでもある。

「やっぱり、『シリウス』から来た奴は色んなものを見ているな。いや、見ているというより、俺たちと視点が違う」

「店舗では、デザートを美味《おい》しそうに食べているお客さんの笑顔を数えきれないほど見てきました。本社では、確かに色々な視点や会社の考えを知りました。これは、部長が私にそういう仕事を任せてくれたからです。それに、部長だって私が知らないことをたくさん知っているじゃないですか。これまでどういう思いでお菓子を作ってきたか、若い頃に行ったフランスでどういう刺激を受けたか。プロジェクトでは、そういう部長から生まれるお菓子を、『シリウス』のデザートとして売り出していきたいんです」

「……期待されていると思っていいのか」

「期待されているんです。希望の星です」

「笑わせるな」

部長がこんなふうに笑った顔など見たことがなかった。だから私も調子に乗った。

「もうひとつ、笑わせてもいいですか。私、『シリウス』のデザートがきっかけで、豊洲店にいた時に彼氏ができたんですよ。……去年のクリスマス・イヴにフラれましたけど」

「ケーキが売れなくて残業させたからか」

「……そうかもしれませんね」

生真面目な部長が黙り込んだので、慌てて「嘘です」と訂正した。悪いのは私だ。

「一緒に頑張りましょうよ」

「……そうだな」

部長が立ち上がる。窓から外を眺め、朝の光に目を細める。

「いい天気だな」

「はい。新しい一日が始まります」

隅田川が朝の光を浴びて輝いている。

私と部長は、今、同じ景色を眺めていた。

第五話　頑張った私へ　シェフの特製ブイヤベース

地下鉄の駅を出て神保町の雑踏を歩く。横には牧野部長がいる。一緒に本社に行くのは初めてだ。しかし浮かれている場合ではない。おそらく私たちはお叱りを受ける。ゴールデンウィーク最終日のパートさんボイコット事件。そして翌日の緊急ミーティング。それによってデザートを欠品させたわけでも、納品が遅れたわけでもないけれど、部長は正直に総務部に報告をした。

今までの部長ならそのままにしていただろう。でも部長はこれまで避けてきた本社に電話をかけたのだ。その結果、「ちょっとお話ししましょうか」ということになった。

営業部とのデザート開発の打ち合わせにも参加しない牧野部長が、総務部からの呼び出しで本社に行く。それはちょっとした衝撃だった。

総務部の涌井さんは私たちを穏やかに迎え入れてくれ、少し拍子抜けした。

昨年末から各店舗の女性店長やスタッフとも頻繁に面談をしているらしく、涌井さんは人の話を聞くことに長《た》けていた。

「シリウス」の立て直しとして、デザートのプロジェクトとは別に、ここ数年で増えたクレーム対策のため、店舗スタッフの再教育に力を入れているという話を、つぐみさんから聞いていたことを思い出した。

涌井さんは「ご足労おかけしました」とあくまでも低姿勢。

「始末書の提出という形でもよかったのですが、あくまでも形式的ですし、牧野部長とは普段あまりお会いする機会もないので、直接お話ししようと思ったんです。森久保さんも一緒というのは、異動して三年経ちましたし、体調を崩して退職した社員の後任ということでもあったので、それも今回のことに関係があるのか気になったものですから」

にこやかな笑みを保ちつつ、涌井さんの言葉はわりと厳しい。ここは私が説明すべきだと、営業部とのプロジェクトのおかげでやる気に溢《あふ》れているとアピールしておく。これが半年前の私だったら、ここぞとばかりに異動を願い出ていたかもしれない。

パートさんの不満の内容も、「シリウス」の客数と密接に関わる工場の生産量の問題だと話し、これからプロジェクトに協力し、効果が表れることで改善できるはずだと報告した。パートさんたちと話し合いの時間を持ったことも涌井さんは評価してくれた。

「僕もね、ウチのデザートの大ファンなんですよ。でも、あまり店舗に行く機会がない。たまに営業部が試作品の残りを差し入れてくれるんです。それが何よりの楽しみでね、七月から始まるマンゴープリン。あれ、最高ですね」

涌井さんが相好を崩す。ずっと緊張の面持ちだった牧野部長はこの一言で頬を緩め、

「ありがとうございます」と頭を下げた。

総務部からの呼び出しと身構えて本社を訪れたが、思いのほか穏便に話し合いは終わり、私と部長はホッとして工場へ戻ろうとエレベーターホールに出た。

ボタンを押そうとすると、後ろからバタバタと足音が聞こえた。追いかけてきたのはつぐみさんだった。

「打ち合わせから戻ったら、涌井さんが、森久保さんたちが来ていたって教えてくれて、追いかけてきたの」

営業部はミーティングルームで打ち合わせをしていたらしい。私たちは同じようにパーティションで区切られた別のスペースにいたからすれ違いだったのだ。

「どうしたんですか」

「もう少しお時間大丈夫ですか。牧野部長も」

プロジェクトのことなら好都合だった。

私たちはそのままミーティングルームに移動した。

「実は、デザートのプロジェクトでもう一つ大きな動きがあったんです」

つぐみさんの頰が紅潮している。製菓部側からも大きな報告がある。今後は部長が積極的に提案をしていくということだ。でも、まずはつぐみさんの話を聞くことにした。

横を見ると部長の顔がこわばっていた。大きな動きとはいったい何だろう。先日、工場がセントラルキッチンに統合されるのではないかという、彼がずっと抱えていた不安を聞いたばかりだ。

「実は、製菓工場の直売所にリニューアル計画が出ているんです」

つぐみさんはテーブルに両手をついて身を乗り出した。

「リニューアル？　ウチの直売所を？」

部長が啞然《あぜん》とした声を出す。ここで言う「ウチ」とは「オオイヌの」ではなく「カモメ製菓の」という意味合いだろう。今は焼き菓子の他は「シリウス」のケーキしか並べていないが、直売所自体はカモメ製菓が工場を建設した当時からある古めかしいものだ。

「そうです。さっきの部内の打ち合わせで、部長が経営陣からそんな話が出ているって。現在、『シリウス』のデザートは店舗での販売に力を入れていますが、さらに周知させるためにも既存の直売所を活《い》かすことが決まりました。私もこの前拝見しましたが、全体的に老朽化していますけど、広さは十分ですよね。それに清澄白河といえば、カフェやベーカリー、パティスリーなど個性的でお洒落《しゃれ》なお店が多く、訪れる人が増えています。そこに『シリウス』のデザート専門店。外装や内装に手を入れれば十分いけると思いませんか」

「あ、いや、だがな……」

よほど驚いたのだろう。部長は言葉が出ない。私は喜びのあまり立ち上がった。

「いいお話じゃないですか。すごいです。ちょうど製菓工場でも、今の直売所は魅力がないって古いパートさんから指摘を受けていたんです」

「へぇ、パートさんが」

「焼き菓子はどうなりますか」

「あ、うん。もちろん継続。この前、私が買って帰って、桃井さんたちにも食べてもらったって言ったよね。焼き菓子は絶対にもっと強化すべきだって。というのも、デザート専門店にも足を運んでもらうには、『シリウス』にはない限定品を販売するのが効果的。オリジナルケーキをやっていただいてもいいし、焼き菓子でもいい。それに、焼き菓子は食べた人全員が大絶賛だったんです」

つぐみさんは一呼吸おいて、牧野部長をじっと見つめた。

「牧野部長、ぜひ、直売所オリジナル商品として、焼き菓子にもこれまで以上に力を入れていただきたいです。無理難題を押し付けているのは重々承知なのですが、直売所のリニューアルは工場のスタッフのみなさんにとってもやりがいに繫《つな》がると思いますし、『シリウス』の業績が回復すれば、設備を強化するなり、人員を増やすなりして、今以上に働きやすくすることもできますから」

つぐみさんの言葉に力が籠《こ》もるのは、熱意からだけでなく、以前訪れた時の工場のスタッフや部長の態度が心に引っかかっていたからだろう。それに、彼女は先日起きたパートさんのボイコット事件を知らない。

営業部からもたらされたこの話は、今の製菓工場にとって何よりも嬉《うれ》しく、やる気を起こさせてくれるものだった。

「ああ、やらせてもらうよ」

牧野部長の言葉に、今度はつぐみさんがぽかんとした。

「具体的な計画はまだこれからなんだろう？　何なら工場に来て、現地を見ながら打ち合わせをすればいい。その時は森久保だけでなく私も参加させていただこう」

つぐみさんは意外とでも言うように私を見る。私は微笑んで頷《うなず》く。事情は後で説明することにして、部長と一緒に本社を出た。この嬉しい報告を早く工場のみんなに伝えたかった。

朝から雨が降っている。間もなく東京も梅雨入りするらしい。私は窓側の席に座って、軒先から途切れなくしたたり落ちる雨だれを眺めていた。

「お待たせ」

テーブルにたっぷりカフェオレの入ったマグカップが置かれた。湿った空気にコーヒーの香りが混じり合い、大きく息を吸い込んだ。私はゆったりした休日を満喫している。

キッチンカウンターに近いテーブル席はすっかり私の特等席だ。今日は天気が悪いため、ランチタイムを過ぎた店内に私の他にお客さんはいない。

「お昼はどうだったの？」

「ウチ、雨だとサッパリなんだ。特に平日はね。でも、最近週末はめちゃくちゃ忙しい。たぶん清澄白河のカフェ巡りのお客さんをうまく摑《つか》めているんだと思う。このあたりには食事ができる店、少ないし」

「人気のお店はどこも駅から遠いもんね。みんな大通りからちょっと奥に入った場所でわかりにくいし。ウチの直売所も、リニューアルしたら人気店に仲間入りできるといいな」

最近、休みの日にはよく柊太のカフェを訪れる。経営者である先輩は二店舗目を構想中だそうで、今はめったにこない。つまり柊太のワンオペ状態。一人で全部をやるにはちょっと席数が多い気もするが、そこは柊太の実力が認められたということだ。だから私も遠慮なく訪れ、ゆっくり話をすることができる。

「どう？　直売所リニューアルの準備は進んでいるの？　っていうか、オープンいつよ」

柊太がシフォンケーキを運んできた。私のアドバイスで始めたシフォンケーキも今ではすっかり定番となり、柊太は色々な種類を試している。といっても、一度に何種類も焼けるわけではないから、毎日一台、違った種類のものを焼く。前日のものが残っていればその日は二種類から選べることになる。工場で働く私から見れば、「それだけ？」という感じだが、シフォンケーキの型は大きく、一台焼けば八人分はカットできる。パンケーキやフレンチトーストもあるから、今の客数ならこれくらいで十分なのだろう。

「うわ、今日はレモンのシフォンかぁ。アイシングがかかっていてかわいい」

「うん。ちょっと頑張ってみた」

柊太がはにかむように笑う。くっきり浮かんだえくぼが眩《まぶ》しい。

視線を上げれば、キッチンカウンターの上にはドーム型のケーキカバーを被《かぶ》せたシフォンケーキが置かれていた。常温保存できるのでディスプレイ効果もある。上からトロリと真っ白なアイシングがかけられ、その上に飾られたレモンピールの明るい黄色が可愛らしい。

私に運ばれてきたものには、ヨーグルト風味のシャーベットが添えられていた。

「生地にすり下ろしたレモンを入れたの？　全体的にさわやかな風味で美味《おい》しい。梅雨時も真夏も、両方いけるんじゃない？」

「さすがかなめ。よくわかったな」

柊太が感心してくれ、私まで頬が緩む。何よりもケーキが美味しい。お菓子作りは苦手だと言っていた柊太も着実に腕を上げている。柊太の実行力にはいつも感心させられる。

「さっきの答えだけど、リニューアルオープンは夏休み前って感じでザックリしている。だってさ、今の段階で『シリウス』のお客さんは直売所があることをほとんど知らないし、近所の人だって頻繁に買いにくるわけじゃないからね。今は外装を直していて、囲いはされているけど入口は開いているから、買いものはできるよ。もう少ししたら本格的に一時閉店して内装も直すんだって」

「肝心の商品はどうなのよ」

「『シリウス』で扱っているケーキの他に直売所限定スイーツを用意する予定。今、部長が必死に考えているよ。焼き菓子もこれまでより種類を増やすの。そうなったら、パートさんたちもずっと忙しくなるだろうな。もちろん『シリウス』でもデザート専門店として大々的に宣伝してもらう予定だから」

牧野部長は、直売所のリニューアルが決まってからやけに積極的になった。パートさんたちが大喜びをしてくれたからだ。

もちろんベテラン社員である田口さんと紺野さんが喜ばなかったわけではない。彼らは明らかに安心した表情を浮かべた。きっと本社に対する思いは部長と同じで、いつ自分たちの職場がなくなるかとずっと不安だったのだ。それでも性格は相変わらずで、田口さんは「直売所の分までプリン焼くのかよ」と憎まれ口をたたき、紺野さんは「部長が商品開発するなら、今日製造予定のコンフィチュールは僕が炊いておきますよ」などと調子のいいことを言う。

でも、そこは牧野部長。自分の仕事はきっちりこれまで通りこなしている。営業部から要求された試作品を作っていた時のように、うまく時間をやりくりして、アイディアをまとめたり、試作をしたりする。

これまでと違うのはただ一つ。それを、全員で試食をすることだ。パートさんたちにも食べてもらい、意見を聞く。「こういうのが欲しい」というアイディアにも耳を傾ける。

せっかく焼き菓子の種類を増やすなら、ギフト用にラッピングもしたらどうかと浪越さんが言い、つぐみさんに相談して包材も手配してもらっている。ボイコット事件をきっかけに、パートさんと部長の距離が一気に縮まった。本庄さんのようなベテラン以外のパートさんにとって、部長は指示だけを出してきて、時には早く帰れと言ってくる煙たい存在だった。それが変わったのだ。

私のほうも、つぐみさんと七月から始まるデザートの準備をしながら、着実にリニューアルの計画を進めている。『シリウス』各店で配るチラシの制作。お客さんだけでなく、社員にも知ってもらうにはどうしたらいいか。どれくらいお客さんが来てくれるかもわからないから、直売所に並べる商品の量も読みづらい。何よりも、直売所という名前ではあまりにもそっけない。店名をどうするかも悩みどころだ。でも、私たちは今の仕事を楽しんでいた。

新しく何かを始めるのは、こんなにも心が躍ることなのだ。

六月半ばの夜、私は雨の坂道を上っていた。昨日からしっとりとした雨が続いている。

「キッチン常夜灯」を訪れるのは一か月ぶりくらい。ゴールデンウィークは忙しく、その上、ボイコット事件と直売所のリニューアル計画が持ち上がり、なかなか足を運ぶことができなかった。こういう時こそシェフの話を聞いて何かヒントをもらいたいと思いながら、出勤時間が毎朝七時ということを考えると、どうしても二の足を踏んでしまう。

だからこそ明日は休日という日を選んで、朝から「今夜は絶対に『常夜灯』に行く」と楽しみにしていた。何よりも毎日お菓子の試作品を食べていたおかげで、素材により塩やハーブを活《い》かしたシェフの味が無性に恋しい。

午後九時。開店を待ちわびた私は勢いよくドアを開けた。

「かなめちゃん、いらっしゃい。お久しぶりね」

「堤さん、こんばんは。すっかりご無沙汰《ぶさた》してしまいました」

「忙しかったんでしょ？　あらあら、濡《ぬ》れちゃっているじゃない。ちょっと待っていてね」

堤さんは私をカウンター席に案内すると、糊《のり》のきいた真っ白なナプキンを持ってきてくれた。ありがたく受け取り、濡れた肩やバッグを拭《ふ》く。

「傘、さしていたんだけどなぁ。久しぶりの『常夜灯』が楽しみすぎて、体が入り切れていなかったみたいです」

心が逸《はや》って足が前へ、前へと出てしまったのは事実だ。

「忙しかったんでしょ。昨日はつぐみちゃんが来たのよ。やっぱり久しぶりに。そういえば、つぐみちゃんも濡れていたわね。傘が一本しかなかったんですって」

「えっ、誰と来たんですか」

みもざさんだろうか。

「彼氏よ、カ・レ・シ。久しぶりにお休みが重なったんですって。同業者の彼氏って大変よね。休みも合わせにくいし、毎日帰りが真夜中ですもんね」

カウンターのシェフが堤さんに必死に合図を送っているが、楽しそうに話しつづける彼女は気付かない。そう。私はつぐみさんに彼氏がいることを知らなかった。たぶん、最初にここに来た時、昨年末にフラれたことを暴露してしまったので、つぐみさんは気を遣って知らせなかったのだろう。

堤さんは、一緒に仕事をしている私なら当然知っていると思ったようで、ようやくシェフの合図に気付き、「やだ、ごめんなさいね」と手を合わせた。

「いいえ、私は全然。つぐみさんには、私が知っていること、内緒にしておきましょう。むしろ、ここでバッタリ二人に会ってしまうよりも心の準備ができてよかったです」

「それはそれで楽しそうね」

堤さんはどこまでもポジティブだ。第一、隠すようなことではない。仕事も恋愛も順調。ますますつぐみさんに憧《あこが》れる。いつか私も、と追いかけられる先輩がいるのは素敵なことだ。

「つぐみさんが来て、かなめさんもいらっしゃった。ということは、お仕事に目途がついたのですか」

シェフが訊《たず》ねた。直売所リニューアルの件もつぐみさんが話したようだ。来月から始まる夏のフェアもメニュー用の写真撮影が終わり、今は開始に向けて徐々に工場で製造を始めている。

「直売所もようやく内装の工事が始まりました。完成後のイメージを見ましたが、明るくていい雰囲気ですよ。デザイナーさんにフランスの街のテイストを入れてもらったんです」

「どのような？」

「ちょっとだけパリのお菓子屋さんふうです。高級ではなく親しみやすい感じの。『シリウス』のデザート専門店ですから、星空をイメージして外壁はスモークブルーでドアは白。店内の壁もスモークブルーでかわいいんです」

「パリのお菓子屋さんですか。それは部長さんも喜んだでしょう」

「顔には出さない人ですけど、嬉《うれ》しいでしょうね。パートさんたちは大喜びしています」

イメージ図は全員に見せた。製菓工場全体でリニューアルに取り組みたかったから。

「今夜は何を召し上がりますか」

「もうひと頑張りですから、元気が出るお料理をおまかせで。ボーナスはちょっと先ですけど、今夜は豪勢にいきたいんです。実は、もう一ついいことがありまして……」

「あら、なにかしら」

「査定でも良さそうなのかい？」

私のすぐ後に入っていた男性客が笑う。ジャイアンツのユニフォームを着ている。

「違いますよ。個人的なことです」

実はちょっと査定も期待している。でも、そこは謙遜《けんそん》しておく。

「じゃあ、彼氏でもできたのかしら？」

「残念ながらそれも違います」

「教えていただけますか」

シェフがリエットとバゲットを差し出しながら、堤さんの追求から救ってくれた。

「今朝、姉に赤ちゃんが生まれたんです。写真を送ってもらったんですけど、もうかわいくて。今日は面会に間に合わなかったので、明日、姪《めい》っ子《こ》に会いに行ってきます」

「まぁ、おめでとう」

「おめでとうございます」

「そりゃ、おめでたいね。千花ちゃん、俺から、こちらのお嬢さんにワインを」

お料理はシェフに任せることにしたけれど、まだドリンクを注文していなかった。

ありがたく常連らしき野球ファンのオジサマからワインをご馳走《ちそう》になる。そして、なぜかオジサマと「乾杯」とグラスを掲げあう。まさか生まれたばかりの姪っ子も、叔母《おば》が見ず知らずの男性と誕生を祝っているとは思わないだろう。というよりも、今頃すやすやと眠っているに違いない。お母さんのお腹から出て、初めてのベッドで。

堤さんにせがまれてスマホの写真を見せる。まだ生まれたてで目はギュッとつぶっているし、全体的にふやふやしている。それなのに。

「やだ、かわいい」

「こりゃ、将来別嬪《べっぴん》さんになるぞ」

堤さんとオジサマが私のスマホを覗《のぞ》き込む。シェフだけは無言。目を潤ませ、かつ肩を震わせて画面を凝視している。何となく気づいていた。シェフは黙っていればクールな外見に反して、かなりの感激家さんだ。その人柄がシェフの料理にもよく表れている。

そんなシェフに会うのが「常夜灯」の楽しみでもあるのだ。

「イワシの酢漬けとトマトのファルシです」

リエットとワインを楽しんでいると、シェフが次の料理を用意してくれた。甘酸っぱいにおいが漂ってきたと思ったら、オーブンで焼いたトマトだった。

「トマトの中には仔羊肉《こひつじ》のミンチが詰めてあります。熱々のうちにどうぞ」

蓋《ふた》のように被《かぶ》されたトマトのヘタの部分をよける。くり貫《ぬ》かれたトマトの真ん中にはたっぷりのお肉が詰まっていた。みじん切りのタマネギと炒《いた》められた仔羊肉はハーブの風味が新鮮で、トマトと一緒に食べると、瑞々《みずみず》しい果汁とお肉の旨《うま》みが口の中にジュワッと溢《あふ》れ出す。お肉の中にはトロトロに溶けたモッツァレラチーズが隠れていた。すべてが熱々だけど、夢中になって食べてしまう。

「美味《おい》しいですね。イワシのマリネもさっぱりしていて、どちらも大好きな味」

「お口に合ってよかったです。サラダ代わりに野菜たっぷりのスープはいかがですか」

「いただきます」

シェフと私のやりとりを聞いていた男性客は、カウンターに身を乗り出した。

「スープと言えば、あれ、飲みたいな」

「スープ・ド・ポワソンですか」

「そうそう。魚介の出汁《だし》が濃くて美味《うま》いんだよ」

「久しぶりにやりますか」

「うんうん、頼むよ。どうせシーズン中はちょくちょく顔を出すからさ」

男性客は嬉しそうに頷《うなず》く。堤さんがさりげなく私の横で「矢口《やぐち》さんはね、大のジャイアンツファンなのよ」と教えてくれたが、服装を見れば一目瞭然《いちもくりょうぜん》だ。いつもはお仲間と居酒屋に寄った後、一人でここを訪れるそうだが、今日は直接「常夜灯」を訪れたらしい。

「魚介のスープって、ブイヤベースのことですか?」

「私のブイヤベースは、スープ・ド・ポワソンに魚介を入れて煮込みます。スープ・ド・ポワソン自体が魚介のアラを炒めて濾した濃厚なスープですので、いっそう魚介の味わいを楽しめますよ」

「美味しそう。私、本場のブイヤベースって食べたことがないです」

「じゃあ、ブイヤベースでいくか」

「どちらもご用意できますよ」

「いや、ブイヤベースにしよう。その日は勝ち試合がいいな。気分がいいところで、最高の料理とワイン。たまらないねぇ」

「あっ、その日はぜひ私も」

「その日限りという料理ではないですけど、そううまく行きますか」

「大きな海老《えび》やお魚が入る豪華なお料理ですよね。ボーナスが出てからのほうが……」

そこでハッとした。

「そうだ。来月じゃダメですか。夏休みが始まる頃に直売所がリニューアルオープンするんです。やり遂げたお祝いに、つぐみさんとここに来たいなって」

「直売所?」

矢口さんが興味を示したので、自己紹介も兼ねて説明をする。

「いいよ。俺はいつでもいい。楽しみは先まで取っておきたいタイプなんだ。それに、お嬢さんもご褒美があったほうが、仕事も頑張れるだろ」

「はい、こちらの都合で申し訳ありません」

矢口さんの言う通りだ。無事に直売所のリニューアルオープンと初日の営業を終わらせる。その後にはシェフのブイヤベースが待っている。何というご褒美だろう。

「七月の半ば過ぎですね。具体的になりましたら、また教えてください」

「はい！」

じゃあ、試合も勝ってもらわないとなぁと、矢口さんがワインを一口飲んだ。

「今日はね、ボロ負けよ。まぁ、そういう日もあるよね。あっという間に負けちゃって、試合終了は八時半。いつもの奴らは帰っちゃった。まぁ、それでいいのよ。そういう夜に飲んでも、選手や監督への愚痴ばっかりになっちゃうからさ。俺としては明日の試合で挽回《ばんかい》してもらえばいいから、こうして一人で飲みに来たわけ。千花ちゃんとシェフに慰められたかったのよ」

シェフが出してくれた野菜たっぷりのスープを味わいながら矢口さんの話に耳を傾ける。スープには、インゲン豆のほか、同じサイズに丁寧に切られた野菜がたっぷり入っている。タマネギ、ニンジン、セロリ、グリーンピース。飲むというよりも食べる。削ったチーズを載せて香ばしく焼かれたバゲットも砕いて沈めれば、クルトンのようにスープに食感のアクセントも加えてくれる。

「いつでも慰めますよ。寂しいんですもんね、矢口さんは」

堤さんが優しく言いながら彼のグラスにワインを注ぎ足す。

「だなぁ。家に帰っても真っ暗だからな。他の連中は家族が待っているけどよ、俺はみんなで盛り上がった後、一人で家に帰るのが無性に寂しいのよ」

矢口さんは毎回、ジャイアンツファン仲間と盛り上がった後、必ず「常夜灯」に来る。その理由は一人ぼっちの家に帰りたくないかららしい。

ワインを飲み、カニの身のクロケットをつまみにしながら、矢口さんは八年前に離婚をして、息子さんは奥さんの実家のある地方の港町で暮らしていると話してくれた。息子さんは野球チームに入るほど野球が好きで、東京ドームにもよく一緒に観戦に来ていたそうだ。一人になってからは寂しさを埋めるためにますます野球にのめり込み、東京での試合はほぼ全試合観戦するほどだという。

「わかるわ。親しい人と楽しく過ごして別れる時って、妙に寂しいのよね。ましてや、自分だけ一人の家に帰るんですもの。親しい人とは違う世界にいる気がして、急に距離が出来ちゃう感じがなんとも切ないのよ」

堤さんの言葉に、矢口さんが「だろ？」と頷く。

「だからこそ一緒の家に帰る存在ができた時の喜びって大きいのよね。ねぇ、矢口さんもかなめちゃんも、まだ遅くはないわよ？」

「先月ここで会った先生のことを思い出した。あの時先生は、朝までいるから一緒に帰ろうと堤さんに言っていた。

堤さんのおおらかな優しさは、いつも心が温かく満たされているからだろう。それは私生活だけでなく、「常夜灯」での仕事もひっくるめて、堤さん自身が充実した毎日を送っているからだ。だから誰かのことを気に掛けることができる。

誰か。ふっと柊太の顔が頭をよぎった。柊太は幼馴染《おさななじみ》で、今は同業者として刺激を受ける相手ではあるが、恋愛とはちょっと違う気がする。でも、大切な存在だと思う。

「俺はもういいかな。ここに来ればいい話だしな。でもよ、『常夜灯』で出会いでもあればって、少しは考えているんだぜ？」

矢口さんがニヤリと笑い、シェフが「ここで変な騒ぎは起こさないでくださいね」と釘《くぎ》を刺す。

「矢口さん。今年も夏休みにはいらっしゃるんでしょう？　息子さん。毎年、一緒に野球観戦するのを楽しみにしているじゃない」

堤さんが言うと、矢口さんの表情が瞬く間に明るくなった。

「そうそう。八月だな。ドームホテルに連泊して三連戦だ。七夕の織姫彦星《おりひめひこぼし》じゃないけどよ、それだけが一年に一度のお楽しみなんだ。でもよ、それもいつまで続けられるんだろうなぁ。来年にはアイツも中学生になるし、今も塾だなんだと忙しいみたいだからな」

最後のほうは声音に寂しさが混じる。それを吹き飛ばすように「そうだ」と頭を上げた。

「シェフはどうなのよ。坊やと会ったりしないの？　去年はポストカードが届いたって浮かれていたじゃない」

ポロッとスプーンに載せていたインゲン豆が零《こぼ》れ落ちた。ポチャンとスープが跳ね、慌ててナプキンでカウンターを拭《ぬぐ》う。え？　坊やって誰の？　聞き間違いだろうか。

シェフは私の動揺には気づいていないようで、何とも優しげな笑みを口元に刻んでいる。

「昨年のバカンスはカリフォルニアでしたからね。今年はどこを旅するのでしょう」

「……あの、失礼ですが、シェフはお子さんがいらっしゃるんですか」

勇気を出して訊《き》いてみた。

「ええ。フランスにいるんです」

「フランス！　じゃあ、めったに会えないじゃないですか」

シェフに「大切な人」がいることは知っていたから、坊やがいても不思議はない。

さすがにフランスにいるとは考えもしなかったが。シェフの「大切な人」はフランス人なのだろうか。そして坊やもまたシェフの「大切な人」で……。ダメだ、やっぱり動揺している。

「シェフも色々とわけアリだからなぁ」

矢口さんがため息をつきながら、ワインを口に含む。

堤さんが「ケイ、いい？」と確認をとってから私に話してくれた。シェフにはフランスでの修業時代にお付き合いしていた女性がいたこと。以前ここで会った監物さんからこの場所を引き継ぎ、「常夜灯」を開くために帰国したこと。その時に彼女と別れる決意をしたこと。のちに彼女から結婚を知らせる手紙が届き、実はシェフの子どもを妊娠していたと知らされたこと。今はフランス人の夫のもと、彼女も息子も幸せに暮らしていること。

「えっと、息子さんはシェフがお父さんだって知っているんですか？」

素朴な疑問。

「彼の父親はフランスの父親です」

「じゃあ、シェフは？」

「大切な日本のお友だちです」

シェフは淡々《たんたん》と答えるが、なんだか切ない。切ないけれど、それでシェフが納得しているのなら、その関係もいいのかもしれない。なぜなら、シェフは息子さんの話題が出ただけで、嬉《うれ》しいような、恥ずかしいような、つまり幸せそうな表情に変わったから。

「……息子さんは毎年夏のバカンスに行かれるんですか」

「そのようですね。父親が家族との思い出作りを大切にしているようです。息子も嬉しいでしょうね」

穏やかなシェフの表情から感情は読み取れないけれど、妬《や》いたりしないのかな、なんて考えるのは野暮だろうか。

「まだ本当に小さい頃にね、ここに来たことがあるのよ。その時、坊やのご要望がお味噌汁《みそしる》だったの。覚えたての日本料理だったんでしょうね」

「もしかして……」

「そう。その時から、『常夜灯』の朝のスペシャリテはお味噌汁と塩むすびになったのよ。シェフの故郷は米どころ新潟。愛《いと》しいものをたくさん詰めこんだ『大切な人』のためのメニューなの。もちろん私たちにとってお客さまはみんな『大切な人』ですからね。愛情いっぱいの美味《おい》しい食事で『いってきます』と出ていく姿を見ると、私たちも元気になるのよ」

堤さんが微笑んでシェフを見上げる。シェフも応じるように小さく頷《うなず》く。

「それ以来、息子さんはここに来ていないんですか」

「ええ。ここというより日本には」

「シェフ、まだ六月です。夏のバカンスまで時間がありますよ」

「え？」

「今のうちに、息子さんに『大切な日本のお友だち』からお手紙を書いたらどうですか。今年のバカンスは、ぜひ日本に来てほしいって」

シェフが目を見開いた。堤さんが「素敵」と両手を打ち鳴らし、矢口さんが「そいつはいい」と笑い出す。

「……私から、手紙ですか」

シェフは考えてもみなかったようだ。ふっと矢口さんが口元を緩める。

「書きなさいよ、シェフ。子どもなんてのは、すぐに大きくなっちまうんだ。親の相手をしてくれるのも今のうちだけかもしれないぜ」

矢口さんは笑っている。笑っているけれど、どこか寂しそう。矢口さんは離婚。シェフの息子には別の父親がいる。血の絆《きずな》はあっても、これからどうなっていくのかわからない。願わくは、いつまでもその関係が続いてほしいけれど、そうならないのであれば繫《つな》がっていられる間はできるだけ強く繫がっていてほしい。そんなふうに考えてしまう。

「親……ではないのですが」

「シェフから見たら、息子だろうよ」

矢口さんの言葉に、シェフは口元を震わせる。

「決まりですね。シェフ、お仕事が忙しければ、私が素敵な絵葉書でも用意しましょうか。日本に来たくてたまらなくなるような、名所の風景写真なんていかがですか」

私の提案をシェフは緩く首を振って断った。

「ポストカードは私が自分で選びます」

「……そうですね」

シェフが微笑み、私も微笑み返す。

メインは牛肉の大きな塊を焼いてもらった。お肉を噛《か》みしめ、ひと月を切ったリニューアルオープンまで頑張ろうと心に誓う。そして、ここでつぐみさんと祝杯を挙げるのだ。

矢口さんはメインに好物だという仔羊肉《こひつじ》を食べ、ボトルを一本空けると「いつかは俺もここで息子とワイン飲むのが夢なんだけどなぁ」とむにゃむにゃ言いながら、明け方近くに帰っていった。私は朝までゆっくり時間を過ごし、愛情たっぷりのお味噌汁を味わってから、通勤する人たちで賑わいはじめた水道橋の駅へと向かった。

「えっ、スペースが余るってどういうことですか？」

七月の初め、いよいよ直売所の内装工事が終わり、内部を確認した牧野部長の言葉に私は驚いて訊き返した。横にいたつぐみさんと設備部の南葉《なんば》部長、内装工事を手掛けた業者の責任者も何事かとこちらを見ている。

注目の的となった牧野部長は、気まずそうに視線を逸《そ》らした。

「いや、工事に問題があるわけではないんだ。あくまでもこちらの問題なのだが……」

外装も内装も申し分ない。工場の入口には、新しく「ファミリーグリル・シリウス　デザート専門店　シリウス製菓所」の洒落《しゃれ》た看板が掲げられ、お客さんの誘導も申し分ない。

直売所部分の外壁はスモークブルーに塗られ、本当は窓が欲しいところだったけれど、妥協してその分外壁にディスプレイ代わりのメニューボードを掲げてもらった。

入口の扉は今までよりもずっと洗練されていて、アンティーク風の真鍮《しんちゅう》のドアハンドルが付き、はめ込まれたガラスからは店内のショーケースが正面に見える。

店内はスモークブルーの壁紙に床と天井は白。造り付けの棚は自然木で所々にあしらった金色の金具が高級感を出している。予想以上に落ち着いた印象に、嫌でも期待感が高まってしまう。店の雰囲気だけで、並べた商品の印象も変わるのだ。

「あの、牧野部長。スペースが余るというのはどういうことでしょうか」

つぐみさんが恐る恐る訊《たず》ねた。

「ああ、商品数の問題なんだ。要望通り、焼き菓子もこれまでよりもずいぶん種類を増やした。ウチのパートさんからも色々とアイディアをもらったからね。だけど、この店内を見るとやけに棚が多いね。この棚を埋めるにはかなりの種類が必要になる。おいおい増やすことは可能かもしれないが、今からオープンまでには間に合わないだろうと思ったんだ」

部長が示した壁に全員が目を向ける。北側の壁は、端から端まで三段の棚が造り付けてある。メインになるのは一番下の段で、ここは棚というより台だ。奥行きがあり、下は収納スペースになっている。今まではこのスペースだけで焼き菓子は十分並びきれていた。

上の二段は、お菓子以外のディスプレイに使えなくもないが、問題は西側の壁だ。入口ドアが端にあるものの、その横は北側の壁の台に続くような形で棚になっている。つまり、商品の陳列スペースが多すぎる。

改装や新規出店の時、店舗デザインにも関わっている設備部の南葉さんが窘《たしな》めるように言った。

「牧野部長、大丈夫ですよ。ゆとりをもって商品を並べましょう。今回はデザイナーさんと相談して、実用性よりもデザイン性を優先させたんです。こうしておけば、いずれ商品が増えた時にも対応できますから」

「いや、しかし、棚にあまりにも空白があるというのは、せっかくのリニューアルオープンの印象を悪くするのではないか」

牧野部長はどこまでも真面目だ。商品でびっしりと埋め尽くされた本場フランスの心躍るようなお菓子屋さんを知っているからかもしれない。改装されたこの内装が、その記憶を呼び覚まし、気後れしてしまった可能性もある。

私は部長と相談して作成した、初日に並べる予定の焼き菓子のリストを広げた。つぐみさんにも同じものを以前から渡してある。商品を並べる籠《かご》や台に敷くクロスは、これからつぐみさんと選ぶ予定だった。

「広くスペースを取ったとしても、北側の台と二段目の棚で収まってしまいそうですね。商品同士の距離がありすぎるのもかえって寂しい印象になってしまいますし」

「うん。この規模なら、足を動かさずに腕だけ伸ばして色々な品物を手に取れるっていうのが理想かもね」

私とつぐみさんが話し合っている間、牧野部長は限られた時間で増やせる商品を必死に考えているようだった。サブレ類の生地はすでに冷凍庫に保存してあり、リニューアルオープンに向けて、徐々に成形して焼成、パッキングするスケジュールを組んでいるが、種類が多いからそれだけでも大変な作業だ。その上、工場では日々の「シリウス」のデザート製造というルーティンワークがあり、そこに直売所限定のケーキの製造も加わる。今から新しいお菓子を追加するなどおそらく不可能だろう。

私はどうしたら牧野部長は納得するかと考える。無理をするよりも、今あるものをどう生かすかが大事ではないだろうか。

「牧野部長、ディスプレイは僕のほうでも考えますよ。上の段はちょっと高さがあるから、もともとディスプレイスペースとして設計したものです。ほら、こういうのを並べようと思って」

南葉さんがスマホの画面を私たちの前に差し出す。スクロールされていく画面には、ちょっとレトロな製菓道具、つまりは計量で使う天秤《てんびん》や大きな木べら、かわいいミトンやケーキの型、フランス語で書かれたお菓子の本など、ディスプレイに使えそうな小道具がずらりと並んでいた。

「ああ、確かにいいですね」

「こういう手作り感が伝わるのが、『シリウス』にはぴったりですもんね」

部長も写真を見て納得はしたようだったが、西側の横長の棚を示した。

「じゃあ、ここはどうする。ここもディスプレイに使うと、明らかにスペースを埋めている印象にならないだろうか」

全員が黙り込む。業者さんの責任者は肩身が狭そうにしていて、何だか申し訳ない。

「……冷凍ショーケース……は、今さら置けないですもんね」

「冷凍ケーキをそのまま売るってこと？　直売所ならではだけど、店舗に納品されるのと同じ状態をお客さんに見せるのもちょっとなぁ……」

「……そうですよね。今後は直売所というよりは、『シリウス』のデザートテイクアウト専門店という形で営業していくんですもんね」

つまりは街中のお菓子屋さんという位置づけだ。フィルムを巻いて箱に詰まった冷凍ケーキや一食分ずつパッキングされた何のデコレーションもされていないパンケーキを売るのはコンセプトから外れてしまう。

そこで、以前、パートさんが言っていたことを思い出した。

「シリウス」はこのあたりにない。彼女たちは「シリウス」のお菓子を作っていても、実際にそれを店舗で食べたことがある人はほとんどいないのだ。

「イートインスペースにしたらどうですか。この台、高さ的にもちょうどカウンター席にも使えるんじゃないでしょうか」

つぐみさんがハッとしたような顔をする。南葉さんが再びスマートフォンに指を滑らせているのは、早速、高さの合うスツールを探しているのだ。

「待って。そうなると別の営業許可が必要になるわ」

「飲食店営業許可ですね」

つぐみさんの言葉にすかさず南葉さんが答える。これまで新店の開発にも関わってきた設備部長が心強い。スツールに目星をつけた南葉さんは、さっそく江東区の保健所にアクセスしている。指と視線を動かしながら言う。

「たいてい申請して二週間から三週間はかかりますからね。リニューアルオープンに間に合わなくても、準備中ということにしておけば恰好《かっこう》もつきます。どうしますか。本当にやりますか」

「さすがに私たちの一存で決められないんじゃないですか。一度、本社に持ちかえらないと」

「営業許可を取るなら少しでも早いほうがいいですよ。この場合、営業部長よりも上、役員クラスに確認したほうがいいですよね。僕、連絡できますよ」

設備部の南葉部長のなんと頼もしいことか。設備関係は場合によって大きな金額が動く決裁が必要になる。店舗の調理設備の急な故障などがそうだ。つまり、いかなる時も決定権のある人物と繋《つな》がっている必要がある。

「やりましょうよ、部長」

私は部長に向き直った。

「このあたりには『シリウス』がないんです。近所にお住いの人にとっては『シリウス』と言ってもピンときません。いまだにカモメ製菓だと思っているお年寄りだっているくらいです。この広さならせいぜい三席ですよね。そのくらいなら、今のメンバーでも販売の傍ら十分対応できると思います。何なら、私が専属になってもいい」

「実際のオペレーションは？」

横からつぐみさんが訊ねた。

「後ろが工場ですから何とでもなります。本社のテストキッチンだって、あのスペースで撮影用のデザートやお料理を仕上げているじゃないですか。ケーキだけなら、カットしてお皿にのせて、ミントか何かを飾るだけ。つまり『シリウス』のバックヤードと同じです。バイト初日の学生さんだってできる仕事ですよね。でも、せっかくやるなら、パンケーキなんかもできたら最高です」

「作業場の電子レンジをこちら寄りに移動すればいいな。ホイップやソースを保管する小型冷蔵庫も必要か？」

牧野部長が言う。

「いえ。そのくらいならショーケースに入れられるんじゃないでしょうか。ショーケースも新しくしてもらいましたから、以前よりも大きいですよね。今後、プリンやムース類を並べたとしても、それくらいのスペースはあると思います」

なにせ店舗では、バックヤードの狭い冷蔵庫にドリンク類にケーキ、デザート用の冷やしたお皿、様々なものを詰め込んでいた。ガラス張りのショーケースはお客さん側から丸見えという難点があるが、店舗のように忙しくはないから、そのつど整理して入れられる。

「じゃあ、ドリンクはどうするの？」

つぐみさんはまだ心配そうだ。

作業場にはパートさんたちが休憩で使う給湯室がある。そこを使うしかない。わずか三席のカウンターにいつもお客さんがいるわけではないから、難しいことはないだろう。

「いっそコーヒーマシンでも買っちゃいます？　ここまでやったんですから、それくらいの予算も何とかなるんじゃないですか。三席分ならサイズも家庭用のもので問題なさそうですよね」

南葉さんが思いついたように言い、私も頷《うなず》いた。

「いいですね。割り切ってカプセル式のタイプにすれば提供も簡単です。あくまでもイートインスペースということで、メインはデザート。ドリンクは価格を抑える方向で」

「あれ、味もバカにならないんですよ。本社にも置いてほしいくらいです」

南葉さんと意気投合する。パートさんたちもきっと喜んでくれるだろう。夢みたいだ。

直接ここで、私たちが作ったデザートをお客さんが食べる姿を見ることができる。この地域に「シリウス」を知ってもらうことにも繋がるし、彼女たちにとってもどれだけやりがいになるだろうか。まだ決定したわけではないけれど、今から血が騒いで耳の先まで熱くなってくる。

「決定でいいですか」

南葉さんが牧野部長を見る。部長は私をチラリと見て、すぐにまっすぐに南葉さんを見つめ返す。「ぜひ、お願いしたいと思います」

「わかりました」

南葉さんはさっそく経営陣に連絡を取るべく外に出た。私たちは、全員がそろってほうっと肩の力を抜いた。

「森久保」「かなめちゃん」

部長とつぐみさんがほとんど同時に私を呼んだ。

「そうなったら、最初はここの采配《さいはい》は全部森久保に任せる」

「イートインのマニュアルも作らないとね。パートさんの指導も含めて、かなめちゃんにぴったりの仕事だわ」

「はい！」

私は大きく頷いた。まさか製菓工場で販売以外の接客をすることになるとは。

南葉さんがスマホをポケットにしまいながら戻ってきた。

「あっさり許可をいただきました。そのあたりの手続きは僕が慣れているので、すっかり任されてしまいましたよ」

私たちは歓声を上げる。部長までが片手を上にあげて「おおう」と喜んでいる。

「じゃあ、僕はさっそく手続きの準備に入ります」

南葉さんは業者さんを連れて直売所を出ていく。

「こっちは、最後の仕上げだな」

「そうなるとお皿やカップなんかも必要になるね。保管されているものがないか、倉庫を管理している設備部の金田《かねだ》さんに確認しておく」

それぞれがそれぞれの仕事を果たす。自然と役割が出来ていて、自分の意思で動く。ただし、仲間と協力しながら。ああ、これが、私が求めていたやりがいある仕事だ。


「いらっしゃいませ！」

「シリウス」のデザート専門店「シリウス製菓所」のリニューアルオープンは七月最後の週となった。どうせなら飲食の許可も下りて準備が整ってから、本格的にオープンしようということになったのだ。

西側の台はすっかりカウンター席となり、スツールが三脚並んでいる。カフェのようにゆったりできるわけではないけれど、店内で商品を食べられるというのが魅力になってくれればいいなと思う。

事前告知のおかげか、午前十時の開店前にはすでに数人のお客さんが集まっていた。コックコート姿の私の横には本庄さんがいる。パートさんには全員「製菓所」を経験してもらう予定だが、初日の担当は遠慮をしたのか誰も手を挙げなかった。そこで部長がトップバッターに本庄さんを指名したのだ。「やっぱり本庄さんだろう。昔からここを支えてくれているし、顔が広い本庄さんならお知り合いも多いからな」と。

こんなオバチャンでいいのかしら、と言いながらも、本庄さんも嬉《うれ》しそうだった。さっそく近所の人にも声をかけたと話してくれた。

工場の今日の作業スケジュールは少ない。社員の早朝の仕事は抑えることができないけれど、それ以外は最低限。何かあれば全員が「シリウス製菓所」のサポートに回れるようにしたのだ。もちろんたくさん品物が売れれば、すぐに追加製造できるようにとの考えだ。牧野部長は欠品だけは絶対に許さない。

つぐみさんと南葉さんは、開店の一時間前から来て、商品の陳列も手伝ってくれた。外観、内観を見て回り、写真も山ほど撮っている。「シリウス」のホームページで「製菓所」オープン初日の様子を紹介するらしい。

桃井さんや私とはほとんど面識のない営業部長も覗《のぞ》きに来た。役員も後で来るらしい。本社が一丸となって応援してくれている。牧野部長はまさにそれを実感しているだろう。製菓部も製菓工場も、オオイヌと「シリウス」にとってなくてはならない大切な部署だ。

「かなめ！」

聞き覚えのある声がした。なんと、満面の笑みを浮かべた姉が入口に立っていた。

「りんちゃんは？」

先月生まれた姪《めい》っ子《こ》は「りん」と名付けられ、ふくふくと育っている。

「パパとお留守番。気分転換しておいでって言われたから来ちゃった。お母さんとお父さんの分もお土産に買って帰るね。どれがお勧め？」

「全部」

「それ、ダメな店員の対応だよ」

姉は笑ったけど、どれも私たちが一生懸命作っている。全部お勧めなのは本心であり、あとはお客さんの好みなのだ。もちろん相手が姉でなければ、今みたいな答えはしない。

「ブルーベリーのレアチーズとマンゴープリンは今月からの新作。私も企画に加わったの。カスタードプリンは店舗で一番人気。テイクアウトではチューブに入ったカラメルソースを別添えにするよ。それで、これが『シリウス製菓所』のオリジナル、イチゴのミルフィーユ」

「わぁ。ミルフィーユ、美味《おい》しそう。今の四種類、全部ちょうだい」

「ありがとうございます！」

ミルフィーユは牧野部長が「製菓所」のために作った。フレッシュイチゴを使うのも、朝炊いたばかりのカスタードを使うのも、後ろに作業場がある「製菓所」ならではだ。

崩れやすいパイ生地を組み合わせたこのお菓子は、慌ただしい店舗ではとても扱えないし、配送も難しい。こういうお菓子こそ、牧野部長がずっとやりたかったものではないだろうか。

秋になったらタルトタタンをリクエストしようと思っている。「常夜灯」の城崎シェフのとどちらが美味しいだろう。今から楽しみだ。

横を見ると、本庄さんもにこにこ笑いながらお客さんに品物を渡していた。「これ、ちょっといいバターを使っているんですよ」などと説明を加えるのは、製造にも関わるスタッフならではだ。まだぎこちないけれど、ちゃんとレジもできている。

店内にはコンスタントにお客さんが入り、途切れることはない。牧野部長は心配そうに何度も覗きに来て、そのたびに在庫が減った棚の焼き菓子を補充してくれている。

そう、焼き菓子も大人気だ。牧野部長は、これまであったサブレやパウンドケーキにかなり種類を追加した。折り込みパイ生地を使ったパルミエや、サクサクに焼いたメレンゲ菓子などの新商品も加わり、焼き菓子売場はかなり賑《にぎ》やかになった。それだけではない。商品ごとにパートさん手作りの説明カードがクリップで留められていて、これがまた可愛らしいのだ。

これまで焼き菓子は仕込みも焼成もすべて部長一人でやっていたが、種類を増やしたことでパートさんたちも成形や焼成後のパッキングを行うようになった。それで愛着が湧いたらしい。種類が豊富なサブレやパウンドケーキは味の説明、マドレーヌやフィナンシェなど名の知れたお菓子は名前の由来や特徴、部長が得意な地方菓子なども細かく説明がされていて、興味を持って手に取ってくれるお客さんも多い。

アイディアを出してくれたのは小さなお子さんがいる堀口さんだ。一緒にお絵描きをしている時に思いついたという。

彼女たちは、部長から説明を聞いたり、自分で調べたりして、手書きのカードを完成させてくれた。私がかつて買った製菓の専門書も役に立った。あの時の私は、牧野部長が使う言葉が理解できなくて、悔しくて勉強しようと思ったのだった。

伝統的なお菓子には一つ一つストーリーがある。たくさんの人々に愛されたからこそ、長い時代を超えて今も作られ、求められてきたのだ。「シリウス製菓所」のお菓子もそうなってほしい。今はもう牧野部長の製菓工場ではない。社員も、パートさんも、全員が自分たちの手で作り上げた「シリウス製菓所」なのだ。

作業場から牧野部長の声が聞こえた。ショコラサブレを追加で焼成する指示を出している。工場が生き生きと動いている。

「イートイン、いいですか」

「もちろんです！」

声を掛けられて振り返ると柊太だった。そういえば今日は月曜日。カフェの定休日だ。

最近では頻繁にかわすメッセージで開店日を知らせていたが、忙しさのあまり曜日まで意識していなかった。最近は休日返上で、私に曜日感覚がなかったのだ。

「賑わっているじゃん」

「オープン初日だからね」

ショーケースを見た柊太はミルフィーユとマンゴープリンを選ぶ。

「この活気が好きなんだよな」

スツールに斜めに座った柊太は、頬杖《ほおづえ》をついて賑わう店内を眺めた。

「うん、私も。だから、キツいけど飲食の仕事はやめられない」

「だな」

柊太が笑う。くっきりと浮かぶえくぼが今日も眩《まぶ》しい。

その顔を見て、唐突にアイディアが浮かんだ。いや、アイディアではなく、願望だ。

柊太と「常夜灯」に行きたい。初めて訪れた時、私の話を聞いてシェフが出してくれた飴色《あめいろ》に輝くタルトタタンを食べさせたい。

私にお菓子の素晴らしさを思い出させてくれたタルトタタンだ。

思えば、あれが今日の私へと繋《つな》がっている。

「柊太、今度、連れて行きたいビストロがあるんだけど」

「なになに？　かなめのお勧めなら、絶対行く。すげぇ楽しみ」

柊太を誘ったのは初めてだ。まさか、私からまだ誰かを誘うことがあるなんて。

ああ、今日は本当に最高の一日だ。

「乾杯！」

私とつぐみさんはグラスを高く掲げた。カウンター上のダウンライトに、スパークリングワインの泡が煌《きら》めいている。グッと飲み干す。冷えたさわやかな刺激が喉《のど》を滑り落ちていく。

「ちょっと、ビールじゃないのよ」

堤さんが笑う。見ればつぐみさんのグラスも空になっている。

「だからボトルで頼んだんじゃないですか」

「今日も猛烈な暑さだったんですよ。これくらいの無体は許してください」

堤さんとシェフも私たちを見て笑っている。

「今夜はシェフに特別なお料理をお願いしてあるんです」

「え、なんだろう。楽しみ」

スペシャリテの黒板を眺めていたつぐみさんがぱぁっと表情を明るくした。

「シェフ、今夜は私もつぐみさんもお腹がペコペコなんです。お肉も食べたいので、例のものは早めに用意していただいてもいいですか？」

「かしこまりました」

「矢口さんはいらっしゃいましたか」

「昨夜。昨日までドームで三連戦だったんです。ご機嫌でしたよ」

「勝ったんですね」

「サヨナラホームランだったそうです。来週には息子さんがいらっしゃるそうですよ。それはもう浮かれていました」

「矢口さんって、あの野球好きの」

つぐみさんも矢口さんのことは知っているようだ。お客さんが繋がっているのが楽しい。ここにはここのコミュニティがある。でも誰もが大人だから、そっとしておいてほしい人は気配で察して、無理に話に巻き込んだりしない。

つぐみさんは好物のヴィシソワーズを見つけて喜び、私はこの前矢口さんが食べていたカニのクロケットを注文した。美味しそうだと思っていたのだ。

定番のシャルキュトリー盛り合わせを楽しみながら、ボトルから注ぎ終えてしまったスパークリングを味わう。つぐみさんは堤さんに次のワインを相談している。

濃厚なヴィシソワーズで夏の涼味を味わい、細かいパン粉をまとったびっくりするほどサックサクのクロケットをかじる。クリームコロッケを想像していたが、中はギュッと詰まったカニのほぐし身だ。クリスピーで香ばしい衣とカニの旨《うま》みがたまらない。バスクでは鱈《たら》の身を使ったコロッケが定番だと聞いて、異国の料理に思いを馳《は》せる。

私のスパークリングのグラスも空になり、堤さんがタイミングよく白ワインを注いでくれた。今回もボトル。どれだけ飲むのだろうと、つぐみさんと顔を見合わせて笑う。

「リニューアルオープン、おめでとうございます」

「その様子だと大成功だったのね」

シェフと堤さんには何もかもお見通しだ。

「今月の初めから、『シリウス』全店にチラシを置いたり、スタッフが常連さんに声を掛けたりして紹介していたんです。かなり遠くからいらしたお客さんもいて驚きました」

神保町店の三上店長はランチタイムの女性客を中心にお知らせしてくれた。どんなに忙しい時でもお客さんとさらりと言葉をかわす。さすがは「シリウス」一番のやり手店長だ。

浅草店のみもざさんもかなり応援してくれたと聞いている。清澄白河はちょっとした散策コース。浅草や近隣の東京スカイツリーを観光するお客さんにとっても、魅力的な場所なのかもしれない。

「工場の近くに『シリウス』がなかったのも、ご近所さんの興味を引くきっかけになったみたいです。こんなお菓子屋さんあったんだ、なんて驚いてくれる人もいて」

清澄白河は今やすっかり人気エリアだが、その範囲は駅周辺だけでなく門前仲町方面まで案外広いので、隅田川沿いの工場はあまり知られていなかったようだ。

「オリジナルのお菓子はできたんですか」

シェフは同じような経歴をもつ牧野部長に興味津々の様子だ。

「ちょっと製菓工場でもゴチャゴチャがありまして、その結果、自信を取り戻したというか、疑念が晴れたというか、人間って、期待されていると思うとやる気が出ますもんね」

私は二か月以上前に起きたパートさんたちのボイコット事件を話した。あれから何度か「常夜灯」を訪れていたが、自分たちの至らなさが起こした出来事だと思うと、何やら苦い思いがして言い出すことができなかったのだ。

「雨降って地固まるというやつです。あの時、パートさんたちが本音を打ち明けてくれたから、部長も殻を打ち破ることができましたし、私や本社の思いも、部長やパートさんに理解してもらうことができた。風通しがすごくよくなったんです。お互いに腹を割って話せる関係になった。私、管理業務を担っているつもりでも、肝心のコミュニケーションが全然取れていなかったんですよね。自分から一線を引いていた。たぶん、絶対に『シリウス』に戻るんだっていう思いが滲《にじ》み出ていたんだと思うんです。パートさんから見たら、工場を下に見てお高く止まっているって思われていたんだろうな……」

「きっかけがないと気付かないことって案外多いもんね」

ワインを飲みながらつぐみさんがしみじみ言う。「まさに雨降って地固まるよ。そんなことの繰り返しかも」

「私たちもそうかもしれませんね。その結果が『常夜灯』ですから」

シェフと堤さんがそっと視線を交わす。いつも変わらぬ穏やかな「常夜灯」の空気があるから、私たちは時々無性にここに来たくなる。

「部長もようやく実力を発揮することができるようになったんです。これまで気配を消すようにしていたのは、業績も悪い今、何かあって製菓工場を失《な》くされてしまうのが一番怖かったんですね」

「だから、本来の力を示すより、わざとそれを隠すように本社の指示に従っていたということですか？」

「そうです。目立ちたくなかった。出る杭《くい》は打たれるということとは別に、買収された会社のトップとして、顔をさらすのもあの人には耐えられなかったのではないかと」

「これまでどれだけ、思う存分自分のお菓子を作りたいと思っていたことでしょう」

「はい。そのせいで覇気の感じられない製菓工場になってしまっていて、私はずっと耐えられなかったけど、今は違います。『シリウス製菓所』は部長に輝ける場所を与えてくれました。相乗効果となって、今後の『シリウス』のデザートもきっとこれまでとは違うアイディアを出してくれると思うんです。今、『製菓所』限定で販売しているイチゴのミルフィーユは大人気なんですよ」

「いいですね。新鮮な卵をたっぷり使った炊き立てのクレームパティシエールはさぞ美味《おい》しいでしょう。私もぜひ食べてみたいです」

「よかったら今度いらしてください。シェフもお忙しいと思いますけど」

しばらくして、シェフは待ちに待った料理を運んできた。このために、このおよそ一か月を頑張ってきたのだ。

「お待たせしました。ブイヤベースです」

わぁっとつぐみさんが歓声を上げた。

「本場のマルセイユでは、使う魚介の種類などが定められていますが、ここは日本ですから、美味しく召し上がっていただくことが最優先です。特に今夜は、リニューアルが成功したお祝いですから」

大きな海老《えび》とムール貝の殻が、魚のアラや甲殻類とトマトを煮込んだスープから飛び出している。アサリやイカ、白身魚も見える。具沢山だ。シェフは最初から食べやすいように、二人分の皿に取り分けて出してくれた。真っ白なお皿に賑《にぎ》やかで赤褐色のスープがよく映える。

「今回は旬のスズキを使いました。ルイユやバゲットとご一緒にどうぞ」

シェフは私とつぐみさんの間に、バゲットと黄色いソースの入ったココットを置いた。

バゲットはクルトンのようにカリカリに焼かれている。ルイユは卵黄とジャガイモペースト、オリーブオイルやニンニク、トウガラシなどで作られたソースで、ブイヤベースには欠かせないそうだ。さっそくスプーンですくってスープ皿の端に載せ、少し舐《な》めてみる。まったりとしてわずかに刺激のある濃厚な味わい。ブイヤベースのスープも魚介の旨みたっぷりで、想像よりもずっとパワフルな料理だった。

そこからはもう夢中。スズキの身をスープとルイユで味わい、海老の頭をつついて、美味しい部分を食べ逃さないように格闘する。ルイユをたっぷりのせた香ばしいバゲットをかじる。つぐみさんはクルトンのようにバゲットをスープに浮かせて、濃厚なスープを吸わせていた。美味しそうだから私もマネをする。「シリウス製菓所」で夢中になって働いた興奮も冷めやらぬ私たちは、その勢いのままに魚介を食らいつくしている。

最後はやわらかいバゲットをもらい、お皿に残ったスープをきれいに拭《ぬぐ》い取った。

私もつぐみさんも大満足である。

「ご馳走様《ちそうさま》でした。ああ、美味しかったです」

「本当に美味しかった」

「ありがとうございます」

私たちもシェフも笑顔。この一体感が最高なのだ。

「……ところで、シェフは？」

シェフはブイヤベースの皿を下げようとした手を止めて私を見た。

「矢口さんは来週息子さんと会えるんですよね。シェフはどうなったのかなって」

シェフは皿を下げてから、もう一度私に視線を送る。

「先日、返事が届きました」

「何が届いたんですか」

つぐみさんがカウンターに腕をついてシェフを見上げる。

「フランスからのポストカードです」

つぐみさんもその言葉で察したらしい。私と一緒に期待に目を輝かせる。

「今年のバカンスは、日本に決めたそうです」

シェフの顔にくっきりとした笑みが浮かんだ。

つぐみさんと手を取り合って「やった」と喜び合う。誰かの幸せを自分のことのように喜べる「常夜灯」の空気が、私は心から好きだと思う。

シェフは浮かれている自分を恥じるように少し頰を赤らめた。そんなシェフがたまらなく愛《いと》しく思えてしまう。本当に「常夜灯」は不思議な場所だ。

「だからシェフは今夜もご機嫌よ。お願いすればどんな要望にも応《こた》えてくれるわよ」

堤さんがにっこり笑う。

「じゃあ、またバイヨンヌの生ハム、原木で仕入れてください。私も食べたかった！」

つぐみさんが言う。切りたての生ハムを食べそびれたのが、よほど悔しかったのだろう。

「シェフも一緒にバカンスを楽しめるじゃないですか。せっかくだから『常夜灯』はお休みにして、日本を案内したらどうですか。どこがいいんだろう。東京だけじゃなくて、やっぱり京都とか？　温泉なんかもいいなぁ。シェフは新潟ご出身でしたよね。故郷を案内するのも素敵じゃないですか」

私は夢中になって思いつくかぎりの名所や観光地を挙げる。そう、私は昔からすぐにアイディアだけは浮かぶのだ。プロジェクトに加わってから、つぐみさんにも思い付きで色々なことを言ってきた。当日朝仕込みの焼きたてプリンのアピール、ティータイムのコーヒーのおかわり、牧野部長の確かな製菓技術を活《い》かしたケーキ、「シリウス」の店頭にショーケースを置いたらどうか、とまで。

でも、言いっぱなしはダメだ。単なる思い付きもあるけれど、出来ることはしっかり実現させたい。周りの意見を聞きながら丁寧に取り組めば、必ず実現できると信じたい。

私の勢いに押され気味だったシェフは、優しい微笑みを浮かべた。

「私はここで美味しいお料理を作ります」

いつもと変わらぬ、穏やかなシェフの表情に私の口元にも微笑が浮かぶ。

私はまたしても逸《はや》ってしまった自分の気持ちを反省する。

「そうですね。ここはシェフにとって何よりも『大切な場所』ですもんね」

この場所こそが「大切な人」を迎えるのにふさわしいということだ。

シェフはけっして揺るがない。誰にとってもここが居心地のいい場所だと感じるのは、シェフと堤さんが、温かくすべてを受け入れながらも、芯《しん》の部分では強い覚悟や決意を持っているからではないか。

そういうふうに私も生きたい。社会人になって八年目。製菓部で三年以上を過ごした。まだ私は色々と模索している。全力で動きながら、いまだに自分のやりがいや本当にやりたいことを探している。

でも、「シリウス製菓所」のリニューアルで見えてきたものがある。店を作り上げるのは楽しい。仲間と力を合わせて、同じ方向を目指すのはこんなにも爽快《そうかい》なのだ。

「食後に甘いものはいかがですか。今夜はヌガー・グラッセを用意しています。アーモンドやピスタチオ、ドライフルーツをハチミツと卵白でふわっと固めた冷たいデザートです」

「美味しそうですね。いただきます」

「かしこまりました」

シェフはもう一度微笑んで調理台に向かう。

堤さんがお茶の注文を訊《たず》ねに来て、さりげなく教えてくれた。

「ヌガーは南フランスの郷土菓子なの。シェフの息子さんご家族、今はプロヴァンスで暮らしているみたいよ。そういえば、ブイヤベースも南フランス、マルセイユのお料理ね」

「愛情たっぷり、だったわけですね」

「どうりで美味しいわけだ」

私とつぐみさんは微笑み合う。

今夜も優しい空気が「キッチン常夜灯」を満たしている。

カウンターの中では、シェフが真剣に、けれど、ことさら優しい表情で私たちのデザートを仕上げていた。

エピローグ

八月の後半。東京は酷暑が続いている。さすがに「シリウス製菓所」にオープン当初の賑わいはないけれど、コンスタントにお客さんが訪れ、店内のイートインスペースは散歩がてらに涼をとるお客さんが、冷たいドリンクと一緒にケーキを注文してくれる。

私のアイディアで、夏の間だけアイスも販売したいと言うと、牧野部長はすぐに了解してくれた。工場の冷凍庫には「シリウス」に納品するアイスも数種類ストックされていて、それを使わない手はないと思ったのだ。つぐみさんに相談すると、すぐに器やテイクアウト用の紙カップやスプーンまで手配してくれた。

そんな私を見て、パートさんたちが笑う。

「かなめちゃん、意外と商才あるわよね。売れるものは売ろうって根性、悪くないわ」

「はい。製菓部もやる時はやるって、この機会に本社にガンガンアピールしたいですから」

製菓部は「シリウス」のデザートを作るだけではない。「シリウス製菓所」がオープンしたことで、売上にも貢献している姿を示したい。「シリウス」の店舗に比べたらその売上など微々たるものだけど、以前の直売所の頃に比べたら目を見張るほどだ。

もちろん改装にお金をかけてもらっているから、まずはその分を回収して利益が出るようにしなければならないけれど、社内における製菓工場の認知度は一気に上がった。牧野部長は相変わらず表情には出さないけれど、喜んでいないはずはない。

今日も私は「シリウス製菓所」に立っている。横にいるのは栗林さんだ。主婦パートさんは何かと気配りができ、お客さんにも喜ばれている。

「この前、主人がお世話になっている病院の看護師さんたちに、ここのお菓子を差し入れしたんです。美味《おい》しいって喜んでくれました」

「よかったです。牧野部長も喜びますね」

「何だか楽しいです。これまでの作業も嫌ではなかったんですけど、たまにこうやってお客さんと接するのもいい気分転換になります。あっ、こんなこと言っちゃいけないのかしら」

栗林さんにとって接客の仕事はこれが初めてらしい。結婚するまでは事務仕事で、それからは製菓工場でのパート。お客さんと接する仕事は彼女にとって新鮮だったようだ。

「いいんですよ、それで。仕事は楽しくなきゃ。私だっていつも『いらっしゃいませ』って声を出すことで発散していますから」

「社員さんもストレスたまりますもんね」

「社員に限らず、生きていれば色々あるじゃないですか。お互い、楽しく発散しましょう」

「はい」

それからは栗林さんとことさら明るく「いらっしゃいませ」「ありがとうございました」とお客さんに対応した。やっぱり接客は楽しい。製菓工場で作ったお菓子で、お客さんが笑顔になるのが嬉《うれ》しい。

休憩時間に事務所に戻る。まだ店舗からの発注は少ししか届いていないが、届いた分だけ確認した。ブルーベリーのレアチーズの注文数が多い。今日は「製菓所」でもすでに一台分は売り切っている。私とつぐみさんのアイディアがヒットしたな、とニンマリする。

そろそろ企画が始まる秋のフェアは、今度こそ牧野部長に考えてもらおうと私とつぐみさんは企《たくら》んでいた。部長もすでに構想を練っているようで、それを聞くのが楽しみだ。

デスクに置いたスマホが震えた。柊太からのメッセージだ。明日は休み。また柊太のカフェに行く約束をしている。きっとその確認だろう。新しいプレートメニューを考えたから、試食してほしいというメッセージに、「喜んで！」と返す。

窓の外を見ると、そろそろ夕方だというのにまだ強い日差しがしぶとく街を焼いていた。

今夜はつぐみさんと「常夜灯」に行く約束をしている。

報告したいことがあった。直接伝えたいと思って、「常夜灯」で待ち合わせをしたのだ。

つぐみさんの仕事が終わるのに合わせて、待ち合わせは午後九時。水道橋の駅を出て、白山通りを渡ろうと信号待ちをしていたら、バッタリつぐみさんと会った。何という偶然。ゆるやかな坂道を一緒に上る。

「どう、『製菓所』は」

「すごく忙しいわけではないですけど、コンスタントにお客さんが来てくれて、いい雰囲気です。『シリウス』のケーキというより、地元のお菓子屋さんっていう感じでご近所の方や清澄白河散策の方が立ち寄ってくれます。イートインスペースを作って正解でした」

「牧野部長の様子は？」

「楽しいんじゃないでしょうか。一日に何度も『製菓所』を覗《のぞ》きに来ますし、パートさんたちと社員の距離も縮まりました。だって、私が話しかけるとちゃんと答えてくれるんですよ。今までは私から話しかけることもほとんどなかったんですけどね」

「どんな話をするの？」

「そうですね、例えば修業時代の話とか。城崎シェフと同じように最初は言葉で苦労したそうです。牧野部長、名前を林吾《りんご》っていうんですよ。覚えてもらうために、修業先の同僚に『ポム』って呼んでもらっていたんですって」

「あ、リンゴ？」

「そうです。何だかかわいいですよね。そういうエピソードを、聞けば色々と話してくれるんですよ。これまでの部長からは想像できないでしょう」

「うん。まったく想像できない」

「他にもありますよ。昨年の神保町店のウエディングパーティーの件。またそういう予約があれば、ウエディングケーキを作るなんて言っています。実はそういうデコレーションケーキもやりたいみたいです」

「何だぁ、じゃあ、去年そう言ってくれればよかったのに」

「まぁ、そういう雰囲気じゃなかったんでしょうね」

「そうね。今だからそうやって話してくれるんだもんね」

私たちは仕事のことを話題にしながら、ゆっくりと坂道を上る。夜とはいえアスファルトは昼間の熱を残していて、夜気にも十分に熱気と湿気がこもっている。私たちはしっとりと汗をかき、自然と歩みものんびりしたものになる。

「つぐみさん、私、決めたことがあります」

「何？」

「直売所のリニューアルが楽しかったんです。あれでお店を作る喜びを味わいました。私、自分でもお店をやりたい」

「……また店舗に移動して、店長を目指すんじゃなくて？」

「はい。自分のお店です」

「そっか」

「でも、まずは準備を整えます。製菓部で学ぶべきことを学んで経験を積んで、来年の春から夜間の製菓学校に通おうと思うんです。工場は朝が早いから、スパッと仕事を切り上げれば六時からの授業にギリギリ間に合うんですよ。実は、牧野部長にはもう相談しています。応援すると言ってもらいました」

「そう。本格的にお菓子の道に進むの？」

「お菓子が美味しいカフェを開くのが私の夢です。製菓学校を卒業したら、オオイヌを辞めて開業の準備を始めるつもりです」

「……素敵じゃない。かなめちゃんが辞めちゃうのは寂しいけど、しっかり目標を持って夢に向かって突き進むのはカッコいい。応援する」

「……ありがとうございます」

実は、柊太と一緒にカフェをやろうという話を進めていた。

「製菓所」開店当日に来てくれた柊太とは、あれから何度も会った。話題はいつもお互いの仕事のことだ。柊太は新しいメニュー、私は「製菓所」のオリジナル商品や、企画中の「シリウス」の秋のデザートのことを語る。話はどんどん膨らんでいき、自分のやりたいメニューや目指すお店のイメージまで大きくなっていった。

あの日約束した通り、「常夜灯」にも連れて行った。

私は前もってシェフにタルトタタンを頼んでおいた。リンゴの季節ではないけれど、シェフは快く応じてくれた。そういうところがやっぱり好きだと思った。

オーブンから溢《あふ》れ出して店内を満たす甘酸っぱい香り。

お皿に載せられた飴色《あめいろ》に輝くタルトタタン。

それだけで柊太は感激し、ひと口食べて、「かなめ、コレ、すごく美味しい。俺、こんなふうに食べた人を感動させる料理を作りたい」と大声で言って、堤さんやほかのお客さんにクスクスと笑われた。シェフは穏やかに微笑んでいた。

私も柊太と同じように陶然としながらシェフのタルトタタンを食べた。いつか、こんなお菓子を自分でも作りたいと思いながら、大切に、大切に味わった。

その夜、私たちの目指すものが重なった。

同志。柊太と話している間に、何度もそんな言葉が頭に浮かんだ。でも、私の実力はまだ足りない。ここに来るまでに柊太が積み上げてきたものにまだ届いていない。だから、もう少し勉強したい。牧野部長のように、本格的なケーキを生み出せたら素敵だなと思い、製菓を学びたいと決意した。

柊太は料理、私はデザート。もちろん接客は二人でする。カフェの場所は門前仲町から清澄白河のあたり。私たちが生まれ育ったあの街がいい。

今夜も、夜の先に「常夜灯」の看板の明かりが見えてきた。

「常夜灯」はいつだって私の進む道を照らしてくれた。城崎シェフと堤さん、二人の同志という関係に憧《あこが》れた。そんな生き方を私もしたい。

そのタイミングで柊太と再会した。柊太と私はたぶん同じものが見えている。同志としてカフェを開き、お客さんたちを笑顔にする。私たちも楽しむ。

その先には、もしかしたら、二人で生きる新しい世界が広がっているかもしれない。そんな予感もあるけれど、今は同志。それでいい。

「聞かせてくれてありがとう。今夜はかなめちゃんの未来に乾杯しよう」

つぐみさんが「常夜灯」の扉を開ける。

「いらっしゃいませ」

堤さんに今夜も温かく迎え入れられ、私たちは薄暗い通路を進む。堤さんの足はまるでスキップを踏んでいるよう。先生がいらしているのだろうか。それとも、他の？

通路を曲がり、目の前が明るく開ける。見慣れたカウンター席が視界に飛び込んでくる。

先客がいた。

カウンターの中央に三人。いずれも明るい髪色の異国のお客さんだ。インバウンドの影響で外国のお客さんも今や「シリウス」でも珍しくはないけれど、「常夜灯」で会ったのは初めてだ。彼らも私たちに気付き、こちらを向いて微笑みかけてくれた。

フレンドリーな対応に、私たちはちょっと照れながら微笑みを返す。

さらに私たちを驚かせたのは、一人がまだ子どもだったことだ。夜のお客さんを迎える「常夜灯」に子ども。これも今までにない。

カウンターの手前側に座った私たちに、料理を仕上げていたシェフは顔を上げていつものように「いらっしゃいませ」と微笑んだ。その表情は優しく、とろけるように幸せそうだった。

もしかしたら。

私とつぐみさんは、さりげなく横のお客さんに視線を送る。

巻き毛がかわいい男の子の横顔、どこか見覚えのある通った鼻筋。

彼の小さな手が置かれたカウンターには、黒ぶち模様の子豚の写真のポストカード。バスク豚だ。もしかしてシェフは、あの可愛らしい子豚のポストカードを探して送ったのだろうか。

彼の前に、「どうぞ」とシェフがスープボウルを置く。

「メルシー」

男の子はシェフを見上げてにっこり笑った。

「うふふ」

私たちの前にビールのグラスを置きながら堤さんも微笑む。

すべてを察して、私たちも微笑み返す。

今夜の「常夜灯」の空気はひときわ温かい。

本書は書き下ろしです。

キッチン常《じょう》夜《や》灯《とう》

ほろ酔《よ》いのタルトタタン

長《なが》月《つき》天《あま》音《ね》

令和6年 12月25日　初版発行
令和7年 7月5日　8版発行

発行者●山下直久

発行●株式会社KADOKAWA
〒102-8177　東京都千代田区富士見2-13-3
電話　0570-002-301（ナビダイヤル）

角川文庫 24460

印刷所●株式会社KADOKAWA
製本所●株式会社KADOKAWA

表紙画●和田三造

◎本書の無断複製（コピー、スキャン、デジタル化等）並びに無断複製物の譲渡および配信は、著作権法上での例外を除き禁じられています。また、本書を代行業者等の第三者に依頼して複製する行為は、たとえ個人や家庭内での利用であっても一切認められておりません。
◎定価はカバーに表示してあります。

●お問い合わせ
https://www.kadokawa.co.jp/（「お問い合わせ」へお進みください）
※内容によっては、お答えできない場合があります。
※サポートは日本国内のみとさせていただきます。
※Japanese text only

©Amane Nagatsuki 2024　Printed in Japan
ISBN 978-4-04-115501-1　C0193

◆◇◇

角川文庫発刊に際して

角川源義

第二次世界大戦の敗北は、軍事力の敗北であった以上に、私たちの若い文化力の敗退であった。私たちの文化が戦争に対して如何に無力であり、単なるあだ花に過ぎなかったかを、私たちは身を以て体験し痛感した。西洋近代文化の摂取にとって、明治以後八十年の歳月は決して短かすぎたとは言えない。にもかかわらず、近代文化の伝統を確立し、自由な批判と柔軟な良識に富む文化層として自らを形成することに私たちは失敗して来た。そしてこれは、各層への文化の普及滲透を任務とする出版人の責任でもあった。

一九四五年以来、私たちは再び振出しに戻り、第一歩から踏み出すことを余儀なくされた。これは大きな不幸ではあるが、反面、これまでの混沌・未熟・歪曲の中にあった我が国の文化に秩序と確たる基礎を齎らすためには絶好の機会でもある。角川書店は、このような祖国の文化的危機にあたり、微力をも顧みず再建の礎石たるべき抱負と決意とをもって出発したが、ここに創立以来の念願を果すべく角川文庫を発刊する。これまで刊行されたあらゆる全集叢書文庫類の長所と短所とを検討し、古今東西の不朽の典籍を、良心的編集のもとに、廉価に、そして書架にふさわしい美本として、多くのひとびとに提供しようとする。しかし私たちは徒らに百科全書的な知識のジレッタントを作ることを目的とせず、あくまで祖国の文化に秩序と再建への道を示し、この文庫を角川書店の栄ある事業として、今後永久に継続発展せしめ、学芸と教養との殿堂として大成せんことを期したい。多くの読書子の愛情ある忠言と支持とによって、この希望と抱負とを完遂せしめられんことを願う。

一九四九年五月三日

角川文庫ベストセラー

キッチン常夜灯　長月天音

街の路地裏で夜から朝にかけてオープンする〝キッチン常夜灯〟。寡黙なシェフが作る一皿は、一日の疲れた心をほぐして、明日への元気をくれる――がんばりすぎのあなたに贈る、共感と美味しさ溢れる物語。

キッチン常夜灯
真夜中のクロックムッシュ　長月天音

夜から翌朝まで開いている「キッチン常夜灯」。同期のみもざに連れられて足を踏み入れたつぐみは、シェフが作り出す素朴ながら丁寧な料理と、軽やかなおしゃべりに自分を取り戻す。共感あふれる美味しい物語。

スノーフレーク　大崎　梢

亡くなってしまった大切な幼なじみの速人。だが6年後、高校卒業を控えた真乃は、彼とよく似た青年を見かける。本当は生きているのかもしれない。かすかな希望を胸に、速人の死に関する事件を調べ始めるが⁉

うちの父が運転をやめません　垣谷美雨

「また高齢ドライバーの事故かよ」。ニュースに目を向けた雅志は、気づく。「78歳っていえば……」。父親も同じ歳になるのだ。親の運転をきっかけに家族が新たな一歩を踏み出す、感動家族小説！

猫目荘《ねこのめそう》のまかないごはん　伽古屋圭市

まかない付きが魅力の古びた下宿屋「猫目荘」。再就職も婚活もうまくいかず焦る伊緒は、様々な住人たちと出会い、旬の食材を使ったごはんを食べるうち、〝居場所〟を見つけていく。おいしくて心温まる物語。

角川文庫ベストセラー

潮風キッチン　喜多嶋　隆

突然小さな料理店を経営することになった海果だが、奮闘むなしく店は閑古鳥。そんなある日、ちょっぴり生意気そうな女の子に出会う。「人生の戦力外通告」をされた人々の再生を、温かなまなざしで描く物語。

潮風メニュー　喜多嶋　隆

地元の魚と野菜を使った料理が人気を呼び、海果が一人で始めた小さな料理店は軌道に乗りはじめた。だがある日、店ごと買い取りたいという人が現れて……居場所を失った人が再び一歩を踏み出す姿を描く、感動の物語。

潮風テーブル　喜多嶋　隆

葉山の新鮮な魚と野菜を使った料理が人気の料理店。オーナー・海果の気取らず懸命な生き方は、周りの人々を変えていく。だが、台風で家が被害を受けた上、思いがけないできごとが起こり……心震える感動作。

凶笑面　蓮丈那智フィールドファイルⅠ　北　森　鴻

「異端の民俗学者」と呼ばれる蓮丈那智が、フィールドワークで遭遇する数々の事件に挑む！　激しく踊る祭祀の鬼。丘に建つ旧家の離屋に秘められた因果――。連作短編の名手・北森鴻の代表シリーズ、再始動！

触身仏　蓮丈那智フィールドファイルⅡ　北　森　鴻

東北地方の山奥に佇む石仏の真の目的。死と破壊の神が変貌を繰り返すに至る理由とは――？　孤高の民俗学者と気弱で忠実な助手が、奇妙な事件に挑む5篇を収録。連作短篇の名手が放つ本格民俗学ミステリ！

角川文庫ベストセラー

写楽・考
蓮丈那智フィールドファイルⅢ
北森　鴻

蓮丈那智が古文書調査のため訪れた四国で、美術界を激震させる秘密に対峙する表題作など、全4篇。異端の民俗学者の冷徹な観察眼は封印されし闇を暴く。はなれわざの謎ときに驚嘆必至の本格民俗学ミステリ！

邪馬台
蓮丈那智フィールドファイルⅣ
北森　鴻
浅野里沙子

民俗学者・蓮丈那智に届いた「阿久仁村遺聞」は明治時代に消えた村の記録だが、邪馬台国への手掛かりとなる文書だった。歴史の壮大な謎に、異端の民俗学者と助手が意外な「仮定」や想像力を駆使して挑む！

狂王の庭
小池真理子

「僕があなたを恋していること、わからないのですか」昭和27年、国分寺。華麗な西洋庭園で行われた夜会で、彼はまっしぐらに突き進んできた。庭を作る男と美しい人妻。至高の恋を描いた小池ロマンの長編傑作。

二重生活
小池真理子

大学院生の珠は、ある思いつきから近所に住む男性・石坂を尾行、不倫現場を目撃する。他人の秘密に魅了された珠は観察を繰り返すが、尾行は珠と恋人との関係にも影響を及ぼしてゆく。蠱惑のサスペンス！

東京アクアリウム
小池真理子

夜景が美しいカフェで友達が語る不思議な再会に震撼する表題作、施設に入居する母が実家で過ごす最後の温かい夜を描く「猫別れ」など8篇。人の出会いと別れ、そして交錯する思いを描く、珠玉の短編集。

角川文庫ベストセラー

さいごの毛布　近藤史恵

年老いた犬を飼い主の代わりに看取る老犬ホームに勤めることになった智美。なにやら事情がありそうなオーナーと同僚、ホームの存続を脅かす事件の数々――。愛犬の終の棲家の平穏を守ることはできるのか？

震える教室　近藤史恵

歴史ある女子校、凰西学園に入学した真矢は、マイペースな花音と友達になる。ある日、ピアノ練習室で、2人は宙に浮かぶ血まみれの手を見てしまう。少女たちが謎と怪異を解き明かす青春ホラー・ミステリー。

みかんとひよどり　近藤史恵

シェフの亮二は鬱屈としていた。料理に自信はあるのに、店に客が来ないのだ。そんなある日、山で遭難しかけたところを、無愛想な猟師・大高に救われる。彼の腕を見込んだ亮二は、あることを思いつく……。

ホテルジューシー　坂木　司

天下無敵のしっかり女子、ヒロちゃんが沖縄の超アバウトなゲストハウスにて繰り広げる奮闘と出会いと笑いと涙と、ちょっぴりドキドキの日々。南風が運ぶ大共感の日常ミステリ!!

肉小説集　坂木　司

凡庸を嫌い、「上品」を好むデザイナーの僕。正反対な婚約者には、さらに強烈な父親がいて――。（「アメリカ人の王様」）不器用でままならない人生の瞬間を、肉の部位とそれぞれの料理で彩った短篇集。

角川文庫ベストセラー

鶏小説集　坂木　司

似てるけど似てない俺たち。思春期の葛藤と成長を描く（「トリとチキン」）。人づきあいが苦手な漫画家が描く、エピソードゼロとは？（「とべエンド」）。肉と人生をめぐるユーモアと感動に満ちた短篇集。

B級恋愛グルメのすすめ　島本理生

自身や周囲の驚きの恋愛エピソード、思わず頷く男女間のギャップ考察、ラーメンや日本酒への愛、同じ相手との再婚式レポート……出産時のエピソードを文庫書き下ろし。解説は、夫の小説家・佐藤友哉。

シルエット　島本理生

人を求めることのよろこびと苦しさを、女子高生の内面から鮮やかに描く群像新人文学賞優秀作の表題作と15歳のデビュー作他1篇を収録する、切なくていとおしい、等身大の恋愛小説。

リトル・バイ・リトル　島本理生

ふみは高校を卒業してから、アルバイトをして過ごす日々。家族は、母、小学校2年生の異父妹の女3人。習字の先生の柳さん、母に紹介されたボーイフレンドの周、2番目の父――。「家族」を描いた青春小説。

生まれる森　島本理生

失恋で傷を負い、夏休みの間だけ一人暮らしを始めたわたし。再会した高校時代の友達や彼女の家族と触れ合いながら、わたしの心は次第に癒やされていく。少女時代の終わりを瑞々しい感性で描く記念碑的作品。

角川文庫ベストセラー

からまる　千早　茜

生きる目的を見出せない公務員の男、不慮の妊娠に悩む女子短大生、そして、クラスで問題を起こした少年……。注目の島清恋愛文学賞作家が〝いま〟を生きる7人の男女を美しく艶やかに描いた、7つの連作集。

眠りの庭　千早　茜

白い肌、長い髪、そして細い身体。彼女に関わる男たちは、みないつのまにか魅了されていく。そしてやがて明らかになる彼女に隠された真実。2つの物語がひとつにつながったとき、衝撃の真実が浮かび上がる。

夜に啼く鳥は　千早　茜

少女のような外見で150年以上生き続ける、不老不死の一族の末裔・御先。現代の都会に紛れ込んだ御先は、縁のあるものたちに寄り添いながら、かつて愛した人の影を追い続けていた。

ふちなしのかがみ　辻村深月

冬也に一目惚れした加奈子は、恋の行方を知りたくて禁断の占いに手を出してしまう。鏡の前に蠟燭を並べ、向こうを見ると――子どもの頃、誰もが覗き込んだ異界への扉を、青春ミステリの旗手が鮮やかに描く。

本日は大安なり　辻村深月

企みを胸に秘めた美人双子姉妹、プランナーを困らせるクレーマー新婦、新婦に重大な事実を告げられないまま、結婚式当日を迎えた新郎……。人気結婚式場の一日を舞台に人生の悲喜こもごもをすくい取る。

角川文庫ベストセラー

きのうの影踏み　辻村深月

どうか、女の子の霊が現れますように。おばさんとその子が、会えますように。交通事故で亡くした娘を待ちわびる母の願いは祈りになった――。辻村深月が〝怖くて好きなものを全部入れて書いた〟という本格恐怖譚。

宇宙エンジン　中島京子

身に覚えのない幼稚園の同窓会の招待を受けた隆一は、ミライと出逢う。ミライは、人嫌いだった父親を捜していた。手がかりは「厭人」「ゴリ」、2つのあだ名だけ。失われゆく時代への郷愁と哀惜を秘めた物語。

眺望絶佳　中島京子

自分らしさにもがく人々の、ちょっとだけ奇矯な日々。客に共感メールを送る女性社員、倉庫で自分だけの本を作る男、夫になってほしいと依頼してきた老女。中島ワールドの真骨頂！

嵐の湯へようこそ！　松尾由美

存在すら知らなかった伯父の「遺産」を相続し、銭湯を経営するはめになった姉妹。一癖ある従業員たちに慣れる間もなく、なぜか2人のもとに、町内を悩ます「謎」が次々と持ち込まれる。温かい日常ミステリ。

株式会社シェフ工房企画開発室　森崎緩

憧れのキッチン用品メーカーに就職した新津。製品知識のない営業マンや天才発明家の先輩、手厳しい製造担当など一癖あるメンバーに囲まれながら悪戦苦闘。便利グッズを使ったレシピ満載の絶品グルメ×お仕事小説！

角川文庫ベストセラー

明日の食卓
椰月美智子

小学3年生の息子を育てる、環境も年齢も違う3人の母親たち。些細なことがきっかけで、幸せだった生活が少しずつ崩れていく。無意識に子どもに向けてしまう苛立ちと暴力。普通の家庭の光と闇を描く、衝撃の物語。

さしすせその女たち
椰月美智子

39歳の多香実は、年子の子どもを抱えるワーママ。マーケティング会社での仕事と子育ての両立に悩みながらも毎日を懸命にこなしていた。しかしある出来事をきっかけに、夫への思わぬ感情が生じ始める――。

つながりの蔵
椰月美智子

小学5年生だったあの夏、幽霊屋敷と噂される同級生の屋敷には、北側に隠居部屋や祠、そして東側には古い〝蔵〟があった。初恋に友情にファッションに忙しい少女たちは、それぞれに「悲しさ」を秘めていて――。

おいしい旅 初めて編
近藤史恵、坂木司、篠田真由美、図子慧、永嶋恵美、松尾由美、松村比呂美 編／アミの会

訪れたことのない場所、見たことのない景色、その土地ならではの絶品グルメ。様々な「初めて」の旅を描いた7作品を収録。読めば思わず出かけたくなる、実力派作家7名による文庫オリジナルアンソロジー。

おいしい旅 しあわせ編
大崎梢、近藤史恵、篠田真由美、柴田よしき、新津きよみ、松村比呂美、三上延 編／アミの会

まだ知らない、心ときめく景色や極上グルメとの出会い。旅先での様々な「しあわせ」がたっぷり詰まった書き下ろし7作品を収録。読めば幸福感に満たされる、豪華執筆陣によるオリジナルアンソロジー第3弾！